Losing my cool

길바닥을 떠나
철학의 숲에
도착하기까지

배움의 기쁨

Losing my cool

토머스 채터턴 윌리엄스 지음 | 김고명 옮김

다산
책방

나의 부모님, 캐슬린 윌리엄스와 클래런스 리언 윌리엄스,
형, 클래런스 리언 윌리엄스 2세에게
무한한 사랑을 담아

Contents

일러두기 ————————

1 이 책에는 저자가 거쳐온 과거의 환경 및 또래 집단에서 엿보이던 특정 인물이나 여성에 대한 부정적 묘사 또는 부적절한 대우가 포함되어 있다.

2 저자 자신이 겪어온 환경의 폭력성을 여실히 보여주는 표현을 가감 없이 썼기에, 이 책에는 많은 비속어와 욕설이 포함되어 있다. 번역문에서도 그 느낌을 살리고자 표현을 여과하지 않았다.

3 본문의 랩 가사는 주석에 원문을 병기하고 출처를 표기했다.

4 단행본, 장편소설, 정기간행물, 신문, 음반에는 겹낫표(『 』), 영화, 드라마, 텔레비전 프로그램, 노래에는 홑화살괄호(〈 〉)를 사용했다.

5 인명, 지명 등 고유명사 표기는 국립국어원 외래어 표기법에 따랐다. 단, 이미 대중에게 널리 통용되어 관행적으로 쓰이는 고유명사는 관행대로 표기하였다(예: 제이 제트→제이 지, 아르앤드비→알앤비).

6 본문 중 고딕체는 원서에서 이탤릭체로 강조한 부분이다.

7 본문의 주는 모두 옮긴이의 것이다.

서문

이 책을 처음으로 구상한 것은 아직 대학원에 다니고 있을 때였다. 한 수업에서 자유롭게 주제를 골라 강경한 입장에서 논평하라는 과제를 받았다. 그때는 어디까지나 명쾌한 주장을 개진하는 문화비평문을 쓸 생각이었지, 지금처럼 나나 다른 누군가의 개인사를 생생히 기록하려는 의도는 전혀 없었다. 하지만 막상 글을 쓰기 시작하자 추상적인 비평 대신에 내가 겪은 구체적인 일화, 아버지의 차분한 음성, 이웃과 동급생과 옛 친구 들의 왁자지껄한 목소리가 내 의지와는 상관없이 머릿속으로 흘러들어와 책장을 적셔 나갔다.

폴란드 출신의 시인 체스와프 미워시Czesław Miłosz는 이런 말을 남겼다. "작가의 탄생은 가문의 재앙이다." 이제 그 말이 무슨 뜻인지 알 것 같다. 의도치 않게 이 책이 자전적 성격을 띠게 되면서 나를 포함하여 여러 사람과 관련한 장면, 이야기, 설명, 묘사, 발언, 암시를 담아내게 되었다. 그중에는 필시 내 가족, 특히 사생활을 몹시 중시하는 아버지가 절대 마음 편히 읽을 수 없는 내용이 포함되어 있을 것이다. 그래서 지난 2년간 계속 고민할 수밖에 없었다.

'내가 쓰려는 글이 소중한 사람들을 언짢게 할 줄 알면서도 구태여 써야 하는 이유가 무엇인가?'

그러한 행위를 정당화할 유일한 방법이 있다면, 그것은 그 글에서 개인사를 무분별하게 노출하지 않으면서도 반드시 더 큰 뜻과 더 큰 선을 위해서만 쓰는 것이라고 믿는다. 그러지 않고 나뿐만 아니라 남의 이야기까지 포함된 개인사를 단순히 마구잡이로 전시하는 행위에는 조금의 변명의 여지도 생기지 않을 것이다. 그래서 이제부터 이어질 글에서 내가 그 기준을 충족했기를, 그리고 시종일관 그들을 향한 내 애정이 글에 묻어나기를 간절히 바랄 따름이다.

글에 사적인 내용을 담게 되면서 생긴 고민이 또 하나 있었다. 동급생, 친구, 이웃, 앙숙을 막론하고 이 책에 등장하는 인물들은 그 누구도 당시 자신의 언행이 훗날 어느 작가의 현미경 위에 놓일 줄은 짐작도 하지 못했을 것이다. 그 점을 고려해서 가족과 몇몇 친구, 유명인을 제외하고는 그들의 사생활을 보호하고자 이름

을 비롯하여 신원을 드러낼 수 있는 정보를 변경했음을 미리 말
해둔다.

토머스 채터턴 윌리엄스

1부 _____

이중생활

흑인다움의 발견

    한겨울의 이른 아침, 뉴저지주 웨스트필드의 홀리트리니티교 구학교. 아스팔트가 깔린 직사각형의 운동장에서 나는 테니스공을 말아 쥐고 호흡을 가다듬었다. 사회 시간에 교실 뒤쪽에서 자신의 더러운 페니로퍼 밑창을 핥았다고 우리 3학년 사이에 소문이 쫙 퍼진 네드가 저 멀리 학교 건물의 차가운 주황색 벽돌벽에 기대어 서 있었다. 고개를 숙인 채 양손은 위로 올리고 양다리를 활짝 벌려 엉덩이를 엉거주춤하게 뺀 꼴이 마치 남아메리카에서 넘어와 국경에서 수색당하기 직전의 마약 심부름꾼 같았다.

    "살살 해!"

    고개를 반쯤 돌린 녀석이 두껍고 얼룩덜룩한 근시용 안경 렌즈 너머로 뒤를 보며 외쳤다.

"고개나 숙여!"

다른 아이가 그 말을 받았다.

"알았어. 빨리 하고 끝내, 그럼."

네드가 투덜댔다.

"고개 숙이라고!"

아까 그 아이가 다시 소리쳤다.

내가 팔을 힘껏 휘둘러 날린 강속구는 허공을 가르며 날아가, 언젠가 윔블던선수권대회에서 불쌍한 볼보이를 강타했던 피트 샘프러스의 서브처럼 네드의 허리를 때린 뒤 튕겨 나왔다. 네드가 몸을 활처럼 젖히며 비명을 질렀다. 동급생들이 일제히 환호하며 나와 하이 파이브를 하는 와중에 종이 울렸고, 우리는 인솔할 선생들이 오기 전에 얼른 책가방을 챙겨서 키 순서로 줄을 섰다. 역시 나는 표적 맞히기의 확고부동한 제왕이라고 스스로 되새기며, 교복 위에 시카고 불스 점퍼를 걸쳤다. 아래 학년들이 먼저 들어가길 기다리는 동안, 며칠 전부터 집에서 형이 듣는 것을 같이 듣다가 구구단이나 기도문처럼 자연스럽게 뇌리에 박힌 퍼블릭 에너미 Public Enemy 의 노래를 중얼거렸다.

"요, 깜둥이, 요오오, 깜둥이, 요오오오오, 까아암둥이……"*

별생각 없이 소리 죽여 후렴구를 반복하면서 머릿속으로 방금

---

* 퍼블릭 에너미, 〈I Don't Wanna Be Called Yo Niga〉 가사의 일부. "Yo, nigga, yoooooo, nigga, yoooo-oooooo, niiiigga."

전 족히 10미터는 되는 거리에서 네드에게 최후의 일격이랄까 치명타를 가하던 통쾌한 장면을 그려봤다. "퍽!" 하던 소리가 아직도 귓가에 선했다.

"근데 너도 깜둥이잖아."

등 뒤에서 들리는 말을 한 귀로 흘리며 나는 계속 노래를 흥얼거렸다. 솔직히 가사가 무슨 뜻인지 전혀 이해하지 못했지만 왠지 끝장나게 멋들어진 것 같으니까 상관없었다. 그때 조금 전의 목소리가 더 크게 들려왔다.

"근데 토머스 너도 깜둥이잖아?"

"어?"

뒤를 돌아보니 크레이그가 서 있었다. 집에서 엄마가 플로비 가정용 이발기로 깎아준 금발머리가 꼭 엎어놓은 바가지처럼 생긴 게, 정수리만 벗어졌다면 영락없는 중세 수도사였다.

"뭐라고?"

"너도 깜둥이잖아. 근데 그런 말 해도 돼?"

"해도 되냐니, 뭔 말을?"

"'요, 깜둥이, 요, 깜둥이.' 너도 깜둥이면서 그런 말을 막 해도 되냐고."

내 어머니는 백인이고 아버지는 흑인이다. 두 사람은 1960년대 말에 샌디에이고에서 만났다. 당시 그곳은 이른바 '빈곤 전쟁 War on Poverty'에서 서부 전선의 최전방에 해당하는 지역이었다. 둘은 샌디에이고에서 로스앤젤레스로 북진한 다음 거기서 또 북쪽으로 밀고 올라갔다. 아버지는 그곳에 있는 오리건대학교에서 사회학 박사과정을 시작했다. 둘은 1975년에 외할아버지의 결사 항전을 뚫고 유진에 있는 법원 청사에서 결혼식을 올렸다. 돈도 없었고 혼인을 축복해주는 사람은 더더욱 없었지만 서로를 향한 애정만큼은 넉넉했다. 그 뒤에 스포캔으로 거처를 옮겨 어머니 캐슬린은 첫 아이를 낳았다. 아이의 이름은 아버지를 따라 클래런스라고 지었다. 이후에는 동쪽으로 진로를 바꿔 덴버, 올버니, 필라델피아를 거친 끝에 뉴저지주에 이르렀고 거기서 1981년에 내가 태어났다.

뉴어크에서 아버지는 성공회 산하의 구빈 프로그램을 운영했고 어머니는 육아를 맡았다. 내가 한 살이 되던 해에 아버지가 새로운 직업을 찾으면서 우리 가족은 뉴어크에서 22번 국도를 타고 서쪽으로 30분쯤 가면 나오는 팬우드라는 작은 교외 지역으로 이사했다. 팬우드는 마치 말굽에 대는 편자처럼 삼면이 스코치플레인스라는 더 큰 도시와 맞닿아 있는데, 두 지역이 사실상 하나의 행정구역으로 취급되며 철도역과 공립학교를 공유한다. 팬우드와 스코치플레인스를 완충지대처럼 가운데에 끼고 동쪽으로는 부유한 도시 웨스트필드, 서쪽으로는 가난한 도시 플레인필드가 자리한다. 플레인필드는 오래전에 흑인 폭동과 연이은 백인 탈출

*이 발생하면서 심각한 양극화가 일어난 결과, 도심은 절대 피할 수 없는 범죄와 가난과 절망에 찌든 빈민가로 전락했고 외곽은 주택의 상태와 주민의 피부색만 빼면 웨스트필드와 유사한 중산층 거주지가 되었다. 팬우드, 스코치플레인스, 웨스트필드는 그러한 백인 탈출을 겪지는 않았지만 뉴저지주의 여타 소도시와 마찬가지로 흑인 거주 구역이 따로 존재했다.

부모님이 그 일대에서 집을 보러 다닐 때 부동산 중개인들은 플레인필드나 흑인 거주 구역만을 보여주면서 우리 같은 사람들은 그런 곳을 더 편하게 여긴다고 말했다. 하지만 내 아버지, 파피의 생각은 달랐다(참고로 '파피Pappy'는 우리가 아버지의 출신지인 남부의 전통을 따라 아버지를 부르는 호칭이다). 어릴 때 텍사스주의 공식적인 흑백 분리 정책에 학을 뗀 파피는 우리가 어디에 살고 말고에 남이 참견하는 것을 참을 수 없었다. 그래서 중개인들에게 그런 배려는 사양하겠다고 단호하게 말하고, 있는 대로 집을 다 보여달라고 했다. 중개인들은 마지못해 요구에 응했고, 우리 네 식구는 팬우드에서 누가 봐도 백인 거주지인 동네에서 방 세 개가 딸린 단층 주택에 정착했다.

주변의 집들은 하나같이 잘 관리되어 있었다. 마당에는 '아들이래요!'라고 적힌 풍선 간판이 서 있거나, 불이 들어오는 명절 장

---

* white flight. 인종 다양성이 커지는 지역에서 백인이 대거 이탈하는 현상.

식이 놓여 있는가 하면, 간혹 실물 크기의 성모상도 설치되어 있었다. 우리 집 앞에서 양 갈래로 난 길은 각각 상점가로 이어졌는데, 두 군데 모두 은행이나 세탁소보다 피자집이 많았다. 파피는 그 상점가 어디에도 서점이 없는 것을 무척 안타까워했다. 부모님은 이웃 사람들을 '이주 백인'*이라고 불렀고, 그들이 태어난 곳으로부터 반경 30킬로미터 내에서 어른이 되고 집을 사고 아이를 낳고 죽는다는 사실을 신기하게 여겼다. 우리 가족은 이곳에서 이질적인 존재였고, 주민들은 우리 앞에서 혼란스러워할 때가 많았다. 한번은 내가 꼬맹이였던 시절, 식료품점에서 그 나이대 애들이 다 그러듯이 말썽을 피우고 있으니 어느 백인 아주머니가 어머니에게 다가와서 말했다.

"어휴, 빈민가 애들 입양해서 키우는 게 보통 일이 아니죠?"

어머니가 백인이라고 해도 우리는 흑인이지 혼혈인이 아니었다. 부모님이 그 점을 명확히 했기에 우리 집에서는 인종이라는 것이 그리 복잡한 문제가 아니었다. 형과 나는 그냥 흑인이었다. 부모님은 인종에 대해 확고하고 일관적인 지론을 고수했다. 요컨대 흑인은 생물학적 범주가 아니라 사회적 범주이므로 반*백인이란 존재하지 않는다는 것이었다. 두 분은 흑백의 구별이 어떤 신체적 특징과 허술하게 연결된 사고방식의 구현으로서, 구습

---

* white ethnic. 동유럽·남유럽·아일랜드 등지에서 온 이민자의 후손으로, 백인이면서 앵글로·색슨 개신교도 백인(WASP)에 속하지 않는 집단.

이며 과제이며 속박에 불과하다고 봤다. 우리는 말귀를 알아들을 수 있는 나이가 됐을 때부터, 좋든 싫든 백인들은 우리를 흑인으로 대할 테니까 흑인 남자로 세상을 살아가는 법을 터득해야 한다고 배웠다. 인종에 대한 교육은 그것이 전부였다.

영혼의 문제는 그보다 복잡했다. 어머니는 복음주의 침례교 목사의 딸이자 개신교도였고, 아버지는 자칭 지정학적 실존주의자이자 세속주의자이자 인문주의자이자 현실주의자로, 기성종교에 별로 관심이 없다는 것을 그런 식으로 표현했다. 그런데도 형과 나는 홈스쿨링을 거친 후에 가톨릭계 사립학교에 입학했다. 아버지의 표현을 빌리자면 그곳이 근처의 공립학교들보다 "기강이 잘 서 있었다"고 한다.

그러한 결정을 내린 또 다른 요인은 형이 집에서 반 블록쯤 떨어진 공립학교에 처음 등교한 날, 망연자실하여 말문이 막힌 채로 돌아온 일이었다. 아버지는 2학년인 형에게 가죽으로 된 적갈색 서류 가방을 들려서 학교에 보냈는데, 아무래도 그게 아이들 가운데서 좀 튀었던 것 같다. 가방뿐만 아니라 무더위가 오래 지속된 여름 동안 햇볕에 타서 메이플시럽처럼 짙어진 피부도, 커다란 공 모양의 아프로 머리도 튀기는 마찬가지였다. 어릴 때 형의 머리는 전체적으로 연갈색이었는데 군데군데 금색과 백포도주색 머리카락이 예쁘게 섞여 있었다. 아침마다 어머니가 주황색 캔에 든 포마드와 플라스틱 재질의 검은색 아프로 전용 빗으로 형의 머리를 정리해줬고, 가끔은 아버지가 그 역할을 대신했다. 빗질을 마칠 때 파피는 빙긋 웃으며 "아들아, 너 정말 품위 있어 보인다"라고, 당신의 사전에서 가장 귀한 칭찬의 말을 건네곤 했다.

조용한 성격이었던 형은 머리숱이 풍성하고 피부가 탄력이 넘쳤으며 수북한 갈색 눈썹 아래에서 아몬드 모양의 눈이 총기를 발했다. 그날 학교에서 무리를 지은 백인 아이들은 그런 형을 운동장 한구석에 몰아넣고, 학교에 서류 가방을 들고 오는 원숭이 새끼가 어디 있느냐고 놀려댔다. 다른 흑인 학생들은 그 광경을 보지 못했거나 보고도 모른 척했다. 파피는 바로 다음 날 형을 그 학교에서 탈출시켰다. 내가 학교에 들어갈 나이가 됐을 때는, 동네 아이들과 같은 학교에 다니는 선택지는 아예 고려조차 되지 않았다.

흑인과 백인 사이에서 태어난 아이 중에는 백인이 되고 싶어하는 이들도 있지만 나는 전혀 아니었다. 나는 흑인이 되고 싶었다. 일곱 살 때쯤 부모님이 처음으로 준 성인용 도서 중에 알렉스 헤일리Alex Haley가 대필한 『맬컴 엑스의 자서전The Autobiography of Malcolm X』이 있었다. 저녁이면 보통 어머니가 내 방으로 와서 내가 읽는 책에 대해 둘이서 이야기하곤 했다. 며칠 동안은 어머니가 불을 끄고 나가면 철로 위에 고꾸라진 맬컴의 아버지, 몸이 두 동강 나고 두개골이 코코넛처럼 쪼개진 그의 시신이 자꾸 떠올라서 한참이나 잠을 이루지 못했다. 나는 타인에게 그런 짓을 저지르는 인간들과는 어떤 면도 닮고 싶지 않았다.

내가 백인이 되기를 원하지 않는 것은 다행스러운 일이기도 했다. 어차피 선택의 여지가 별로 없었으니까. 부모님의 생각이 옳았다. 백인 아이들 주위에서 나는 절대 백인이 아니었다. 어떤 덧없는 환상이 내 정신세계에 몰래 기어들어 와 혼혈인으로서의 내 정체성을 쑥대밭으로 만들어놓으려 했는지 몰라도, 나는 일찍이 그런 환상의 마수에서 벗어날 수 있었다. 어느 날에는 티나라는 여자아이가 의자에서 내 쪽으로 돌아앉으면서 포니테일로 묶은 구릿빛 머리를 옆으로 휙 넘기고는 교실 안의 모두에게 들리도록 대놓고 물었다.

"애, 너는 왜 다른 애들처럼 머리가 안 찰랑거리니?"

"흑인이니까."

그렇게 대꾸할 때 나는 화가 나지도, 부끄럽지도 않았다. 그것은 티나가 건장하달까 우람한 체격이라는 것이 사실이듯이 그냥 있는 그대로의 사실일 뿐이었다.

직접적으로 이야기해보진 않았지만 아마 클래런스 형도 백인이 되고 싶은 마음은 없었을 것이다. 부모님이나 나와 달리 형에게는 우리를 둘러싼 인종의 문제가 보이지 않는 듯했다. 아니면 보긴 했어도 굳이 분석하거나 해결하려고 애쓰지 않고 그저 못 본 척했던 것일지도 모르겠다. 혹은 괜히 문제 삼고 싶어 하지 않았기나. 형은 원체 너그럽고 사람을 잘 믿는 성격이라 어디서든 친구를 잘 사귀었다. 제일 친한 친구 둘은 흑인이었지만, 고등학교 때는 조용한 아시아계 여자친구를 잠깐 사귀기도 했다. 게다가 형은 성姓에 모음이 잔뜩 들어간* 대신 머리에는 별로 든 게 없는 동네 백인 남자아이들과도 꽤 어울렸다. 그애들은 십중팔구 수년 전에 형이 처음 학교에 간 날 운동장에서 인종을 비하하는 말로 모멸감을 준 놈들이었을 것이다(그만큼 동네가 좁았다). 하지만 형은 원래 뒤끝 없는 사람이었다. 그 사건은 이미 한참 지난 일이기도 한 데다 어차피 그들도 한동네에 살면서 형처럼 자전거 타고, 스케이트보드 타고, 차 얘기하고, 담배 피우고, 수업 빼먹고, 우르르 몰려다니기를 좋아하는 애들이었다. 더욱이 그들은 형을 자기들 무리에 끼워줬다. 비록 어린 내 눈에도 형이 마음을 놓아도 될 만큼, 자신이 흑인이고 어딘가 다르다는 것을 잊어도 될 만큼 완전한 한패로 받아준 것은 아니라는 게 뻔히 보였지만 말이다. 하지만 형을 탓하기도 어려운 것이, 형에게는 그게 가장 편한 길이었을 것이다. 형은 1970년대 말~80년대에 학창 시절을 보냈다. 형이 성장했던 세계에는 아직 힙합이라는 울타리가 철저히 둘러쳐져 있지 않았다. 나는 80년대 말과 90년대에 학창 시절을 보냈고, 그래서 형과 반대되는 길로 갔다.

* 이탈리아계 미국인들의 이름이 흔히 지닌 특징이다.

하지만 울타리가 쳐져 있다고 해서 마냥 순탄하기만 했다는 것은 아니다. 그 길 위에서는 내가 흑인이라는 사실을 인지하고 인정하는 것만으로는 부족했다. 흑인답게 보이고 또 흑인답게 행동해야 했다. 흑인다운 인상을 얼마나 잘 풍기느냐가 관건이었다. 아홉 살 때쯤 어머니가 형과 나를 차에 태우고 플레인필드의 노동자 계급이 주로 사는 동네에 있는 '유니섹스헤어크리에이션즈'라는 흑인 전용 이발소에 데리고 간 적이 있다. 그때 우리 차는 메탈릭블루색의 중고 벤츠 승용차였는데, 겉으로 보기에는 멀쩡해도 속은 엉망이어서 파피가 수리비로 얼마를 날렸는지 모른다. 우리 세 식구를 태운 차가 신호를 받아 멈췄을 때 나는 길쭉하고 깡마른 몸에 트레이닝팬츠와 얼룩투성이 티셔츠를 걸치고 머리에는 기름에 전 스카프를 두른, 어딘가 초조해 보이는 흑인 아주머니에게서 눈을 떼지 못했다. 그 아주머니는 한 손으로는 앙앙 우는 아기를 안고 다른 손으로는 기다란 담배를 피우며 빅토리아풍 저택을 개조한 낡은 아파트의 2층 발코니를 서성이고 있었다.

내가 너무 뚫어지게 쳐다보고 있었던 걸까. 문득 정신이 들고 보니 아주머니는 아무 목적 없이 왔다 갔다 하던 걸음을 멈추고 분명하게 우리 차를 향해 삿대질하며 고함을 치고 있었다.

"뭘 꼬나봐, 배부른 흰둥이 새끼들아! 베에에엔츠 탄다고 뻐기냐? 꺼져! 여기가 씨발 뭐 동물원이야, 와서 구경하게?"

길 가던 사람들의 시선도 우리 차를 향했다. 당시는 벤츠가 먹

어주던 시절이어서, 아무 네나 차를 세워뒀다가는 불량배들이 보
닛의 작은 삼각별을 무슨 기성품 액세서리라도 되는 것처럼 목
걸이 장식으로 쓰려고 떼 가니까 조심해야 했다. 사람들의 이목
이 쏠리자 뒷좌석에 앉은 나는 몹시 불안해져서 제발 신호가 빨
리 바뀌기만을 간절히 빌었다. 그러면서 한편으로는 무척 혼란스
럽기도 했다. 아주머니가 자꾸 흰둥이, 흰둥이 하는데 그건 누구
를 가리키는 걸까? 설마…… 우리한테, 나한테 하는 말인가? 물론
어머니야 백인이지만 어떻게 나까지 백인이라고 생각할 수 있는
지 이해가 안 갔다. 그러지 않아도 근처에서 나처럼 뽀글뽀글한
머리를 깎아주는 단 하나뿐인 이발소에 가고 있었다. 티나의 말
마따나 "찰랑거리지 않는" 내 머리는 집에서 두 블록 떨어진 백인
이발소에서는 받아주지 않았다. 그런데도 아주머니는 분명히 나
한테 악을 쓰고 있었다.

"그냥 못 본 척해."

어머니가 말했다. 이윽고 차가 출발했지만 아주머니의 성난 얼
굴이 내 머릿속을 떠나지 않았다. 그 아주머니가 내 안에 있던 뭔
가를 뜯어서 그 일부분을 가져간 것 같았다. 다시는 그런 상실
감을 느끼지 않도록 나를 보호해야겠다고 생각했다.

그날부터 매달 두 번째 토요일에 그 이발소에 갈 때마다 거기
앉아 있던 흑인 아이들을 유심히 살폈다. 삼촌, 아버지, 형을 따라
오는 아이들도 있었고 혼자 오는 아이들도 있었다. 그들은 내게

좋은 본보기가 됐다. 그들의 자세와 찡그린 얼굴을, 그들이 끈을 묶지 않고 신는 보라색과 청록색이 섞인 색상의 휠라 운동화를, 그들의 행동거지를, 그들이 거리에서 손뼉 치는 모습을 잘 관찰했다. 그 아이들은 나처럼 콕 집혀 험한 소리를 듣는 일이 절대 없었다. 그들을 보호해주는 게 무엇이든 간에 나에게도 그것이 반드시 있어야 한다는 생각이 들었다.

스킨과 면도 크림의 향긋한 냄새가 은은하게 퍼지는 유니섹스 이발소 안에는 빙글빙글 돌아가는 이발 의자 다섯 개와, 그 의자들을 마주 보고 있는 푹신한 의자들이 체육관 관중석처럼 세 줄로 길게 배치되어 있었다. 안쪽 구석의 천장에는 나무 무늬 테두리가 둘러진 낡은 컬러텔레비전이 매달려 있었다. 불법 복제한 영화 비디오를 틀어줄 때가 아니면 그 텔레비전은 항상 똑같은 채널에 고정되어 있었는데, 채널 이름이 블랙엔터테인먼트텔레비전Black Entertainment Television, BET이라는 것을 곧 알게 됐다. 내가 주로 가는 오전 시간에는 〈랩 시티Rap City〉가 나오고 있었다. 힙합 음악과 문화에 대해서는 형이 자기 방에서 듣는 테이프를 옆에서 들은 덕에 어렴풋이 알고는 있었다. 하지만 BET의 존재만큼은 그때 처음 알게 된 것 같다.

유니섹스헤어크리에이션즈를 둘러싼 플레인필드 일대는 흑인들의 차지였다. 그 생소한 환경에서 보는, 흑인만이 나오는 케이블 채널은 나를 매료하기에 충분했다. 직감적으로 BET를 보는 것은 왠지 저급하고 심지어 조금 나쁜 짓처럼 느껴졌다. 거기 나오는 것은 거의 다 부모님이 못마땅해할 만한 것이었다. 파피는 그것이 일종의 민스트럴쇼*라고 말했다. 하지만 화면 속의 남녀들은 내 관심을 끌려고 애쓰는 수준을 넘어 당당히 관심을 요구했고, 나는 그들에게 선선히 마음을 허락했다. 그들 모두 눈 둘 곳 모를 관능미와 눈부신 화려함을, 육체에 대한 자신감과 덤빌 테면 덤벼보란 식의 반항적인 분위기를 발산하며 그 누구도 꺾지 못할 것 같은 위용을 과시했다. 그러니 눈을 떼려야 뗄 수가 없었다.

어느 날 아침에 아이스티ICE-T의 〈뉴 잭 허슬러New Jack Hustler〉 뮤직비디오가 나왔을 때 나는 그 곡의 제목이 무슨 뜻인지 몰랐고,** 노래가 별로 좋다고 생각하지도 않았다. 하지만 이발소 안의 다른 아이들은 그 노래에 어떤 의문도 품지 않는 것 같았다. 그래서 나도 이것저것 따지지 않기로 했다. 다들 노래의 가사를 잘 알았고, 몇몇은 랩을 제법 그럴듯하게 따라 했다. 그들이 쓰는 비속어를 유심히 들으면서 나도 그것을 배워야겠다고 생각했다. '깜둥이'와 '쌍년' 같은 말이 뇌리에 깊이 박혔고, 그런 어휘를 그저 알기만 해서는 부족하다는 것을 깨달았다. 무슨 말을 하든 그에 걸

---

* minstrel show. 1820년에서 1830년 사이에 미국의 남부에서 발생하여 19세기 중반 미국 사회를 풍미한 버라이어티쇼. 얼굴을 검게 분장한 배우들이 등장하여 흑인을 틀에 박힌 형태로 우습게 희화화했다.

** '허슬러'는 수단과 방법을 가리지 않고 악착같이 돈을 버는 사람을 뜻하고, 이 곡은 마약왕의 이야기를 그린 영화 〈뉴 잭 시티〉의 삽입곡이다.

1부 __ 이중생활

맞은 동작과 몸짓이 있었다. 나만 빼고는 다들 랩을 할 때든 잡담을 나눌 때든 무언의 보디랭귀지를 사용하고 이해하는 듯했다. 그것을 내 것으로 만들어야 했다.

그 뒤로 몇 주가 흐르고 몇 달이 지나면서 나는 BET식 흑인다움을 점점 능숙하게 모방하고 표출할 수 있게 됐다. 그 흑인다움이 아직 완전히 몸에 배지 않았던 내게 제일 인상적이었던 것은, 그런 행동 양식이 홀리트리니티에 다니는 백인 동급생이나 친구들은 물론이고 내 아버지나 유니섹스 이발소에서 항상 깔끔한 차림으로 문을 열어주고 옆머리를 털어주는 두 흑인 이발사 아저씨의 행동 양식과도 너무나 다르다는 사실이었다.

어느 날 오후, 이발소를 다녀오던 나는 공기저항을 최소화하는 새로운 헤어스타일을 자랑하며 집에 들어왔다.

"아들아, 이발소에서 대체 무슨 짓을 당한 거냐?"

파피가 나를 보고 대뜸 말했다(그리 넓지 않았던 우리 집은 현관을 열면 거실이던 곳을 개조한 파피의 서재가 바로 나왔다. 집에 들어간다는 것은 곧 파피의 면밀한 시야로 들어가는 것을 의미했다).

"네?"

내가 머리를 만지며 물었다. 윗머리는 평평한 원기둥의 윗면처럼 생긴 것이 꼭 한 번도 쓰지 않은 2H 연필에 달린 지우개 같았고, 옆머리와 뒷머리는 바짝 쳐서 황갈색의 두피가 원기둥의 옆

면처럼 훤히 드러나 있었다.

"아니, 네가 깎아달라는 대로 안 해주든?"

"아니요, 깎아달라는 대로 해줬어요. 제가 이렇게 깎아달라고 했거든요."

"네가 그렇게 해달라고 했다고?"

"에이, 자기, 딴 애들도 다 이렇게 해요. BET랑 잡지에도 다 이러고 나와요."(우리는 아버지를 편하게 부를 때 '자기'라는 호칭을 쓴다. '파피'는 더 격식을 갖춘 표현이다.)

"그러니까 아들아, 너도 딴 애들처럼 하고 다니고 싶다는 거니? 그런 거냐?"

파피가 나를 빤히 응시하며 물었다.

나는 나이키 에어플라이트 운동화만 물끄러미 내려다보며 서 있었다. 파피가 조금이라도 바람직하다고 여길 만한 대답이 생각나지 않았다. 솔직히 이발소에 오는 다른 애들처럼, 이발소의 텔레비전에 나오는 다른 사람들처럼 하고 다니고 싶었다. 그렇게 상고머리를 하고 있으면 그놈의 베에에엔츠 뒷좌석에 앉아 있어도 발코니의 아주머니에게 백인으로 오인되는 일은 절대 없을 것 같았다.

내 새로운 헤어스타일에 실망 내지는 경악한 것과 별개로 파피는 형과 나에게 스타일의 자유를 넉넉히 허용했다. 단, 파피가 제일 중요하게 여기는 부분에서 최선의 노력을 바친다는 조건이 붙었다. 바로 지성의 함양이었다. 파피에게 최선의 노력을 바친다는 것은 반에서 1등을 하거나 학교에서 배우는 모든 과목에서 A를 받는다는 뜻이 아니었다. 물론 그런다면 파피도 좋아했겠지만 성적은 상위권만 유지하면 충분했다. 그것은 단순히 성적을 잘 받는 차원에서 끝나는 이야기가 아니었다.

이제 학자로서의 경력을 그만둔 파피는 박사학위와 방대한 지식과 독서 이력을 살려, 집에서 대학입학시험 준비 과정을 가르치는 사설 입시학원을 운영하고 있었다. 파피에게 최선의 노력을 바친다는 것은 학교에서 열심히 공부하는 거야 기본이고, 집에서도 저녁과 주말 그리고 긴 방학 내내 파피와 일대일로 공부하는 것이 핵심이었다. 이를 어길 시 파피는 우리 집을 세상에서 제일 불편한 하숙집으로 만들 수 있었다. 형이 땡땡이를 치기 시작했을 때는 외출이 금지된 건 물론, 어느 날 집에 왔더니 방에 붙여놓았던 마이클 조던과 힙합 그룹 런 디엠씨Run-D.M.C.의 브로마이드가 싹 뜯겨 나가고 파스텔색 종이에 인쇄한 대수방정식들이 그 자리를 대신 차지하고 있었다.

나로 말하자면 일곱 살 때 파피가 서재로 불러서 처음으로 여름방학 계획표를 보여주자 어떻게든 울음을 참아보려 했지만 눈물이 고이는 것마저 막을 수는 없었다. 파피는 공책에서 고개를 들어 내 얼굴을 보고는 성난 걸음으로 서재를 나가버렸고, 나는 어머니의 무릎에 쓰러져 울었다. 파피가 세운 계획대로 공부만

하고 싶진 않았다. 친구들과 나가서 놀고 밤샘 파티도 하고 싶었다. 뚜껑에 구멍을 낸 스머커스 잼 병에 개똥벌레도 채집하고 형의 닌텐도 게임기로 〈슈퍼마리오〉도 깨고 싶었다. 그게 진심이었다. 하지만 아버지를 실망시키고 싶지 않은 마음이 더 컸다. 어머니의 다독임과 크리넥스 휴지 몇 장에서 힘을 얻어 파피의 침실로 간 나는 조금 전에는 눈에 뭐가 들어가서 그런 거지 운 게 아니라고 해명했다. 그리고 어서 공부를 시작하고 싶다고 말했다. 파피는 애써 불신하는 마음을 거두고 나를 책상으로 다시 데리고 가서 삼단논법, 공간 추론, 어휘력 향상, 밀러유추검사*, 연산, 독해 등으로 구성된 체계적인 고강도 학습 계획을 조목조목 설명했는데, 이른바 파피의 특선 메뉴였다.

만일 파피가 독재자였다고 한다면, 악역을 맡고 싶지 않아 내적 갈등을 겪는 온화한 독재자에 가까웠다. 파피는 독재자 노릇을 하지 않아도 될 날을 간절히 기다렸다. 아들들이 독서와 공부에 재미만 붙이면 억지로 시키지 않아도 알아서들 잘할 것이라 기대했다. 물론 그렇게 만들겠다고 파피가 우리 머리 위에 다모클레스의 칼** 같은 처벌의 도구만 매달아 놓은 것은 아니었다. 파피는 공정성을 추구하려고 노력했다. 순순히 파피의 요구를 따르

---

* Miller Analogies Test. 미국에서 대학원 입학시험으로 사용하는 검사.
** 고대 그리스의 다모클레스가 왕의 권유로 왕좌에 앉았더니 말총에 위태롭게 매달린 칼 한 자루가 머리 위에 있었다는 일화에서 유래한 말이다.

면 우리에게 용돈을 두둑이 주거나("공부가 너희 일이니 정당한 노동에는 정당한 보수가 따라야지") 어머니가 시키는 심부름을 제지하거나("얘네가 해야 할 일은 공부밖에 없어") 우리가 헤어스타일, 옷, 연애 등에서 파피의 취향에 명백히 어긋나는 선택을 해도 이해해주는 식으로 후한 보상을 제공했다.

이렇게 먹음직스러운 미끼가 있는데도 형은 책상 앞에 오래 앉아 있기가 힘들다면서 잊을 만하면 한 번씩 반항했다. 둘째인 나는 형을 타산지석 삼아서 웬만한 분쟁은 피할 수 있었다. 파피는 나를 "착실한 아들"이라고 불렀다. 보통은 착실함으로 충분했다. 우리는 드러내놓고 충돌한 적이 거의 없었고, 파피는 어지간하면 참으면서 쾌활하게 나를 격려했다.

"토머스 채터턴."

내가 인기척을 느끼지 못하고 후다닥 서재를 지나 부엌으로 갈 때면 파피는 그렇게 중간 이름까지 써서 나를 부르며 묻곤 했다.

"네가 명시인名詩人과 이름이 같은 거 아니?"

나는 냉장고에 머리를 들이밀고 간식거리를 찾으며 대답했다.

"당연히 알죠, 자기."

"그러면 그 시인이 신동이라고 불릴 만큼 시를 잘 썼다는 것도 알겠구나?"

파피가 여전히 서재에서 물었다.

"네네."

나는 입에 간식을 잔뜩 문 채로 말했다.

"그래. 실제로 시를 아주 잘 썼단다, 그것도 아주 어린 나이에. 그래서 어른들은 믿어지지 않았지. 다른 어른의 시를 베낀 게 틀림없다고 비난했거든."

"그랬어요?"

"정말이야. 그러면 그 시인이 그런 오명 때문에 힘들어하다가 실의에 빠져서 열일곱 살에 자살한 것도 아니? 불명예를 안고는 살 수 없다고 생각한 거야."

"어휴, 끔찍하네요."

"그래. 인생이란 게 원래 불공평하지. 하지만 이제부터는 네가 그 이름을 명예롭게 할 거야, 그렇지? 아들아, 꼭 그래야 한다."

"그런데 자기, 어떻게 하면 그럴 수 있을지 잘 모르겠어요."

나는 아이스크림이 담긴 그릇이나 탄산음료를 따른 잔을 손에 들고 서재로 돌아가며 대답했다.

"아들아, 꼭 시인이 되어야 하는 건 아니란다. 위대한 철학자가 될 수도 있지. 예를 들자면 그렇단 거다. 자, 의자 갖고 와서 앉아 봐라."

"철학자요?"

나는 의자에 앉으며 물었다.

"그래, 사실 지금도 넌 철학자잖니?"

"아닌데요."

나는 두 뺨이 붉어졌다.

"아니긴. 생각해봐라. 주변의 사물과 현상에 의문을 품고 있지? 그 의미에 대해 곰곰이 생각해보니? 진리에 관심이 있고?"

"네."

"봐, 우리 아들 철학자 맞지."

나는 철학자가 어떤 사람인지 정확히는 몰라도 내가 전혀 철학자 같지는 않아서 겸연쩍게 웃었다. 모르는 게 너무 많은 것 같다고 솔직하게 말하자 파피는 모르는 것이 곧 아는 것의 시작이라면서 소크라테스와 공자를 거론했다. 파피는 너 자신을 알라고 한 소크라테스와 평생 배움과 수양에 힘썼던 공자를 그 누구보다 존경한다고 말했다. 나는 파피의 책상 앞에 앉아서 조금 전 부엌에서 가져온 설탕 범벅인 간식을 싹싹 비우며 그 말을 경청했다. 그러면 이윽고 파피가 이렇게 말했다.

"자, 이쯤 하면 됐다. 이제 네가 좀 말해봐라. 어떻게 하면 나도 커서 너처럼 똑똑한 사람이 될 수 있을까?"

파피와 함께 웃으면서 나는 나름의 대답을 내놓았다. 어릴 때 이런 문답을 주고받은 적이 한두 번이 아니어서, 지금도 소크라테스라는 이름을 들으면 머리가 좀 벗어지고 턱수염이 자란 아버지가 서재에 앉아 있는 모습이 자연스럽게 떠오른다. 내게 그 둘은 떼려야 뗄 수 없는 조합이다.

하지만 가끔은 파피도 내 안에 학구열이 뿌리내리기를 기다리다 지쳐서 답답함을 토로하기도 했다.

"이야, 난 이해가 안 가는구나. 어떻게 맨날 이 앞을 지나다니면서도 책 한 권 뽑아서 볼 생각을 안 하니? 나 때는 읽고 싶어도 읽지 말래서 못 읽었어. 그때 누가 이런 걸 다 읽을 수 있게 해준다고 했으면 뭔 짓을 못 했을까 싶다. 아들아, 너는 호기심이 안 생기니?"

파피는 그렇게 물으며 고개를 가로젓고 쓴웃음을 짓곤 했다. 하지만 전혀 웃지 않을 때도 있었다. 그 순간 파피의 얼굴에 어린 것은 분노가 아니라 고통이었다. 내가 그 뒤로도 특정한 연령대나 특정한 지역, 계층에 속한 흑인들의 사진에서 판박이처럼 볼 수 있었던 어떤 심원한 고통. 그 고통을 내가 일으켰을 리는 없겠지만 본의 아니게 그것을 깨우고야 말았다는 것은 알 수 있었다. 그럴 때면 나는 한밤중에 전조등 불빛을 맞닥트린 사슴처럼 굳어버린 채로 더듬더듬 궁색한 변명을 내놓을 수밖에 없었다.

이발소에 다녀온 그날 오후, 파피는 원기둥 형태의 내 머리에 대해서는 더 말하지 않고 학습 자료를 건넸다. 그날 오후에는 긴 훈계도 없었고, 슬픈 기색도 없었다.

"암기 연습부터 하고 그다음엔 단어 공부다. 유의어와 반의어다 하는 거야. 단어장에 모두 적고 나서 나한테 오거라."

"알았어요, 자기."

나는 갈등을 피할 수 있어서 다행이라고 생각하며 연두색 순간

노출기*와 대학 및 대학원 입시용 단어 목록, 그리고 두툼한 『메리엄·웹스터 대학생 사전』을 챙겨서 내 방으로 갔다. 오전에 이발소에서 BET에 빠진 채 흑인영어Ebonics라는 요란한 제2언어로 말하고 생각했던 내가, 다시 아버지의 점잖고 익숙한 언어로 돌아갈 시간이었다.

---

* 글씨나 그림을 순간적으로 보여주는 기계로 과거에 독해력과 어휘력을 향상하고자 사용하기도 했다.

사악한 램프의 요정

림을 맞고 튕긴 공이 백보드보다 높이 떠서, 특별한 날이면 가족 초청 공연을 하는 무대 쪽으로 포물선을 그리며 날아갔다. 평범한 목요일이었고, 오후 체육 수업도 막바지에 이르러 막간을 이용한 3 대 3 농구가 한창이었다. 마지막 종이 울리면 친구들과 함께 집으로 돌아가 간식을 먹으며 만화나 볼 예정이었다. 체육 담당인 무스타파 선생님은 엄한 성격의 이집트인이었다. 흰 셔츠를 헐렁한 트레이닝팬츠에 쑤셔 넣은 그는 체육관 저편에서 우리가 쓰는 코트 반쪽을 등진 채, 몸과 마음이 따로 노는 여자애들에게 두 줄로 하는 단체 줄넘기를 가르치고 있었다.

크레이그와 내가 전력 질주해서 멀리 날아간 공을 동시에 붙잡았다. 평소에 공격적인 행동을 많이 하는 편인 크레이그가 공을 냅다 끌어당겼다. 나는 그쪽으로 끌려갔지만 무릎을 굽히고 버텨서 다시 크레이그를 내 쪽으로 끌어왔다. 우리는 가슴팍 앞의 공을 사이에 두고 서로 바짝 붙었다. 눈이 마주쳤을 때 우리는 공을 뺏으려던 녀석의 시도가 무산됐음을 알았다. 그애의 검푸른 눈동자와 금색 바가지를 엎어놓은 것 같은 웃기는 머리를 가까이서 보니 문득 "근데 토머스 너도 깜둥이잖아?"라던 말이 들리는 것 같았다. 나는 온 힘을 실어 크레이그 쪽으로 한 걸음 내디뎠다가 재빨리 공을 놔버렸다. 크레이그가 비틀비틀 뒷걸음치다가 무대에 등을 부딪히고는 주저앉아서 캑캑거렸다. 풍자 잡지 『매드』의 마스코트를 쏙 빼닮은 주근깨 소년 숀이 크레이그에게 달려갔고 다른 애들이 옆으로 물러서며 길을 터줬다.

"크레이그, 괜찮아?"

크레이그는 시뻘게진 얼굴로 가쁜 숨을 몰아쉬면서도 괜찮다는 뜻으로 고개를 끄덕였다. 숀이 나를 올려다보며 따졌다.

"야, 토머스, 너 방금 왜 그랬어, 인마?"

"그러고 싶으니까 그랬지, 쌍년아. 씨팔 뭐 어쩔 건데?"

토요일마다 플레인필드에서 숱하게 봤던 험상궂은 표정을 최대한 흉내 내면서 인상을 구겼다. 태어나서 그런 말은 한 번도 해본 적이 없었기에 말하면서도 기분이 이상했다. 만약 그때 크레이그나 숀이 체육관 저쪽에 있던 무스타파 선생님에게 일러바쳤다면 그 자리에서 잘못을 뉘우쳤을지도 모른다. 그런데 놀랍게도 아무도 그러지 않았다. 열 살쯤 됐던 우리는 체격도 힘도 고만고 만했다. 그런데도 그 둘은 덩치로 나한테 밀리기라도 하는 듯이 기가 팍 죽어서 체육관을 나갔다. 이게 이렇게 쉬운 일이었나 싶었다. 때마침 종이 울렸고, 나도 짐을 챙겨서 체육관을 나섰다.

그 무렵의 나는 모종의 흑인다움을 표출하는 법을 배우면서 그 것이 단순한 보호막을 넘어 진짜 무기가 될 수도 있음을 체감하고 있었다. 백인 소년들에 둘러싸여 자라는 흑인 소년이 주의를 기울이기만 한다면 초등학교와 운동장이라는 야생의 공간에서 악용할 수 있는 마력을 제 안에서 충분히 찾을 수 있었다. 물론 그 런 종류의 힘은 추악하고 무도한 것이지만 어린 나는 그런 것까지는 몰랐다. 그저 저 백인 소년들에게 흑인 소년인 내가 흑인다움을 충분히 드러낸다면 나머지는 거저먹기라는 것만을 알았을 뿐이다.

우리 동네에서 가장 흑인다운 것을 꼽으라면 단연코 농구였다. 다행히 나는 농구에 제법 소질이 있었고, 숙제나 공부를 안 해도 될 때면 코트에 나가곤 했다. 보통은 파피가 선물한 월슨 농구공을 갖고 혼자서 집 근처에 있는 포리스트로드공원으로 향했다. 형과 내가 처음으로 농구에 관심을 보였을 때 파피가 우리 집 진입로에 설치해준 농구대가 있긴 했지만, 나는 공원의 농구대를 더 좋아했다. 집에 있는 것은 농구대가 다였지만, 공원에 가면 그

밖에도 농구에 얽힌 모든 것이 같이 있었다. 이를테면 문화와 정치랄까.

언젠가 단거리 점프슛을 왼팔로 500개, 오른팔로 500개, 총 1000개를 목표로 연습할 때였다. 형과 나는 매년 여름이면 파피의 지원으로 농구 캠프에 참가했다. 이 점프슛 훈련법도 거기서 배워온 것이었다. 지대가 높은 곳에 있는 보조 코트에서 슛을 연습하면서도 아래의 주 코트에서 펼쳐지는 화끈한 5 대 5 경기에서 눈을 뗄 수 없었다. 주 코트에서 경기를 뛰는 라숀은 내게 스타와 같은 존재였다. 키는 작지도 크지도 않았지만, 나는 내가 좀더 나이를 먹으면 저렇게 되고 싶다고 여길 만큼 라숀이 멋지다고 생각했다. 라숀은 헐렁한 청바지를 입고 검정과 파랑이 섞인 나이키 에어맥스(나도 신고 싶던 모델)를 신고 있었다. 아무것도 걸치지 않은 상체가 탄탄한 근육을 과시했다. 아까 경기를 시작하기 전에는 큰 병에 든 올드잉글리시 800 맥주를 홀짝거렸다. 이 일대에 그를 모르는 사람은 없었다. 그는 형보다 겨우 한 학년인가 두 학년 위였지만 내게는 라숀이 훨씬 어른스러워 보였다. 지난번에 만났을 때는 나와 친구들에게 녹색과 흰색 펭귄이 그려진 트럭에서 이탈리아식 아이스크림을 사줬다. 트럭으로 우리를 데려가서 직접 아이스크림을 사주지도 않고, 주머니에서 스페인산 양파만큼 두툼하고 겹겹이 쌓인 돈뭉치를 꺼내더니 지폐 몇 장을 쓱쓱 뽑아서 "아이스크림 먹고 싶으면 사 먹어라"라며 우리에게 건네

주었다. 그 일로 라숀을 우러러보게 된 나는 집에 와서 나중에 아이를 낳으면 토머스 같은 백인 이름이 아니라 라숀이나 라미크, 저말 같은 진짜 흑인 이름을 지어주겠다고 어머니에게 말했다.

다시 슛을 연습하던 날로 돌아가서, 내가 "어이, 라숀!" 하고 불렀지만 못 들은 것 같았다. 치열한 접전이 벌어지고 있으니까 이따 경기가 끝난 뒤 다들 테니스코트 쪽 급수대에서 목을 축이거나 벤치에서 맥주를 마시며 쉴 때 알은척하면 되겠다고 생각했다. 근처 고등학교 농구부 선수 몇 명도 같이 뛰고 있었다. 내가 알기로 라숀은 어느 팀에도 속하지 않았지만 아스팔트 코트 위에서는 라숀을 능가할 자가 없었다. 점프력부터 굉장했다. 이번 경기에서도 이미 속공으로 덩크슛(그것도 멋들어진 백덩크)을 시원하게 꽂아 넣었다. 내가 슛을 한 번 날리고 다시 주 코트를 돌아보았더니, 경기가 잠시 중단되어 있었고 공은 내 쪽으로 통통 튕겨 올라오고 있었다.

"공 가지고 오라고, 씹새끼야!"

라숀이 키가 크고 건장한 체격에 파란색과 흰색이 섞인 스코치 플레인스 레이더스 선수복 상의를 입은 백인 남자애에게 소리를 질렀고, 그애는 이미 슬금슬금 뒷걸음치고 있었다. 백인 남자애는 라숀보다 머리 하나만큼 더 컸고 몸무게도 14킬로그램쯤 더 나가 보였다. 그런데도 라숀은 거의 알아챌 새도 없이 둘 사이의 거리를 좁혔다.

"너한테 맞고 나간 거잖아. 내가 왜 가져와."

백인 남자애는 라숀에게 그렇게 또는 그 비슷하게 말했다. 라숀은 대꾸 없이 계속 전진했고, 그애는 계속 뒤로 물러났다. 공원 내 세 개의 코트에 있던 사람들의 시선이 전부 둘에게 쏠렸다. 누군가가 끼어들었다.

"어이, 뭘 이런 걸 갖고 그래. 내가 가져올게."

별안간 두 사람의 간격이 사라지더니 라숀이 그 백인 남자애를 흠씬 두들겨 패고 있었다. 누가 그토록 얻어맞는 모습을 실제로 본 적이 없었던 나에게 가장 충격을 준 것은 그 소리였다. 생각보다 훨씬 큰 소리가 났다.

처음으로 나간 주먹이 워낙 빨라서 백인 남자애는 막을 새도 없이 턱을 정통으로 맞았다. 무릎이 꺾이면서 온몸이 휘청였지만 라숀은 이어서 그의 얼굴, 가슴, 배를 서너 번 더 가격했다. 바닥에 털썩 고꾸라진 그애는 딱 봐도 의식을 잃은 것 같았다. 라숀은 미동도 없이 엎어져 있는 그의 얼굴, 갈비뼈, 허리를 짓밟고 마치 공처럼 걸어찼다. 등허리를 차는 소리가 전장의 북소리처럼 들렸다. 공원에 있는 그 누구도 감히 라숀에게 맞서거나 얻어터지고 있는 남자애의 편을 들려고 하지 않았다. 그 뒤 라숀은 인정사정없는 폭행을 멈추더니 아무 일도 없었던 것처럼 직접 공을 가져와서 "6 대 5, 너희 공"이라고 말했다. 사이드라인에서 쓰러진 백인 남자애의 교체선수가 들어왔고 경기는 매끄럽게 재개됐다.

이후 무슨 일이 있었는지, 그 백인 남자애가 어떻게 일어나서 공원을 빠져나왔는지는 모른다. 끝까지 다 볼 만큼 내가 오래 남아 있지 않았기 때문이다. 나는 계획대로 기다렸다가 라숀에게 인사하기는커녕 얼른 짐을 챙겨서는 괜히 다른 흑인 형들에게 들켜서 계집년 소리를 듣지 않도록 최대한 은밀하게 코트를 빠져나왔다. 얼마나 경황이 없었던지 새로 산 나이키 바람막이를 잔디밭에 그대로 놔두고 와버렸다. 저녁에 다시 찾으러 갔을 때는 이미 누가 가져갔는지 사라진 뒤였고, 바람막이의 행방이나 낮에 있었던 싸움의 뒷이야기를 물어볼 만한 사람도 남아 있지 않았다. 하지만 집에 돌아왔을 때에는 내가 잃어버린 것이 아니라 내가 목격한 일이 머릿속을 지배하고 있었다. 나는 라숀을 두려워하는 만큼 그에게 경외심을 느꼈다. 어떤 면에서는 자랑스럽기도 했던 것 같다. 라숀은 아이스티, NWA, 쿨 지 랩Kool G Rap 등 BET에서 본 흑인 형제들처럼 강했다. 그 어떤 백인 자식도 감히 그분의 면전에서 원숭이라고 놀리거나 왜 머리가 찰랑거리지 않느냐고 묻지 못하리라.

라숀을 떠올리면 떠올릴수록 그날 목격한 사건의 인상이 내가 크레이그와 대립했던 날의 기억과 엉겼고 나는 점점 깨닫게 되었다. 우리의 엉덩이에 헐렁하게 걸쳐진 청바지, 우리의 발을 장식하는 끈 풀린 운동화, 우리의 화법을 직조하는 비속어, 우리의 걸음을 춤으로 승화시키는 건들거림, 우리의 뚜껑을 덮는 파격적인 헤어스타일, 우리의 하루에 배경음악이 되는 힙합, (흑백 혼혈인이든 순전한 흑인이든 간에) 우리의 피부를 검게 하는 색소, 이 모든 것이 어떤 보이지 않는 접착제가 되어 라숀과 나 같은 사람들을 끈끈하게 이어준다는 것을 말이다. 라숀과 내가 아무리 다르다고 해도 우리 사이에는 크레이그나 그날 아스팔트 위에 대자로 뻗은 백인 남자애와 공유하지 않는 우리만의 공통점이 분명히 존재했다. 그러니까 나도 라숀과 같은 흑인 형제들이 여기저기서 휘두르고 행사하는 그 막강한 힘을 어느 정도는 발휘할 수 있지 않을까 하는 생각이 들었다. 그것은 부르겠다고 결단만 하면 부를 수 있는 램프의 요정과 같았다. 그 사악한 요정을 부르려면 아버지의 서재에서 본, 라숀과 나를 멀어지게만 하는 것들을 거부하는 대신 BET와 길바닥과 ESPN에서 본 것들을 받아들여야 했다. 그 쯤이야 일도 아니었다.

홀리트리니티에는 나 같은 흑인 학생이 극소수에 불과했기에 변해가는 나의 정체성의 시금석이랄까 판독기가 될 만한 어떤 권위자나 문화가 존재하지 않았다. 내가 내 안의 라숀을 표출하고 BET〈랩 시티〉와 ESPN〈스포츠센터〉에서 본 것을 흉내 내며 흑인 동네 출신 같은 이미지를 신나게 구축해가니까 내가 다니던 학교의 백인 아이들도 점차 그것을 당연하게 받아들였다. 우리의 유치한 사회계약 안에서 그들은 내 길바닥 판타지를 실현하게 해주고 신체 영역에서 모든 것을 내게 양보했다. 동급생들은 내가 달리기의 제왕이고, 크로스오버 드리블쯤은 식은 죽 먹기이며, 자기들 머리 위에서 리바운드볼을 낚아챌 수 있는 게 당연하다고 생각했다. 내가 춤출 줄 모르는 것은 있을 수 없는 일이라는 듯이 반응했고, 로커 룸에서는 다들 흑인의 물건이 제일 대물이라는 식으로 굴었다. 그렇게 주위에서 띄워주면 흑인 소년은 금방 거기에 적응하고 만다. 어깨에 힘이 잔뜩 들어간 나는 절친한 백인 친구들을 제외한 모두와 그 같은 암묵적 합의를 맺었다.

처음에는 걸음걸이가 활기차졌다. 얼마 지나지 않아서는 (물론 어디까지나 가정에 불과했지만) 내가 백인 남자애들보다 우월할지 언정 그들과 동등하지는 않다는 진실을 깨달았다. 예를 들어 그들이 학업과 물질적 풍요에서 나에게 기대하는 수준은 자기 자신이나 서로에게 기대하는 것보다 훨씬 낮았다. 내 머리가 뻣뻣한 것이 이상하다고 했던 티나는 내가 역사 시험에서 자기보다 높은 점수를 받자 놀란 기색을 감추지 못했다. 마크라는 친구는 어느 날 집에 놀러갔을 때 뜬금없이 자기 집처럼 큰 집을 본 적이 있느냐고 물었다. 저녁 식탁에는 잘 익은 고기와 채소찜이 차려졌는데, 녀석은 우리 집에서도 그렇게 먹는지 궁금해했다.

처음에는 그런 부분이 모욕으로 느껴졌다. 나는 타고나기를 그런 것에 연연하는 성격이었다. 나는 쟤들처럼 똑똑하면 안 되는 걸까, 내가 중산층으로 사는 게 이상한 걸까(물론 강력한 레프트훅과 남들이 부러워할 만한 성기가 있다고 해도 그건 또 다른 차원의 이야기였다). 하지만 그렇게 비대칭적인 관계가 며칠, 몇 주, 몇 달, 몇 년간 지속되자, 마크나 티나 같은 애들과 같이 있으면서 빈민가 출신처럼 행세하는 것은 그들의 경의를 받아내기 위해 치러야만 하는 소소한 대가이며 손해 보는 장사는 아니라는 생각이 들었다. 그런 생각은 마치 사막의 모래가 거대한 모래시계에서 밑으로 흘러내리듯이 서서히, 아주 서서히 내 안에 자리 잡았다. 어차피 이발소와 농구코트에서 만나는 흑인 아이들은 공부 머리나 밋밋한 중산층의 삶에는 쥐뿔도 관심이 없는 것 같았다. 열 살 때, 친구 저스틴이 자부심에 찬 목소리로 말했다.

"난 평생 깜둥이로 살다 갈 거다. 흰둥이 새끼들은 꺼지라 해."

저스틴처럼 내가 아는 흑인 아이들은 빈민가를 주름잡는 길바닥의 제왕이 된 것처럼 행세하면서 흑인 동네와 텔레비전과 라디오에서 보고 들은 힙합, 스포츠, 깡패 판타지의 세계에 불나방처럼 몸을 던졌다. 그들은 정신이 아닌 육체를 통해 자신을 정의하고 있었고, 나 역시 언제부턴가 아버지의 영향권만 벗어나면 그리하고 있었다. 그것은 두 집단의 당근과 채찍으로 간단히 설명되는 구도였다. 백인들에게는 운동 잘하고 깡패를 동경하는 흑인에게 줄 당근이 많았다. 또 한편으로 그 깡마른 흑인 아주머니의 채찍질도 여전히 느껴졌다. 그렇게 양쪽에서 부추겨대니 나는 최대한 진짜처럼 보여야겠다고 각오했다. 이쪽과 저쪽에 진짜로 보이고 싶은 이유가 서로 다른 것 같아도 따지고 보면 똑같았다. 어느 쪽에 가짜로 보이는 것이 더 큰 문제일지는 가늠하기 어려웠다.

형이 2학년 때 백인 남자애들에게 굴욕을 당하고, 그 상황에서 다른 흑인 남자애들이 형의 편을 들어주지 않은 것은 형이 시험대에 올랐을 때 흑인다움을 충분히 드러내지 못한 까닭이라는 생각이 들었다. 나는 절대 그런 실수를 범하지 않겠다고 마음먹었다. 그러기 위해서는 과감하게 연기를 해야 할 필요도 있었다.

7학년 말에 마리아와 홀리트리니티를 나서던 때가 기억난다. 올리브빛 피부의 마리아는 풍성한 흑발을 여러 가닥으로 굵게 땋아 내렸고, 중학생치고는 가슴이 조숙했다. 둘이서 시시덕대면서 학교 앞을 지나 대로변으로 나갔는데 한쪽 구석에 엑토플라즘* 같은 초록색 마운틴듀를 마시며 담배를 피우는 한 무리의 고등학생들이 있었다. 그 앞을 지나가자 가수 존 비Jon B.를 닮은 잘생긴 얼굴을 하고, 뉴저지주에서 흑인 흉내를 내는 짝퉁들이 흔히 그러듯 헐렁한 타미힐피거 럭비셔츠를 입은 백인 녀석이 내게 뭐라고 한마디 했다. 아마도 나를 제물 삼아서 마리아의 관심을 끌려는 수작이었을 것이다(마리아는 그 정도로 성숙해 보였다). 지금은 기억도 나지 않을 정도로 시답잖은, 그때도 그냥 한 귀로 흘리면

---

* 심령현상에서 나온다는 가상의 물질. 영화 〈고스트버스터즈〉에 나오는 유령의 점액 같은 것을 말한다.

그만인 말이었다. 하지만 근처에 있던 동급생 몇 명이 들었고, 마리아도 들었다. 당시 나는 내가 만든 흑인의 이미지에 심히 도취해 있었기에 백인 친구들과 달리 그 자리에서 강하고 거칠게 대응하지 않으면 심하게 체면을 구길 판이었다.

"니 좆이나 빨아라."

나는 녀석에게 대꾸하고서 유유히 걸음을 옮겼다.

내 허세에 놀란 마리아가 킥킥댔다. 백인 남자애가 마지막으로 시비를 걸었던 게 벌써 몇 년 전 일이고, 백인에겐 나 자신이 범접할 수 없는 존재이리라는 환상을 철석같이 믿고 있었기에 솔직히 그가 나를 어떻게 하지 못할 것으로 여겼다. 물론 그는 나보다 서너 살이 많고 힘도 훨씬 셌으며, 또 녀석에게도 체면이 있었다. 그가 벌컥 화를 내며 달려들었다.

"이 좆만 한 새끼, 패 죽여버린다!"

싸워봤자 내 완패가 될 게 뻔했다. 그의 친구들이 끼어들며 아직 애니까 봐주자고 말렸지만 그의 분노는 쉽사리 사그라들지 않았다.

"내가 맨날 여기서 너 기다린다."

친구들이 으름장을 놓는 그를 붙들고 있는 동안 나는 자리를 피했다.

다음 날 하굣길에, 맙소사, 정말로 그 자리에 떡하니 버티고 있는 그를 보았다. 나는 다시 학교로 들어가 뒷문으로 빠져나왔고 집에 와서 형에게 자초지종을 고했다. 형은 가장 친한 친구인 마이클과 함께 다음 날 학교로 나를 데리러 오겠다면서 걱정하지 말라고 했다. 마이클은 나도 '사촌'이라고 부를 만큼 친했다.

이튿날 마지막 수업인 음악 시간에 잔뜩 졸아든 채 창밖으로 거리의 동태를 살폈다. 수업 종료를 알리는 종이 치기 직전에 마이클의 낡은 진청색 뷰익이 길가에 섰다. 그러더니 클래런스 형과 마이클이 차에서 내려 보닛에 걸터앉고는, 마치 철학자들처럼 블랙앤드마일드 시가를 뻐끔뻐끔 피우며 시커먼 연기를 뿜어냈다. 같이 수업을 듣던 친구 하나가 내 쪽을 보며 말했다.

"와, 죽이네!"

형들은 열일곱 살이었다. 나이키 에어 티셔츠와 헐렁한 연청색 청바지를 입고 아직 플라스틱 태그를 떼지 않은 나이키 에어플라이트를 신은 형은 덩치가 더 크고 건장한 것을 빼면 영락없이 나와 판박이였다. 한편 195센티미터가 넘는 거구에 군복을 걸치고 팀버랜드 부츠를 신은 마이클은 짙은 초록색 비니를 눈 바로 위까지 푹 눌러쓰고 있으니 아무리 껄렁한 백인 남자애라고 해도 그 앞에서는 찍소리도 못 낼 듯한 위용이었다.

나는 얼른 학교를 나와서 '존 비'가 있으면 보라는 듯이 의기양양하게 형과 '사촌'에게 달려갔다. 그들은 멀리서 넋 놓고 바라보는 백인 동급생들에게 과시하듯이 나와 폼나게 악수했다. 그러고는 그 자리에서 적어도 15분은 기다렸던 것 같다. 그 사이 동급생들은 하나둘 떠났고, 녀석은 끝내 나타나지 않았다. 마이클이 입을 열었다.

"야, 타. 그 씹새끼 찾아야지."

우리는 창문을 다 내리고 말없이 힙합 듀오 스미프엔위썬Smif-N-Wessun과 힙합 그룹 오리지누 건 클래파즈Originoo Gunn Clappaz의 노래를 들으며 먼저 고등학교 주변을 돌아본 뒤 웨스트필드 중심가를 샅샅이 뒤졌다. 이러다가는 영영 앙갚음할 수 없겠다고 체념할 때쯤 기차역 건너편 피자 가게에서 녀석이 친구들과 나왔다. 마이클이 차를 세우려고 핸들을 꺾으며 말했다.

"토머스, 저 새끼한테 가서 얘기 좀 하자고 해. 우리가 바로 따라간다."

차에서 내려 녀석의 등 뒤로 접근하자니 입안이 솜뭉치를 한 움큼 물고 있는 것처럼 바짝바짝 말랐다.

"어이, 얘기 좀 하지."

나는 심한 변성기에 들어선 목소리로 조금 떨며 그를 불렀다.

고개를 돌려 목소리의 주인공을 확인한 그는 역동적인 표정의 변화를 보여줬다. 처음에는 놀람, 이어서 분노, 다음은 공포였다. 공포로 끝난 이유는 내 뒤에서 다가오는 마이클과 클래런스 형을 봤기 때문이다. 내가 뭐라고 더 말하기도 전에 마이클이 나섰다.

"어이, 니가 우리 동생한테 집적댄다는 그 쌍년이냐?"

그 녀석은 침을 꿀꺽 삼켰다.

"아니, 내가 뭘 어쩐 게 아니라 저 자식이 먼저 까불잖아."

그가 사정하듯 말하는 사이에 그의 친구 무리가 다가와서 무슨 일이냐고 묻자 마이클이 말했다.

"니넨 그냥 집에 가라. 여기서 한따까리 하기 싫으면."

그 말에 고분고분 떠나는 친구들의 모습을 보며 더 놀란 사람은 내가 아닌 그 녀석이었을 것이다.

"이름이 뭐냐?"

다시 마이클이 녀석한테 물었다.

"바비."

"바비?"

"으응."

"차로 따라와라, 바비."

바비는 순순히 마이클의 말을 따랐다. 마이클이 차 뒤편으로 가서 트렁크를 열자 루이빌슬러거 나무 배트와 종아리까지 덮는 길이의 흰색 스포츠 양말 한 짝이 보였다. "여기 트렁크 안에 봐봐라, 쌍년아"라며 마이클이 양말의 주둥이를 잡고 흔들어 보였다. 양말이 아래로 묵직하게 처진 건 맹꽁이자물쇠가 들어 있어서라면서 그는 바비에게 물었다.

"한번 골라봐. 너 같은 호모 새끼 궁둥이를 뭐로 시퍼렇게 해줄까? 여기 이 자물쇠? 아니면 저기 루이빌슬러거?"

친구들에게 버림받고 홀로 우리 셋과 길모퉁이에 남겨진 바비는 대꾸도 없이 울기 시작했다. 무슨 과호흡이 오거나 심한 딸꾹질이라도 하는 사람같이 가쁜 숨을 몰아쉬며 꺼이꺼이 울었다. 저러다 바지에 실례하는 건 아닌가 싶었다.

"와, 이 새끼 이거 뭐냐? 지금 우냐? 질질 짜는 거 보니 너 졸보 새끼냐, 바비? 나는 니가 뭐 힘 좀 쓰는 놈인 줄 알았지. 너 깡패 아니었냐, 바비?"

마이클이 고개를 비뚜름하게 기울이면서 바비의 눈을 똑바로 보고 말하자 놈은 더욱 위축됐다. 바비는 주체할 수 없는 울음 때문에 이미 얼굴이 눈물범벅이었다. 마이클이 바비에게 말했다.

"내 말 잘 들어라, 이 호모 새끼야. 여기 내 깜둥이 동생한테 니가 잘못했다고, 니가 좆나게 잘못했다고 사과해. 싫으면 이빨 한번 시원하게 털려보든가."

"저기, 미안…… 미안, 미안."

훌쩍거리던 바비가 노티카 셔츠 소매로 얼굴을 훔치며 내게 사과했다.

"토머스, 이 호모 새끼 사과를 받아줄 거야, 말 거야?"

마이클이 내게 말하고는 다시 바비에게 으름장을 놓았다.

"얘가 안 받아주면 더 싹싹 빌어야 할 거다, 이 쌍년아."

"됐어."

나는 그 자식에게 측은함에 가까운 감정을 느끼며 말했다. 마이클이 바비에게 꺼지라면서 다시 한번 이런 일이 있으면 그때는 말로 끝내지 않겠다고 경고했다. 바비가 마이클에게 고맙다고 인사하고 몸을 돌려서 떠나려고 할 때 클래런스 형이 블랙앤드마일드 꽁초를 바비의 옆머리에 튕기자 그의 머리칼에서 작은 화산처럼 빨간 불꽃이 일었다가 검은 재가 되어 떨어졌다.

사실 형과 마이클은 다른 흑인 아이들에 비하면 딱히 거칠고 억센 것도 아니었다. 특히 라숀 같은 부류에 비하면 험한 축에도 못 들었다. 둘은 비디오게임, 오락실 레이싱게임, 무선조종자동차 조립, 코미디 방송을 좋아했다. 장래 희망은 프리스타일 랩도 하고 하우스뮤직도 틀어주는 나이트클럽을 열어서 형은 선곡을 담당하고 마이클은 분위기 메이커가 되는 것이었다. 그들은 금요일이면 티지아이프라이데이스에 가서 저녁을 먹고 토요일에는 우드브리지나 멘로파크의 쇼핑몰을 어슬렁거리며 패스트푸드를 사 먹은 뒤 헤픈 여자애들에게 삐삐 번호를 얻어내는, 전형적인 교외 중산층 가정의 십 대였다. 방과 후에는 숍라이트나 푸드타운 등 식료품점에서 물건을 봉투에 담는 아르바이트로 휘발윳값을 벌었다. 루이빌슬러거 비슷한 것을 다른 사람 몸에 갖다 대본 적도 없었다. 다시 말해 그들은 백 번을 양보해도 길바닥에서 노는 애들이 아니었다. 다만 그런 문화에 꽤 밝았을 뿐이다(특히 형보다 마이클이 더 그랬다).

내가 어렸을 때 알았던 푸에르토리코계 아이들이 엉덩이를 앞

뒤로 흔드는 법을 자연스레 배웠던 것처럼, 유대계 아이들이 유대교의 율법인 토라를 암송하는 법을 자연스레 배웠던 것처럼, 아일랜드와 이탈리아계 아이들이 은근슬쩍 차별적인 말을 하는 법을 자연스레 배웠던 것처럼, 중국계 아이들이 숙제로 받은 유인물을 그야말로 파괴해버리는 법을 자연스레 배웠던 것처럼 우리 흑인 아이들은 폭력배나 깡패를 흉내 내는 법을 자연스레 배웠다. 그것은 흑인이 아닌 사람들 사이에서 우리를 강해 보이도록 만들었고, 흑인들 사이에서는 우리를 정상으로 보이게 만들었다.

바비와 부딪친 사건이 있고 1년쯤 지나서 고등학교 입학하기 전 여름방학 때의 일이다. 매년 그랬듯이 파피가 휴가를 내고 차에 내 짐을 실었다. 이제 파피는 나이가 더 들어서 머리는 강한 인상을 줄 만큼 훌러덩 벗어지고 무성한 턱수염은 희끗희끗해졌으며 무릎은 약해져 있었다. 파피가 나를 태우고 95번 주간고속도로를 달려 도착한 곳은 메릴랜드주 에미츠버그에 있는 모건우튼 숙박형 농구캠프였다. 그로부터 2주 뒤에 파피가 캠프 내 리그의 마지막 날 경기와 시상식을 관람하고자 아침 일찍 캠프로 왔다. 나는 결승전에 진출한 팀의 주전 포인트가드로, 중등부 최우수선수 후보였다.

경기 전에 레이업 연습 대형으로 서서 몸을 풀 때 옆구리에 책을 낀 파피가 다리를 살짝 절며 체육관을 가로질렀다. 그러고는 가까운 관중석에 조용히 자리를 잡더니 밑줄을 쳐가면서 책을 읽다가, 고개를 들어 다초점 안경 위쪽으로 코트를 살폈다. 다른 아빠들과 달리 파피는 소리를 지르지도, 응원하지도 않고 손뼉조차 치지 않았다. 수시로 삐삐를 확인하거나 체육관 밖으로 전화하러 나가느라 정신이 팔려 있지도 않았다. 다만 아들에게 집중할 뿐이었다. 고요하고 점잖은 파피의 존재감이 내게는 의욕과 두려움을 동시에 불러일으키는 양날의 검으로 다가왔다. 나는 내 아버지가 무지한 십 대 미혼모의 외아들로 태어나, 끝내 사회의 어엿한 일원으로 복귀하지 못한 모친 곁에서 친부가 누군지도 모른 채 자라면서도 온갖 역경을 극복한 입지전적 인물임을 잘 알았다. 아버지는 텍사스주 갤버스턴의 '유색인' 고등학교에서 복싱과 토론을 하고 야구부의 투수로, 농구부의 포인트가드로, 미식축구부의 쿼터백으로 뛰었다. 모교 방문의 날에는 재학생들에게 가장 인기 있는 졸업생으로 선출됐다. 그리고 졸업식 때는 졸업생 대표로서 고별사를 했다. 아버지에게 인생은 경쟁의 연속이었고, 2등은 성에 차지 않았다. 인생이란 무척 취약하기도 해서 그의 어머니가 보여준 것처럼 한 발만 헛디뎌도 모든 것을 잃을 수 있었던 만큼, 아버지는 어릴 때부터 매사를 신중히 처리했고 필사적으로 완벽을 추구했다.

파피의 부성애를 완벽하게 보여주는 이야기를 들은 적이 있다. 우리가 뉴어크에 살 때 어머니가 에너지 넘치는 다섯 살짜리 형을 돌보면서 집 안을 청소하는 동안, 아기였던 나는 방바닥을 자유롭게 기어 다녔다. 우리는 2층에 있는 방에 있었다. 방 한쪽의 문을 열고 나가면 복도가 나오고, 거기서 융단이 깔린 긴 계단을 내려가면 아버지가 서재 겸 응접실로 쓰는 방으로 이어지는 구조였다. 나는 워낙 조용한 아이여서 기어 다녀도 큰 소리가 나지 않았다. 어머니가 형한테 정신이 팔린 사이에 나는 엉금엉금 문으로 기어갔는데 하필이면 문이 꼭 닫혀 있지 않았다. 나는 복도로 나갔다가 이내 계단으로 굴러떨어졌다. 기저귀를 차고 새파란 잠옷을 입은 아기가 딱딱한 1층 나무 바닥을 향해 맹렬히 굴러갔다. 어머니가 2층에서 소리도 지르지 못한 채 입만 쩍 벌리고 서 있을 때, 서재 문을 벌컥 열고 튀어나온 파피가 마치 야구선수처럼 몸을 날려서 내가 땅에 닿기 전에 붙잡았다. 손님들과 이야기를 하던 도중에 갑자기 벌떡 일어나더니 잠깐 기다리라고 말하고는 문으로 돌진했다고 한다. 파피가 아니었으면 그날 아침 나는 목숨을 잃었을지도 모른다.

"아니, 그걸 어떻게 들었어요?"

깜짝 놀란 한 손님이 파피에게 물었다.

"아이를 병원에서 데리고 온 순간부터 항상 아까 같은 소리에 대비하고 있었습니다."

그런 아버지의 아들이었던 나는 어릴 때부터 내가 어디에 있든지 무엇을 하든지 간에, 파피가 내가 추락하는 소리를 놓칠 리 없다는 것을 알았다.

코트에서 파피 쪽을 슬쩍 보면서 새것 티가 팍팍 나는 에어조던 신발로 이리저리 잽싸게 움직였고, 아래로 딱 알맞게 처지는 메시 소재 반바지를 그날만 스무 번째 추어올렸다. 공연히 헤드밴드를 만지작거리다가 애써 태평한 척하기를 반복했다. 드디어 내 차례가 왔을 때, 자유투 라인 오른쪽에서 공을 받아서 일부러 땅땅 세게 두 번 팅기며 돌진한 뒤 핑거롤로 슛을 날리고 폼을 잡는다고 같은 손으로 백보드 유리를 탁 쳤다. 공은 림 위에 잠시 멈춰 있다가 밖으로 떨어졌다. 책에서 눈을 떼고 그 광경을 보던 파피가 고개를 저으며 사이드라인 쪽으로 오라고 손짓했다.

내가 다가가자 파피가 어깨에 손을 올리며 말했다.

"아들아, 넌 그냥 너의 경기를 하면 돼. 어리석게 괜히 뭘 보여주려고 하지 말고, 내가 됐든 누가 됐든 남한테 신경 쓰지 마라. 침착하게 경기하고 네 마음의 북소리를 들어. 둥, 둥, 둥, 둥. 머릿속으로 세면서 너만의 리듬을 만들란 말이야."

파피가 유용한 조언을 해주는 것이야 농구뿐 아니라 달리기나 시험처럼 내가 경쟁해야 하는 상황에서는 항상 있는 일이었다. 그런데 이번에는 거기서 그치지 않고 명심하라는 듯 지그시 눈을 맞추면서 내가 이해할 수 없는 말을 덧붙였다.

"아들아, 경쟁할 때는 언제나 최선을 다하는 게 맞겠지만 이거 하나는 기억해둬라. 나는 우리 집안에서 그 어떤 흑인 운동선수나 연예인이 나오는 것엔 전혀 관심이 없다."

나는 그날 최우수선수상을 받았고, 파피는 사이드라인에서 했던 말이 무색할 만큼 기뻐했다. 집에 오는 길에 파피는 내게 델바턴학교와 유니언가톨릭고등학교 중 어디로 진학할지 선택하라고 했다. 델바턴은 우리 집에서 멀리 떨어진 백인 일색의 명문 남학교로 학비 역시 우리 집 형편에서 동떨어져 있었지만 어떻게든 장학금을 받게 해주겠다고 장담했다. 유니언가톨릭은 집 근처의 미션스쿨로 명문과는 거리가 멀었다. 그 대신 피부색이 나와 같은 학생이 새카맣게 많았다. 파피는 내게 결정권을 주는 것이 무슨 대단한 이유가 있어서가 아니라 여학생이 하나도 없는 학교에 억지로 아들을 보낼 수는 없는 까닭이라고 말했다.

파피는 두 곳 모두 교육 수준이 자신의 기준에 못 미치리라고 생각하는 것 같았다. 어느 학교에 가든 나는 늘 해온 것처럼 방과후와 주말과 여름방학에 파피의 일대일 과외를 받아야 했다. 어디에 가든 운동부에 들 자신이 있었던 나는 옳거니 하며 다른 흑인 아이들, 특히 흑인 여학생들과 어울릴 수 있는 유니언가톨릭을 선택했다.

진흙탕을 뒹구는 망아지

어느 날 아침 로커 룸에 있는데, 타키라라는 덩치 좋은 여자애가 복도를 내달려 오더니 숨 가쁘게 말했다.

"얘들아, 오늘이 무슨 날인지 알지?"

"아니, 무슨 날인데?"

누가 물었다.

"야, 비기*의 기일이잖아."

"아, 맞다!"

타키라의 대답에 다른 누군가가 맞장구쳤다.

---

* Biggie Smalls. 노토리어스 비아이지(The Notorious B.I.G.)라는 예명으로도 활동한 래퍼로 1997년에 총격으로 사망했다.

"인정! 최고의 MC를 위해 얼음을 던지자, 요."*

그러자 또 다른 학생이 엄숙하게 말했다.

"모두들 비기를 위해 기도하는 거 잊지 말라고, 진짜."

타키라의 말과 함께 1교시 시작을 알리는 종이 울리자 우리는 저마다 교실로 흩어졌다. 누군가 비기가 그립다는 말도 했던 것 같다.

나도 〈요! MTV 랩스Yo! MTV Raps〉에 심취한 십 대이긴 했지만 그들의 대화는 황당하고 거슬렸다. 우리는 부유하진 않아도 그럭저럭 살 만한 가정에서 자라 사립학교에 다니는 흑인 학생들이었다. 그런데도 윌리엄 에드워드 버가트 듀보이스**나 서굿 마셜***이 사망한 연도는 대충 몇십 년대였는지조차 모르고, 마틴 루서 킹의 탄생일은 달력을 봐야만 알 수 있지만(그마저도 순전히 학교가 쉬는 날이어서) '비기 스몰스의 피살일'은 또 그렇게 숙연하게 기릴 수가 없었다. 우리 부모님 세대가 킹의 서거 당시 그랬듯이 우리도 그 래퍼의 사망 소식을 들었을 때 어디에 있었는지를 정확히 기억했다(나는 내 방 소파에서 통화하고 있었다). 이 즉석 B.I.G. 추모식에 참석한 이들은 다들 『레디 투 다이Ready to Die』와 『라이프

---

* 노토리어스 비아이지, 〈Unbelievable〉 가사의 일부. "Throw down some ice for the nicest MC." 얼음(ice)은 속어로 다이아몬드, 마약이라는 뜻도 있다.

** William Edward Burghardt Du Bois. 미국의 민권운동가.

*** Thurgood Marshall. 미국 최초의 흑인 연방 대법관.

애프터 데스Life After Death』앨범의 모든 노래를 전부 외우고 있었고, 나도 예외가 아니었다. 나 역시 동급생들만큼 비기에 빠져 있었으니. 하지만 고인이 된 마약 판매상을 마냥 숭배하기에는 머리 혹은 양심의 깊숙한 곳에서 뭔가 걸리는 구석이 있었다. 나는 로커 룸에 있던 아이 중 그 누구도 『맬컴 엑스의 자서전』이나 『흑인의 영혼』의 책등에 주름이 지게 해본 적이 없다는, 절대 반박할 수 없는 사실을 깨달았다(나만 예외인 것은 파피가 시켰기 때문이었다). 우리는 토니 모리슨이라고 하면 어렴풋이 오프라 윈프리의 인상을 떠올렸다.* 나를 포함해서 그 누구도 마일스 데이비스Miles Davis와 존 콜트레인John Coltrane이나 텔로니어스 멍크Thelonious Monk의 곡이 어떻게 다른지 설명할 수 없었다. 우리는 재즈에, 블루스에, 흑인문학에 그토록 무지했다. 대부분 할렘르네상스의 주역들이 누구인지 몰랐다. 타키라의 말을 듣고 이런 생각이 뇌리를 스쳤는데, 동급생들의 비장한 표정을 보자 불현듯 "아들아, 나는 우리 집안에서 그 어떤 흑인 연예인이 나오는 것엔 전혀 관심이 없다"라던 파피의 목소리가 들리면서 부끄러움이 가슴을 후볐다. 그 순간 파피의 말이 옳다는 것을 깨달았다.

하지만 평소에도 내가 보거나 들은 것에 늘 의문을 품으며 살았던 것은 아니다. 힙합 스타일과 문화는 운동장과 이발소를 넘

---

* 오프라 윈프리는 토니 모리슨의 소설을 원작으로 한 영화 〈빌러비드〉의 주인공으로 출연했다.

어 유니언가톨릭의 모든 것을 지배하고 있었고, 그 무렵의 나는 그것을 단순히 흉내 내는 수준을 넘어 이제는 로마에서 로마법을 따르는 어엿한 시민이 되어 있었다. 홀리트리니티 시절에 알고 지냈던 백인 아이들과는 인연을 끊고 흑인과 라틴계로만 이루어진 공동체에 몸을 던졌다. 새로 사귄 친구 중에는 나 같은 중산층도 있었지만 부모, 조부모, 이모, 삼촌 등이 애들만큼은 그들이 속한 노동자 계급에서, 도시 빈민 사회에서 빠져나가게 하겠다며 등골이 빠지게 고생하는 집안도 있었다. 후자에 속하는 친구는 대부분 플레인필드·어빙턴·뉴어크같이 생활환경이 마른 수건보다도 팍팍하고, 등교할 때마다 학교 정문의 금속 탐지기를 통과해야 할 정도로 공립학교가 붕괴한 소도시 출신이었다.

그런 곳에서 매일 아침 나른한 스코치플레인스로 오는 그애들이 내 눈에는 무언가 귀중한 임무를 수행하는 것처럼 보였다. 진정한 흑인다움을 전파하는 사절단 같았달까. 그중 제일 인기 있었던 제롬은 키는 작았지만 머리를 멋있게 깎고 다녔고, 허스키한 목소리와 건들거리는 걸음걸이가 일품이었고, 이제 열네 살인데도 표정은 훨씬 나이 들어 보였다. 제롬의 형은 푸지스Fugees와 친한 힙합 그룹의 일원이었다. 제롬은 교내에서만 알아주는 아마추어 래퍼이긴 했어도 별의별 소품을 동원해 자기 역할을 잘 소화해냈다. 뉴어크에서는 고단하고 치욕스러운 삶을 살지언정 버스를 타고 학교에 오면 귀족이 됐다. 제롬은 손장난을 섞어가며 악수하던 도중에 손가락을 딱 튕기고 고개를 까딱이면서 "잘 있었냐, 깜둥이 새끼야?"라고 무심하게 인사할 줄 알았다. 9학년 때는 시가 껍질에 대마초를 채워 피우고 알코올 도수가 40도나 되는 술을 마셨다. 제롬의 '되놈 같이 찢어진' 눈은 항상 충혈되어 있었다.

표면상으로는 제롬과 나 사이에 아무런 공통점이 없었다. 나는 부모님이 두 분 다 계시는 안정적인 가정에서 자랐고, 어떻게 하면 아버지를 실망시키지 않을 수 있을지가 제일 큰 고민이었다. 하지만 제롬은 평일에도 새벽 서너 시까지 놀 수 있었고, 그 학비 비싼 학교를 책가방도 안 멘 채 대마 냄새를 풀풀 풍기며 다녔다. 그렇게 다르게 자란 제롬과 나 그리고 나머지 또래들을 하나로 묶어주는 것은 가정환경도 아니고 피부색도 아니었다. 우리를 하나로 만드는 무형의 접착제는 바로 힙합 문화에 느끼는 강한 일체감이었다.

날마다 학교가 파하면 나도 시내버스의 좌석이나 어머니 차의 조수석으로 추방되는 대신에 흑인으로 가득한 뉴어크행 버스에 합류하고 싶었다. 수업이 끝나면 주차장에서는 피스카터웨이, 로웨이, 엘리자베스, 이스트오렌지 등 뉴어크 방면으로 가는 각양각색의 버스가 왁자지껄한 승객을 가득 싣고서 반쯤 열린 창문 밖으로 라디오 '핫 97' 에프엠방송의 아우성을 뿜어내며 공회전하고 있었다. 그곳에서는 항상 파티가 한창이었다. 아이들이 의자에서 들썩이고 있었지만 나는 낄 수 없는 춤판이었다.

그 버스에 탔던 아이들이 나를 보며 어떤 박탈감을 느꼈을 것 같지는 않다. '벽돌 도시* 대표'를 자처하는 제롬을 포함해 많은 아이들이 내가 타는 저 시내버스를 타고 싶다는 생각 따위는 하지 않았을 것이다. 그럴 만도 한 게 나의 방과 후 생활에는 '진짜'가 없었다. 제롬의 열쇠가 현관문에 꽂히기도 전에 나는 대입 교재에 파묻혀 있었다. 그것은 흑인이라면 당연히 힙합 리듬과 수다에 빠져 있어야 성적이야 아무럼 어떠냐고 여기는 내 주변의 분위기와는 양립할 수 없는 삶이었다.

그런데 놀랍게도 나와 같이 시내버스를 타려고 하는 녀석이 있었다. 유니언가톨릭에서 절친한 사이가 된 찰스였다. 우리 학년에서 가장 인기가 많았던 찰스는 단신이긴 해도 강인했다. 서글서글한 눈매에 눈동자는 갈색이며 머리는 갓난아기처럼 빡빡 밀고 다녔다. 찰스의 깨끗한 캐러멜색 피부밑으로는 원주민, 정복자, 노예의 피가 함께 흘렀다. 찰스는 우리 형이 "좆대가리까지 근육질"이라고 할 만큼 몸이 우락부락했다. 나는 그때껏 찰스만큼 자부심과 흡인력이 강한 사람을 본 적이 없었다. 찰스는 매일 방과 후 우리 집으로 왔고 파피는 그를 또 다른 아들처럼 대했다. 당시

* Brick City. 벽돌로 된 건물이 많은 데서 유래한 뉴어크의 별칭.

의 나는 그런 표현을 쓰지 않았지만, 찰스와 나는 분명히 상호 이득이 되는 의존 관계였다. 찰스는 나와 함께, 정확히 말하자면 파피와 함께 내가 2학년 때부터 속해 있던 대입 훈련소에 입소했다 (찰스는 그것을 '특훈'이라고 불렀다). 그리고 나는 학교에서 제일 잘나가는 찰스의 절대적 신임을 받음으로써 매일 학교 식당에서 플레인필드·어빙턴·뉴어크 출신들과 한 식탁에 앉을 수 있었고, 간혹 반듯해도 너무 반듯하다는 인상을 주는 발음과 행동거지에 대한 양해를 얻을 수 있었다. 게다가 찰스와 함께 집에 있으니까 어차피 해야 하는 공부가 덜 힘들고 덜 지루하게 느껴졌다.

파피가 내 친구를 그렇게 대하는 것은 전혀 이상하지 않았다. 파피의 어릴 적 꿈은 의사였다. 늘 우리에게 "예나 지금이나 나는 사람을 치유하는 사람이 되고 싶다"고 말하곤 했다. 수년간 형과 내가 어울리는 친구들에게 손을 내밀었고, 그들을 어떤 식으로든 치유하려고 했다. 그렇게 누구든 기꺼이 돕고 가르치는 것, 누구든 기꺼이 치유하고 응원하는 것이 파피의 방식이었다. 언젠가 형 주변의 껄렁껄렁한 이탈리아계 친구 프랭키가 집에 왔을 때, 파피가 학교생활은 잘하고 있느냐고 물었다. 프랭키는 시험에서 A를 받았다고 대답했다. 말도 안 되는 헛소리였지만 파피는 주머니에서 마침 갖고 있던 돈을 꺼내서 프랭키에게 건네며 잘했다고, 앞으로도 계속 열심히 하라고 격려했다.

우리 집은 가난하진 않았지만 당시 형과 내가 모두 사립학교에 다니고 있었고 건강보험도 없었다 보니(누가 아프면 파피는 현금으로 병원비를 지불했다) 아이스크림 하나도 귀할 만큼 허리띠를 졸라매야 하는 형편이었다. 나는 프랭키가 나간 뒤에 파피에게 물었다.

"뭐 저런 양아치한테 돈을 주세요?"

안경을 벗은 파피는 안경다리 자국이 깊이 난 관자놀이께를 문지르면서 피곤에 지친 눈으로 무슨 그렇게 뻔한 것을 묻느냐는 듯 나를 응시했다.

"지금까지 쟤한테 그러는 사람이 아무도 없었을 것 같아서 그랬다, 아들아."

그러고는 주방을 향해 물었다.

"여보, 오늘 저녁은 뭐야?"

파피는 호구가 아니었다. 세상을 마냥 장밋빛으로 보는 부류도 아니었다. 파피는 프랭키가 어떤 아이인지 알았다. 다만 의지의 힘을, 의지만 있다면 변화하기에 너무 늦었을 때란 없음을 무엇보다 굳게 믿었을 뿐이다. 하긴 언제 어떤 응원이 누구에게 효과를 발휘할지 누가 감히 예단할 수 있겠는가? 파피는 적어도 자신은 그것을 함부로 판단할 수 없다고 생각했고, 그래서 차별을 거부했다. 파피는 모두에게 똑같이 치유를 시도했다. 우리 형제 주변에서 그런 파피의 노력을 기꺼이 수용한 친구는 찰스가 유일했다. 프랭키를 비롯한 나머지는 파피를 머리가 어떻게 된 아저씨라고 생각하거나 무슨 치과의사라도 되는 양 슬슬 피했다.

찰스가 방과 후에 우리 집에 오면 파피와 셋이서 책이 수북이 쌓인 서재의 책상 앞에 의자를 가져다 놓고 앉아서, 팔뚝만큼 긴 서브머린샌드위치와 포테이토칩, 블랙체리 맛 닥터브라운 탄산 음료로 허겁지겁 배를 채웠다. 우리는 이런저런 이야기를 하며 웃고 떠들었는데 그 주제는 여자, 농구, 신(파피는 아홉 살 때 교회를 떠난 뒤 그의 이모가 아무리 벨트로 매질을 해도 절대 교회에 가지 않았다), 진리, 인종차별, 맥도날드와 웬디스의 감자튀김(어디가 더 맛있는가?) 등 가리는 것이 없었다. 그러다 이야깃거리가 다 떨어지고 나면 찰스와 나는 남은 음식을 치우고 수학이나 유추, 체스의 공격과 방어를 공부했다. 파피는 인생이 은밀하게 한 수 한 수를 두는 길고 긴 체스 경기라고 생각해서 반드시 전략과 계획을 세워야만 한다고 여겼다. 한 번만 말을 잘못 움직여도 체크메이트를 당할 수 있고, 하필 말이 검은색이라면 그 위험성이 더 크다고 했다. 파피도 마찬가지로 공부했다. 우리가 과제에 열중하는 동안 파피는 읽던 책을 마저 읽었는데 푸코의 권력 이론에서 비잔틴제 국사의 상세 해설까지 온갖 분야를 섭렵했다. 가끔 파피가 어휘 목록에 있는 단어의 반의어를 가르쳐주기 전에 나와 찰스가 주방 식탁에서 'eschatological(종말론의)', 'sesquipedalian(다음절의)' 같은 목록의 단어를 외우고 서로 문제를 내며 시간을 보내는 날도 있었는데 그런 날이 나는 제일 좋았다. 내 목표는 눈물을 글썽였던 일곱 살 때와 마찬가지로, 뭔가를 배우는 것 이전에 파피를 기쁘게 하고 파피에게 잘 보이는 것이었다. 그게 제일 중요했다. 찰스도 파피를 좋아하고 존경했지만, 학교에 가서는 나와 똑같이 우리가 팬우드에서 보내는 오후와 저녁에 대해 입도 뻥긋하지 않았다. 다른 아이들은 우리가 비디오게임을 하거나 운동을 하거나 그냥 빈둥대는 줄로만 알았다. 차라리 그렇게 생각하도록 놔두는 편이 우리도 편했다.

어느 날 오후 파피는 셜리 잭슨 단편집을 휙휙 넘겨보고 있었다. 찰스와 내가 공부를 시작하려는데 파피는 서재와 주방을 가르는 벽 앞에 설치된 제록스 복사기를 향해 걸어갔다. 집에는 회사에서나 쓰는 고성능 복사기가 존재했다. 파피는 영수증부터 시작해서 단어장, 중요한 신문 기사, 시 등 온갖 것을 복사하는 것으로도 모자라 복사본을 또 복사했다. 그래서 언제부턴가 제재소에 톱밥이 쌓이듯이 방이란 방마다 복사물이 쌓여 있었다.

"오늘은 공부를 시작하기 전에 이걸 읽고 생각 좀 해봤으면 좋겠구나."

파피는 우리 앞에 뾰족하게 깎은 연필 몇 자루(무엇이든 읽을 때는 당연히 밑줄을 쳐야 하니까)와 스테이플러로 철한 셜리 잭슨의 「제비뽑기」 복사본 두 부를 내려놓았는데, 연분홍색 복사지의 모서리마다 토너 자국이 거뭇하게 남아 있었다.

생소한 작품은 아니었다. 「제비뽑기」는 리처드 코널Richard

Connell의 「가장 위험한 게임The Most Dangerous Game」, 오 헨리의 「동방박사의 선물」*, 윌리엄 어니스트 헨리William Ernest Henley의 시 「불굴Invictus」과 함께 파피가 애지중지하는 소수 정예 작품군에 속했고, 어린 시절의 나는 그 뜻을 받들어 그 작품들을 거의 맹목적으로 숭상했다. 매우 간결한 이야기인 「제비뽑기」는 어린아이도 이해할 수 있을 만큼 쉽다. 이야기의 배경은 20세기 중반 미국의 시골 마을이다. 이 마을을 포함해 인접한 마을들에서는 매년 주민들이 의무적으로 제비뽑기를 한다. 그 기원이 저 옛날에 그 지역이 조성됐던 시대로까지 거슬러 올라가는 만큼, 제비뽑기가 없었던 시절을 기억하는 주민은 존재하지 않는다. 워낙 당연하게 여겨지는 행사이다 보니, 주민들은 1년 중에 제비뽑기에 참여하는 두 시간을 제외하고는 굳이 제비뽑기에 대해 생각하지도 않는다. 그들에게 제비뽑기에 참여하는 것은 고교 미식축구를 관람하거나 매운 음식을 먹는 것처럼 그다지 특별할 것이 없는 일이다.

제비뽑기가 거행되는 6월의 화창한 아침, 마을 어린이들이 이리저리 뛰어다니면서 돌덩어리를 쌓고 호주머니를 자갈과 돌멩이로 채우는 동안 그들의 부모와 조부모 들이 중앙 광장에 집결한다. 어른들이 수다를 떨고 잡담을 나누는데, 인근 마을 한두 곳에서는 제비뽑기를 폐지하자는 말이 나오고 있다는 소문이 퍼진

---

* 「The Gift of the Magi」. 「크리스마스 선물」로도 알려져 있다.

다. 한 여성이 이미 폐지한 마을도 있다고 전한다. 그러자 사람들은 까마득한 옛날부터 이어진 제비뽑기를 거부하는 것은 자신들의 정체성을 거부하는 배신행위요, 분별없는 짓이라고 한목소리로 비난한다.

의식이 시작되자 각 가정의 남편들이 앞으로 나와서 가장 연로한 주민보다도 더 오래된 검은 상자에서 한 번씩 접힌 종이를 뽑는다. 빌 허친슨이라는 남자가 검은 점이 찍힌 제비에 당첨되고, 이제 그를 포함한 다섯 식구가 최종 당첨자를 뽑는 2차 제비뽑기에 들어간다. 이번에 검은 점이 찍힌 제비를 뽑은 사람은 빌의 아내 테시다. 이성을 잃은 테시는 다시 뽑자고 악을 쓰며 애원한다. 억울하다고 절규하지만 통하지 않는다. 남편인 빌과 자식들을 비롯한 마을 사람들이 테시를 에워싸고, 이내 첫 번째 돌이 그의 머리를 강타한다.

찰스가 소리를 질렀다.

"으악, 뭐야! 나라면 절대 이런 짓 안 해요. 사람들이 듣든 말든 하지 말라고 말려봐야죠. 아니면 애초에 그런 일이 있기 전에 이젠 그런 짓을 하지 않는 마을로 이사 가든가요."

"그러냐. 그런데 실제로 닥치면 그러기가 어려울 수도 있단다."

책상에 앉아 있던 파피가 말했다.

학교에 있거나 집에서 찰스와 함께 파피의 지도를 받을 때가 아니면 나는 주로 한 살 어린 샘의 집에 놀러 가서 같이 랩을 들었다. 우리가 사는 백인 동네에 흑인이 사는 집이라고는 우리 집과 샘의 집을 포함해 세 가구가 전부였다. 당연히 나는 어릴 때부터 샘과 친하게 지냈다. 샘의 어머니는 뉴저지주가 아닌 뉴욕 맨해튼 출신으로 세상 물정에 밝은 여성이었다. 좋은 학교를 나왔고 문학에도 조예가 깊었다. 그래서인지 샘의 집은 내가 그때까지 방문해본 여러 흑인 가정 중에서 유일하게 책장이 있는 곳이었다. 피부가 가무잡잡한 샘은 조용하지만 힘이 셌고, 영롱한 녹갈색의 눈동자 속에 초록색 알갱이들이 박혀 있었다. 비록 독서보다 자전거와 디제잉에 훨씬 관심이 많았다고는 해도 항상 책이 옆에 있었으므로 주변의 다른 아이들과 달리 책을 위험물로 취급하진 않았다. 게다가 혼자 있기를 좋아하는 성격이라 팀 스포츠나 내가 어울리는 다른 아이들에게는 별로 관심이 없었다. 그래서 우리는 종일 붙어 있는 편은 아니었다.

샘과 놀지 않을 때는 공원의 농구코트에 가거나 펜우드와 스코치플레인스의 흑인 동네에 사는 친구들 집에 놀러 갔다. 그러다가 샘의 동급생이자 우리 집에서 걸어서 10분 거리에 사는 앤트완과 친해졌다. 애칭이 앤트였던 앤트완은 잘생기고 깔끔한 인상이었다. 피부는 흑단같이 새카맸고, 시저컷*에 360도 웨이브**

* Caesar cut. 앞머리가 일직선이 되도록 짧게 자른 헤어스타일.
** 정수리부터 시작해서 머리 전체에 회오리 모양으로 고랑을 낸 헤어스타일.

1부__이중생활

를 깊게 넣은 머리를 항상 꼼꼼히 손질한 뒤 검정 캘빈클라인 스타킹캡을 쓰고 다녔다. 매일 시간을 들여 벤치프레스로 세심히 몸을 단련하여 남들이 부러워할 만한 근육을 자랑했다. 열다섯 살 때 앤트가 흰색 민소매 티셔츠와 폴로 청바지를 입고 팀버랜드 부츠를 신고 있으면 육체미의 화신이었던 모델 타이슨 벡퍼드 Tyson Beckford에 비견할 만했다. 실제로 열일곱 살 때는 벡퍼드처럼 상체가 문신투성이였는데, 정작 앤트에게 영감을 준 사람은 벡퍼드가 아닌 래퍼 투팍 샤커Tupac Shakur였다.

"투팍처럼 배에다 '깡패 인생*'이라고 새기고 싶다."

공원이나 앤트네 집 포치에서 한가롭게 숏을 연습하고 노닥거릴 때 앤트가 종종 했던 말이다. 알통이 단단히 박힌 앤트의 오른쪽 이두박근에는 복잡하게 생긴 고대 영어 서체로 쓰인 '오직 신만이 나를 심판할 수 있다Only God Can Judge Me'라는 투팍의 명언과 함께 찬란한 빛줄기를 배경으로 기도하는 에메랄드빛의 손이 음각으로 새겨져 있었다. 왼쪽 이두박근에는 갓난아기였던 여동생의 얼굴을 새겼다. 그런가 하면 한쪽 팔뚝에는 그의 애칭인 'ANT'가 대문자로, 다른 팔 안쪽에는 시편 23편("내가 사망의 음침한 골짜기로 다닐지라도 해를 두려워하지 않을 것은……")이 펼쳐진 성경책이 새겨져 있었다. 앤트가 신자였는지는 모르겠지만 그 문

---

* THUG LIFE. 투팍이 속했던 힙합 그룹명으로, '당신이 풋덩이들에게 보내는 혐오가 사회를 쑥대밭낸다(The Hate U Give Little Infants Fucks Everybody)'의 약자이기도 하다.

신은 신앙심을 드러내기 위한 것 같지는 않았다. 당시 시편 23편은 우리가 비록 남의 땅에서 적들에게 포위당한 사람들처럼 압제와 박해에 시달리고 있지만, 사실은 선택받은 특별한 존재라고 생각하는 우리 세대의 과대망상과 연결되어 세련된 액세서리처럼 취급됐다.

가끔 찰스와 내가 공부를 끝낼 때쯤 해서 앤트완이 우리 집에 오면 지하실에서 같이 운동했다. 셋이서 죽이 잘 맞아 세이어빌의 클럽 어비스에서 열리는 '십 대의 밤'에 한번씩 동행하기도 했다. 십 대의 밤이 열리는 날의 클럽 어비스는 학부모들에게 공공의 적이었다. 그날은 열다섯에서 열일곱 살쯤 된 흑인과 백인 여자애들, 에스파냐에 한 번도 가본 적 없는 애들로부터 '스패니쉬 걸'이라고 불리는 여자애들이 모여서 힙합 리듬에 맞춰, 춤이라기보다는 섹스 흉내에 더 가까운 몸짓을 과시하는 날이었다. 그리고 깡패 같은 몸짓과 말투를 구사할 줄 아는 흑인 녀석이라면 누구나 그들에게 접근해 합을 맞출 수 있었다. 셋이서 어비스에 가는 날이면 나는 집을 나서기 전에 거울 앞에서 몇 시간씩 몸짓과 자세를 연습했다.

찰스는 십 대의 밤을 위해 태어났다고 해도 과언이 아닐 만큼 연습이 따로 필요하지 않았다. 앤트의 표현을 빌리자면 찰스는 그쪽으로 '소질'이 있어서 굳이 애쓰지 않아도 다양한 부류의 여자들이 달라붙었다. 앤트와 나는 소질은 없어도 각자 좋아하는 유형이 있어서 그쪽을 집중적으로 공략했다. 앤트의 이상형은 자기보다 피부가 밝고 머리카락이 곧은 여자였다. 누가 봐도 우리 삼총사 중에서 피부가 제일 어두웠던 앤트는 자신과 닮은 여자는 혐오하기라도 하는 것처럼 피하면서 무조건 백인이나 라틴계에게만 접근했다(이것이 앤트가 투팍의 가르침을 거스르는 유일한 부분이었다). 나로서는 아무리 생각해도 이해가 안 가는 취향이긴 해도 이미 그런 흑인 남자를 자주 봐와서 생소하지는 않았다. 반대로 내 취향은 헨리 포드가 자동차에 대해 한 말과 비슷했다. 검기만 하면 어떤 색이든 환영!* 앤트와 나는 몇 시간이고 그 문제로 논쟁을 벌이곤 했다. 하지만 결국에 가서는 앤트가 갈보 취향이야 아무러면 어떠냐고, 어차피 여자들은 재미로 갖고 놀다가 언제든 갈아치울 수 있는 일회용품이라는 식으로 말하고 찰스도 거기에 동조하며 일단락됐다.

아직 면허증을 딴 지 얼마 되지 않았던 어느 무더운 여름날 오후, 나는 차를 쌩쌩 몰며 집으로 돌아가고 있었다. 창문을 다 내리고 스피커에서 쿵쿵대도록 투팍의 〈픽처 미 롤린Picture Me Rollin〉을 듣는데, 시야의 한쪽 끝에 웃통을 벗고 도로변을 내달리는 앤트완이 들어왔다. 검정 두건이 해적 깃발처럼 휘날리고 구슬땀이

* 헨리 포드는 "고객이 원하는 색은 검정에 한해서 어떤 색이든 제공할 수 있습니다"라고 말했다.

맺힌 문신이 반짝거렸다. 길가에 정차하며 경적을 울리자 앤트가 얼른 달려와서 올라타더니 헉헉대며 말했다.

"와, 우리 깜둥이 형 타이밍 한번 죽이네!"

"대로변에서 웃통 까고 뭔 지랄이냐?"

내가 놀렸다.

"요즘 내가 작업 치는 백인년이 운동화 살 돈 주기로 해놓고는 돈 없다 이 지랄하잖아. 그래서 한따까리 하는데 그년 애비가 딱 나타난 거야. 어떡해, 좆 빠아아아아지게 토껴야지! 신발 다 벗겨지는 줄 알았네."(강조하고 싶은 말이 있을 때 이렇게 높낮이를 달리하고 한 음절을 길게 빼면서 듣는 사람 배꼽을 빼놓는 앤트는 20년만 일찍 태어났어도 필시 소울 가수나 길거리 전도자가 됐을 것이다.)

그 말에 우리는 미친놈들처럼 웃었다.

내 마음 한구석에서는 앤트가 여자를 대하는 방식이 틀렸다는 것을 알았다. 다만 그런 태도가 딱히 이상하다고 느껴지진 않았다. 나도 친구들도 할 수만 있다면 쌍년들에게서 돈을 뜯어내고 그들을 함부로 대하면서 센 척을 했으니까. 일명 '공사 치기'였다. 공사를 잘 칠수록 남자애들 사이에서 존경받았다. 나는 여자친구인 스테이시가 현금으로 사준 500달러짜리 호주산 핸드메이드 쿠지 스웨터와 1500달러짜리 금목걸이를 자랑스럽게 착용하고 다녔다.

스테이시와의 연애는 여러 면에서 내 자아상의 받침목이라고 할 수 있었다. 한 살 어린 스테이시는 내가 파피와 차를 타고 돌아오면서 유니언가톨릭에 가기로 마음먹었을 때, 고등학교에 가면 사귀기를 소망했던 전형적인 흑인 소녀였다. 스테이시의 마음을 얻음으로써 내 흑인다움이 증명되었고 내 허세가 정당화됐다. 스테이시는 성격이 당돌하고 생기발랄했고, 화려한 반지처럼 빛나는 외모의 소유자였다. 기회가 될 때마다 모델 일을 하면서『하이프 헤어Hype Hair』같은 흑인 전문잡지와 지역 패션쇼나 미인 대회에 나갔다. 타탄 체크무늬 치마를 허리춤에서 세 번 접어 입었고 블라우스 단추를 규정보다 많이 풀고 다녔다. 스테이시를 노리는 남학생이 여럿 있다는 사실이 내게는 더 매력적으로 다가왔다. 나는 스테이시가 사준 옷과 액세서리를 나의 연애 기술을 뽐낼 홍보물이자 전리품으로 여겼다.

그것은 무성한 뒷말로부터 나를 보호해주는 방탄복이기도 했다. 스테이시가 돈을 어디서 구하겠냐며, 사실은 뒤에서 마약 판매상들과 그렇고 그런 사이라는 소문이 늘 자자했다. 여자애들도 공사를 쳤으니까. 나야 물론 그런 생각은 하고 싶지도 않았고 하지도 않으려고 했다. 연애할 때 상대방을 얼마나 진정성 있게 대하느냐, 얼마나 존중하느냐는 중요한 문제가 아니라는 것을 잘 알았다. 우리 중에 그런 연애를 지향하는 사람은 거의 없었다. 중요한 것은 상대방을 어떻게 후리느냐, 얼마나 뜯어내느냐 하는 것이었다. 여자친구를 향한 애정 따위는 낄 자리가 없었다.

돈, 갈보, 옷. 흑인 소년에게는 그것이 전부였다. '따먹고 삥 뜯자'*, '깡패는 위로, 갈보는 밑으로'**, '내가 갈보들에게 줄 건 단단한 자지와 풍선껌뿐.'*** 이것이 우리 뇌리에 (문자 그대로) 현란하고 요란하게 박히던 말들이었다. 아버지가 어머니를 대하는 태도는 절대 그렇지 않았다. 하지만 래퍼 제이 지Jay-Z는 우리에게 똑똑히 말했다. 우리는 갈보들을 사랑하지 않는다고****. 그런 행동은 제이 지의 사전에서 멋대가리 없는 짓이었다. 우리는 제이 지와 같은 부류의 말을 새겨들었다. 스테이시를 향한 내 마음이 그랬듯이 설령 여자친구에게 애정을 느끼더라도, 그것은 혼자 가슴속에 묻어놔야 했다. 그런 감정을 이마에 써 붙이고 다녔다간 아무에게도, 심지어는 여자친구에게도 존중받을 수 없었다. 우리는 많은 부분에서 이런 자기중심주의를 견지하며 그것을 '포주질'이라고 불렀다.

나는 스테이시와의 관계에서 항상 포주질에 최선을 다했다. 스테이시는 수많은 소문을 몰고 다녔다. 그중에서도 매리언이라는 동급생과 잤다는 말이 좀처럼 수그러들지 않았다. 스테이시는 부인했지만 가능성이 전혀 없진 않았다. 우리는 모두 마음속으로

---

*   노토리어스 비아이지, 〈Get Money〉 가사의 일부. "Fuck bitches, get money."
**   스눕 독(Snoop Dogg), 〈Gz Up, Hoes Down〉 가사의 일부. "Gz up, hoes down."
***   빅 엘(Big L), 〈7 Minute Freestyle〉 가사의 일부. "All I got for hoes is hard dick and bubble gum."
****   제이 지, 〈Face Off〉 가사의 일부. "We don't love these hoes."

1부___이중생활

자신을 바람둥이 포주와 날라리 색정광이라고 믿었기 때문이다. 나는 괜한 생각을 하지 않으려 했지만, 어느 날 아침 친구가 원래는 테니스공이 담겼을 통을 주길래 그 안을 봤더니, 스테이시와 매리언이 공책 속지에 써서 정성껏 접은 연애편지가 한가득 들어 있었다. 그것도 꼬박 1년 치였다. 처음 내가 보인 반응은 일반적이지 않았다. 나는 스테이시와 헤어지지 않았고 매리언의 존재조차 인정하지 않았다. 대신 무슨 1인 홍보업체라도 된 것처럼 전격적인 사고 수습 모드에 들어가, 어떻게 입장을 표명해야 내 갈보를 잘 간수하고 있다는 것을 모두에게 보여주고, 구겨진 체면을 다시 펼 수 있을지를 생각했다. 나는 2학년 복도로 맹렬히 진격했다. 로커 룸에서 친구들과 모여 있는 스테이시를 발견하자마자 호통을 쳤다.

"씨팔 이게 뭐야?"

"몰라, 이 깜둥이 새끼야, 뭔데 지랄이야?"

스테이시는 눈알을 위로 굴리며 무심하게 대꾸하고는 다시 친구들과 수다를 떨며 나를 투명 인간 취급했다. 더는 도발을 참을 수 없었다. 내 몸이 자동 운항 모드에 들어갔다. 내가 해야 한다고 생각하는 행동과 내가 할 것으로 예상되는 행동이 동일해졌다. 복도에 모여 있던 아이들이 별안간 시야에서 사라지고, 그들의 웅성거림도 들리지 않았다. 스테이시와 나 단둘만이 그곳에 서 있었고, 귀에 들리는 것이라곤 머릿속에서 서로 뒤엉키고 찹트·

앤드·스쿠루드*로 리믹스된 힙합계의 금언들이었다. 그 문장들은 주제도 모르는 쌍년을 어떻게 대해야 하는지, 아니 어떻게 다뤄야 하는지를 라임에 맞춰 말해주고 있었다. '개년이 개기면 귀때기를 갈겨, 개념이 생기게 싸대기를 가격!'** '꽉꽉 내 귀를 때리는 네 말, 파파 그만 때려요 제발!'***

　내가 스테이시의 팔을 붙들고 건물 밖으로 끌고 나오는 동안 그녀의 친구들은 발길질하며 악을 쓰는 스테이시를 놀란 눈으로 보고만 있었다. 우리는 주차장을 지나 근처의 공원을 둘러싼 숲 속으로 들어갔다. 우리 둘만 남았을 때 나는 스테이시가 뭐라고 한마디라도 꺼내기 전에 보건실까지 보내버릴 기세로 매섭게 따귀를 갈겼다. "착" 하는 소름 끼치는 소리가 나무들 사이에서 메아리쳤다. 퍼피****가 쓰는 드럼머신에서 하이햇*****소리만 따로 떼어내면 딱 그런 소리가 날 것 같았다. 나는 편지가 든 통을 스테이시의 머리에 던진 다음 발치로 달려들어서 내가 그해 크리스마스 선물로 사준 운동화를 억지로 벗기려 했다. 스테이시가 몸을 가누려고 내 어깨를 잡았고, 우리는 서로 눈이 마주쳤다. 마스카라가 흘

---

* chopped-and-screwed. 속도와 음을 낮추는 리믹스 기법.
** 출처 미상, "Bitch out of line? Slap her; Punch that bitch, slap that ho."
*** 노토리어스 비아이지, 〈Kick in the Door〉 가사의 일부. "All you heard was Poppa don't hit me no' mo'!" '파파(Poppa)'는 노토리어스 비아이지의 별명 중 하나다.
**** Puffy. 퍼프 대디(Puff Daddy)로도 알려진 숀 콤스(Sean Combs)의 예명.
***** high-hat. 드럼에 포함되는 심벌즈.

러내리면서 철면피 같던 허울이 같이 벗겨진 스테이시가 나직이 말했다.

"토머스, 토머스, 이러지 마."

그 순간 자동 운항 모드에서 빠져나왔다. 분노에 눈이 멀어서 내가 아이스버그 슬림*이라도 된 줄 알았지만 그런 연기를 계속하기는 무리였다. 스테이시를, 그녀의 눈에 서린 공포와 상처를, 내가 그 눈에 어리도록 유발한 공포와 상처를 마주하자 더는 냉혹하게 굴 수 없었다. 포주질을 하고 싶지 않았다. 구역질이 났다. 무엇보다도 미안한 마음이 컸다. 우리는 바닥에 주저앉아 얼싸안고 엉엉 울었다.

천천히 숲에서 나와서 학교로 돌아가는데 형의 아콰마린색 쉐보레 카마로가 쏜살같이 지나갔다. "저기 있어요!" 형이 외치는 소리가 들렸다.

카마로가 급히 길가로 접근했다. 날씨가 좋아서 지붕이 열려 있었다. 형은 공원에 차를 대고 훌쩍 차 문을 넘어서 길 건너에 있는 우리 쪽으로 달려왔다. 혹시나 했는데 아니나 다를까 파피가 조수석에 앉아 있었다.

"안녕, 스테이시."

형이 고개를 까딱이며 인사하고 담배에 불을 붙였다. 나는 그

---

* Iceberg Slim. 포주 출신의 작가로 본명은 로버트 벡(Robert Beck)이며, 포주 시절 냉혹한 성격과 마른 체구 때문에 아이스버그 슬림이라는 별명이 붙었다.

때 파피를 보기가 두려웠기에 형이 같이 와준 게 고마웠다. 형은 기질적으로 아버지와 정반대였다. 파피는 만사를 사느냐 죽느냐의 문제로 취급하며 아주 작은 사고라도 미연에 방지하려고 하는 반면 형의 인생관은 '살다 보면 재수 옴 붙는 날도 있는 거지, 뭐' 하는 식이었다. 형은 그런 전제를 당연히 받아들였으므로 많이 고민하지 않았고, 타인의 동기나 실수를 속단하지 않았다. 그런 면에서 우리 형제는 음과 양처럼 달랐다. 내가 형과 형의 행동을 보는 눈보다 형이 나와 내 행동을 보는 눈이 훨씬 너그러웠다.

그로부터 불과 몇 주 전에도 내가 스테이시와 같이 있다가 대형 사고를 칠 뻔한 것을 형 덕분에 모면할 수 있었다. 학교가 쉬는 날이어서 나는 기차를 타고 스테이시를 보러 그녀의 이모네로 갔다. 둘이서 거사를 치르다가 갑자기 내 한쪽 다리가 이상하게 뒤틀렸다. 무릎이 빠졌는지 직각으로 구부러져서 꼼짝하지 않았고, 다리가 공중에 붕 들려 있었다. 걸을 수가 없었다. 경찰관인 스테이시의 이모는 실탄이 장전된 권총을 항상 소지했고, 남자애들이 조카에게 말을 거는 것조차 못마땅하게 여겼다. 그런 이모가 곧 귀가할 시간이었다. 필사적으로 옷을 입으면서 다급히 형에게 전화를 걸었다. 형은 킥킥대면서 말했다.

"10분이면 간다. 바로 탈 수 있게 대기해."

형에게 연신 고맙다고 인사한 나는 스테이시의 부축을 받아 멀쩡한 다리로 깽깽 뛰어서 길 건너 공원으로 갔고, 잔디밭에 엎드린 채로 형의 아름다운 전차가 어서 와서 나를 조용히 데려가기만을 기다렸다.* 잠시 후 누런 모래 폭풍 속에서 등장한 형의 카마로가 야구장을 지나 내게로 달려왔다. 형은 골프장에 꽂힌 깃발처럼 잔디 위로 솟은 베이지색 닭 다리 위에 거꾸로 얹힌 에어조던 운동화를 보고서 잔디밭에 엎어진 동생을 찾아냈다. 차의 후미가 요동칠 만큼 급브레이크를 밟는 모습이 꼭 영화 〈비버리 힐스 캅〉의 주인공 액설 폴리 같았다. 시동을 켜둔 채로 슬슬 달려온 형은 부드럽게 나를 들어서 지붕이 열린 차의 뒷좌석에 내려놓았다. 우리는 짧게 주먹을 마주쳤고, 형이 액셀을 힘껏 밟자 급출발한 차가 연석을 넘어 도로로 진입했다.

"어이, 형. 진짜 고마워!"

안전한 거리가 확보됐을 때 한숨 돌리며 형에게 말했다.

"됐어, 인마. 안 그래도 이놈으로 잔디밭 한번 달려볼 건수 없나 했는데 잘됐지."

형은 대시보드에 놓아둔 담배에 불을 붙이고 어깨를 으쓱했다. 그게 우리 형이었고 나는 그런 형을 사랑했다. 하지만 이번에는 형도 어쩔 수 없을 것 같다는 예감이 들었다. 형의 말을 듣자니 아침에 교실에 있어야 할 스테이시와 내가 보이지 않아 학교에서 파피에게 전화를 걸었다고 했다. 물론 파피는 그런 전화에 항상

---

* 흑인 영가 〈아름다운 전차 내려와(Swing Low, Sweet Chariot)〉와 〈예수께 조용히 나아가(Steal Away to Jesus)〉에서 차용한 표현이다.

대비하고 있었다.

다시 학교로 돌아갔을 때 아직 충격이 가시지 않은 스테이시는 보건실에 가서 공황발작이 왔다고 둘러댔다. 밖에서 파피가 기다린다고 형이 말했다. 나는 호된 질타를 각오했지만, 그런 일은 일어나지 않았다. 파피는 조수석에서 침착하게 몸을 돌렸다.

"토머스, 너도 알겠지만 나는 아버지가 없이 자랐다. 그래서 지금도 계속 아버지가 되는 법을 배우고 있어. 그게 나로서는 최선이다. 너도 알지?"

"그럼요, 자기, 당연히 알죠."

"그러면 내가 진짜 궁금해서 그러는데 뭐 하나만 물어보자, 아들아."

"네, 물어보세요."

"네가 오랫동안 뭔가에 공을 들였다고, 으음, 그래, 좋은 말을 공들여서 길렀다고 해보자. 그 말이 경주에 나가서 멋지게 달리고 너를 자랑스럽게 해줄 날을 기대하면서 말이야. 거기에 모든 걸 바치고 온 힘을 다했어. 그 말이 언젠가는 너와 주위 사람들을 더없이 빛낼 업적을 이루리라고 생각했지. 그런데 그렇게 오랜 세월 정성을 쏟고 기대를 걸었던 말이 진흙탕에서 당나귀나 노새들과 뒹굴고 있으면 너는 그걸 가만히 보고만 있을 수 있겠니? 그러다 다칠 수도 있잖아? 심지어 크게 다칠 수도 있지. 어디 그뿐이냐. 내가 볼 때 정말 위험한 일은 그 말이 자기가 당나귀나 노새라고 믿어버리는 거야. 그러면 얼마나 큰 비극이냐?"

나는 딱히 할 말이 없어서 눈만 껌뻑였다. 형은 창밖으로 몸을 걸치고 담배를 깊이 빨아들였다. 점심을 먹으러 나가려고 저마다 차를 타러 가는 동급생들이 우리를 못 본 척했다. 파피가 천천히 고개를 저으며 말했다.

"물론 그 말을 평생 가둬둘 순 없겠지. 계속 가둬두는 건 별로 현실적인 방법이 아니잖아?"

나는 다시 학교로 들어갔다. 내가 좋은 말이라는 생각은 전혀 들지 않았다. 스테이시는 퉁퉁 부어 어디서 맞고 왔는지 호기심을 유발하는 뺨에 아이스팩을 가져다 대는 것으로 사태를 마무리했다. 누가 뭐라고 물어도 스테이시는 내 이름을 팔지 않았다. 나로 말하자면 '여편네 문제는 어디 가서 얘기하지 않는다'는 비기스몰스의 가르침을 따랐다. 내게 그날의 진실을 들은 것은 찰스뿐이었고, 다른 애들은 그저 정황만 보고 추측할 따름이었다. 스테이시와 나는 계속 만났고, 애들은 계속 수군댔고, 파피는 계속 내가 추락하는 소리에 대비했다. 그다음 주에 나는 내 여자친구가 새로 사준 베르사체 선글라스를 쓰고 등교했다.

황색언론에서나 볼 법한 연애사 외에 또 유니언가톨릭에서 내

---

* 노토리어스 비아이지, 〈Gettin' Money〉 가사의 일부. "Problems with my wife, don't discuss 'em."

체면과 자부심을 세워준 것은 농구선수라는 지위였다. 감히 2학년이 3, 4학년*을 제치고 농구부 주전 포인트가드가 되었으니 선배들은 못마땅하게 여겼지만, 나는 내가 잘난 걸 뭐 어쩌랴 하며 다녔다. 앞으로도 계속 기량이 발전해서 대학 농구에서 뛰게 되리라고 믿어 의심치 않았다. 어릴 적부터 농구가 체질이었으니까 그게 당연한 순서라고 생각했다.

어느 날, 저녁 훈련 중에 감독에게 수비할 때 몸을 사린다는 지적을 받았다. 공주님처럼 얌전을 떤다는 것이었다. 그즈음 나와 찰스는 유니언가톨릭의 백인 선생님과 직원 들에게 말대답하는 버릇을 새긴 참이었다. 래퍼 릴 웨인Lil Wayne식으로 표현하자면 꼴리는 대로 할 테니 어디 한번 해보시든가** 하는 태도였다. 그래서 반사적으로 감독에게 내가 알아서 하니까 잔소리는 집어치우시라고 말했다. 다른 선수들이 킥킥댔고 감독은 시뻘게진 얼굴로 내게 쌍욕을 퍼부었다. 나는 그 말을 다 듣지도 않고 몸을 홱 돌려서 체육관을 나섰다. 딴에는 감독이 더 손해라고 생각했다.

다음번 시합 상대는 공교롭게도 스코치플레인스-팬우드고등학교였다. 어릴 때부터 공원에서 같이 농구를 했던 아이들이었다. 시즌 내내 기다렸던 대결이기도 했다. 단순히 내가 동네에서 최고임을 증명하려는 게 아니었다. 스코치플레인스의 스타인 래리

---

* 미국의 고등학교는 보통 4년제다.
** 릴 웨인, 〈A Milli〉 가사의 일부. "I do what I do, and you do what you can do about it."

라는 녀석과 나는 적대적 경쟁 관계였던 만큼 둘 다 언제 한번 제대로 붙기만을 벼르고 있었다. 시합 날 오후에 로커 룸에서 나와 코트에 들어서자 앤트, 스테이시, 클래런스 형을 포함해 낯익은 얼굴이 관중석에 여럿 보였다. 그들에게 손을 흔들고 몸을 푸는데 감독이 나를 사이드라인으로 불렀다. 지난번 훈련 이후로 처음 하는 대화였다.

"감독님, 왜요?"

"왜긴, 넌 오늘 벤치에 있으라고."

"네? 아니, 감독님, 여기 우리 동네예요. 쪽팔리게!"

"그러니까. 쪽 한번 제대로 팔려봐."

그날 나는 5분도 뛰지 못했다. 반면 래리는 20점 넘게 득점하며 코트에서 나를 비웃었다. 결국 스코치플레인스가 두 자릿수 차이로 승리했다. 나는 잔뜩 풀이 죽어서 귀가했다. 어떤 이유에서든 다 큰 백인 남자가 흑인 남자애를 공개적으로 질책하는 것을 못마땅하게 여긴 파피는 자초지종을 듣고 언짢아했다. 그래서 다른 학교들을 언급하며 당장 유니언가톨릭을 그만두고 전학을 가라고 했지만, 내가 그 제안을 덥석 받아들이지 않고 망설인 것은 파피만이 아니라 나조차도 예상치 못한 반응이었다. 매일같이 스테이시를 볼 수 없으리라 생각하니 선뜻 결정을 내릴 수 없었다. 그런 면에서 나는 앤트의 말을 빌리자면 '젤리 깜둥이'였다. 너무 물렁하다는 뜻이다. 나도 어쩔 수 없었다. 부끄럽지만 무슨 수를 써서라도 스테이시와 같이 있고 싶었다. 사실상 주변에서 나를 인정해주는 것은, 농구부이기 전에 스테이시의 애인이라는 데서 비롯되는 듯했다. 그 지위를 절대로 잃고 싶지 않았다. 그래서 전학을 가지 않고, 대신 AAU* 소속 팀에서 뛰고 여름 농구 캠프에 다니기로 했다. 그렇게 해서 농구 특기장학생으로 대학교에 들어가기를 희망했지만 내가 생각해도 그 가능성은 희박했다.

농구부를 관두고 그해 여름에 갔던 캠프 중에는 농구 감독 밥 헐리Bob Hurley가 운영하는 캠프가 있었다. 헐리가 지휘하는 저지시티의 세인트앤서니고등학교 농구부는 매년 전국 최상위권에 드는 팀이었다. 스테이시를 포기할 의향마저 생길 수 있는 유일한 곳이었다. 농구계에서 세인트앤서니와 유니언가톨릭의 사이는 프랑스 파리와 텍사스 주 패리스**의 사이만큼이나 차이가 났다. 애초에 같은 지도상에 존재하지 않는다는 뜻이다. 그 캠프에서 나는 자기 아들을 NBA에 입성시켜서 더 유명해진 헐리 감독의 눈에 띄려고 일주일 내내 열심히 뛰었다. 내가 좋은 경기력을 보여서인지 시골에 있던 캠프장으로 나를 데리러 온 파피가 그 유명한 감독과 인사했을 때, 감독은 안 그래도 나를 눈여겨봤다면서 가을에 새 학기가 시작되면 세인트앤서니 프라이어스의 훈

---

* Amateur Athletic Union. 아마추어선수협회로 19세 이하 청소년을 위한 농구 대회를 주관한다.
** 둘 다 'Paris'로 철자가 같다.

1부___이중생활

런에 합류해도 좋겠다고 했다.

그 뒤 어머니가 모는 차를 타고 세인트앤서니에 두 번 다녀왔다. 팬우드에서 제법 멀리 떨어진 그 학교를 오가는 길에 가장 기억에 남은 것은 고속도로에서 저지시티 쪽 출구로 접근하는 순간 콧속으로 쑤시고 들어오는 역한 냄새였다. 멕시코시티의 일부를 가든스테이트*에 이식한 듯한 냄새가 기다렸다는 듯이 우리를 맞았다. 어머니와 나는 창문을 올리고 황량한 지선도로로 진입해 천천히 체육관을 찾았다. 막상 가보니 놀랍게도 그곳은 내가 어릴 때 홀리트리니티에서 썼던 체육관보다도 작고 초라했다. 하지만 그 안에서 펼쳐지는 시합은 전혀 초라하지 않았다. 어머니를 제외하면 장내의 유일한 코카시아인종, 즉 백인이라 눈에 띄는 헐리 감독은 사이드라인에서 이리저리 움직이며 세상에서 제일 엄한 눈초리로 선수들을 관찰했다.

내가 다가가자 감독이 쓱 훑어보는 눈길이 마치 나를 꿰뚫는 것 같았다. 그는 다만 정중할 뿐 딱히 친절하지도 불친절하지도 않았다. 어머니에게 인사하고 내게 미소를 지었지만 눈가에는 웃음기가 없었다. 긴장 풀고 사이드라인에서 다음 경기를 하려고 대기하는 아이들과 합류하라는 말만 하고는 내게 더 관심을 주지 않았다. 나는 두목이 따까리를 대하는 태도 같다고 생각하며 스

* Garden State. 뉴저지주의 별칭.

트레칭을 했다. 체육관에 있는 선수들은 캠프에서 본 적 있는 두세 명을 제외하면 전부 모르는 얼굴이었는데, 그중에는 워낙 명성이 자자해서 나도 이름은 들어본 적 있는 앤서니 페리도 있었다. (세인트앤서니 같은 명문 팀 안에서도 유독 빛나는 스타가 따로 존재한다면) 페리는 팀의 스타였으며, 맥도날드 올아메리칸 게임*에 출전했을 만큼 명실공히 전국에서 노는 고등부 최고 선수였다. 물론, 페리의 팀이 승리했다.

같이 뛸 선수들과 코트에 들어서는데 문득 내 옷차림이 제일 튄다는 생각이 들었다. 나는 검은 나이키 양말에 에나멜 에어조던을 신었고 상의와 하의도 거기에 맞췄다. 머리부터 발끝까지 죄다 나이키로 맞췄으니 여간 신경 쓴 꼴이 아니었다. 다른 아이들은 대부분 적갈색 바탕에 노란색 글씨가 쓰인 당시 세인트앤서니 선수복을 입고 신발도 학교에서 지급한 운동화를 신었다. 그래서 그들이 옷차림에 전혀 관심이 없거나 신경 쓸 형편이 안 되는 것 같다고, 어쩌면 둘 다일 수도 있겠다고 생각했다. 내 포지션은 슈팅가드였다. 포인트가드와 한 팀이었기 때문이다. 작지만 체격은 다부진 그 선수는 피부색이 잘 익은 가지처럼 검었고 얼굴이 정사각형이었다. 이제는 고전이 된 영화 〈하우스 파티〉에서 힙합 듀오 키드 앤 플레이Kid 'n Play를 못살게 구는 불량배로 출연해

* McDonald's All-American Game. 맥도날드에서 주최하는 고등부 농구 올스타전.

　　　　　　　　　　　　　　1부＿＿이중생활

험악한 얼굴로 다니던 힙합 그룹 풀 포스Full Force의 멤버들을 연상
케 하는 인상이었다. 인사를 건넸다가 무시당했지만 그다지 불쾌
하거나 당혹스럽진 않았다. 집중한 상태라고 얼굴에 쓰여 있었기
때문이다. 그 선수만이 아니라 체육관에 있는 모든 선수가 고도
로 집중한 상태였는데, 이런 기세로 의학 연구에 임한다면 암 치
료제나 영생의 비결도 발견할 수 있겠다 싶을 정도였다.

첫 번째 수비 때 내가 마크하는 선수가 자기보다 큰 내 키에도
아랑곳하지 않고 저돌적으로 달려들어서는, 내가 발뒤꿈치로만
겨우 버텨야 할 정도로 밀어붙였다. 그러더니 갑자기 뒤로 쓱 빠
지면서 중거리 점프슛을 날렸다. 하지만 들어가지 않았고, 나는
우리 쪽으로 다시 튕겨 나오는 공을 잡으려고 그와 몸싸움을 벌
였다. 당연히 내 공이 될 줄 알았다. 가볍게 점프하면서 공이 손
에 들어오기도 전에 상대편 골대를 보며 어떻게 공격할지 생각하
고 있었는데, 공이 한쪽 손에 닿는다 싶더니 갑자기 붕 솟구쳤다.
순식간에 상대 팀 포워드의 사타구니가 내 코앞으로 날아올랐다.
곧 그가 공을 그물 안에 내리꽂고 림에 매달려 몸을 흔들었다.

"가자!"

그는 기합과 함께 전속력으로 수비하러 돌아가서는 코트 중간
에서 몸을 낮추고 발로 바닥을 탕 쳤다. 나는 공을 가져와서 나를
노려보는 우리 팀 포인트가드에게 던졌다.

"정신 차려라, 씨팔 깜둥이 새끼야."

내가 코트로 달려 들어가자 그가 말했다.

경기는 우리 팀의 완패로 끝났다. 나는 큰 실수 없이 끝까지 잘 버텨냈다. 점프슛으로 득점했고, 슛을 막았고, 턴오버*도 없었다. 내가 마크했던 선수가 여러 번 득점한 게 문제이긴 했지만 별로 기분 나쁘진 않았다. 점수를 딸 때가 있으면 내줄 때도 있는 법이니까. 사이드라인에 앉아서 딱히 불쾌하지 않은 기분으로 다음 경기에서 더 잘할 궁리를 하는데, 사각형 머리의 포인트가드가 내 앞을 지나갔다. 아직도 숨을 가쁘게, 나보다 더 가쁘게 몰아쉬고 있었다. 올려다보는 나와 내려다보는 그의 시선이 마주쳤다. 무슨 말을 하려나 보다 생각한 순간, 그가 식도보다 더 깊은 곳에서부터 컥 소리를 내기 시작했다. 그러고는 내 눈을 똑바로 보면서 내 옆에다 힘차게 침을 내뱉었다. 태어나서 그렇게 큰 가래침은 처음 보았고 그 뒤로도 본 적이 없었다. 철썩 소리를 내며 바닥에 떨어진 침이 번들번들한 웅덩이가 되어 출렁거렸다. 이 씨팔새끼가 무슨 폐병이라도 걸렸나 싶었다. 하지만 내가 미처 반응하기도 전에 그가 등을 돌렸다. 이 기 싸움(기 싸움? 아니, '기 싸움'은 여기에 적당한 단어가 아니다. 어머니도 관중석에서 보고 있었을 테니 개망신이라고 하는 게 더 정확한 표현일 것 같다)에 나는 당황해서 어쩔 줄을 몰랐다. 대담한 일격으로 그는 자기 영역을 확실히 표시

---

* 실수로 상대팀에게 공격권을 빼앗기는 것.

1부___이중생활

했고 내 자신감을 셀러리 줄기처럼 뚝 부러뜨렸다.

일주일쯤 지나서 두 번째로 세인트앤서니에 간 날은 좀 덤덤해져서 훨씬 마음이 편했다. 그날 나는 페리와 같은 팀이 됐다. 마지막 접전 때 자유투라인 끝에서 공을 잡은 나는 슛하는 시늉으로 수비수를 제치고 난 뒤 재빨리 점프슛을 하려고 솟구쳤다. 그때 베이스라인에서 바스켓으로 접근하는 페리가 보여 양손으로 그에게 패스했다. 공을 받은 페리는 머리 위로 가볍게 레이업슛을 성공했다. 우리 팀의 승리였다. 페리가 나를 가리키며 고개를 끄덕였고, 사이드라인으로 가는 도중에 다른 선수 두 명이 내게 주먹을 맞댔다. 그중 한 명이 나를 한쪽으로 데리고 가며 말했다.

"어이, 너 아까 득점할 기회였잖아. 다음번에는 패스할 생각하지 말고 니 거 챙겨 먹어."

나는 고개를 끄덕이며 알았다고 말했다.

집에 와서 얼마쯤 지난 뒤에 파피에게 세인트앤서니에는 다시 안 가도 되겠다고 말했다. 파피는 무슨 영문인지 모르겠다는 표정이었지만 싫으면 그리하라고 했다. 우리 집안에서 그 어떤 흑인 운동선수나 연예인이 나오는 것에 전혀 관심이 없다던 말은 빈말이 아니었다. 다만 헐리 감독에게 들은 말을 전해주며 잘 생각해보라고 했다.

"토머스는 깡이 없어요. 우리 애들하고 출신 자체가 다르니까요. 여기 들어오는 순간에 자기가 노는 물이 아니라고 느끼는 게 내 눈에 다 보였어요. 우리 애들도 다 눈치챘을 겁니다. 우리 애들은 잔뜩 굶주려 있는데 토머스는 아니거든요."

뼈아프지만 타당한 평가였다. 실제로 나는 나보다 열악한 그들의 형편에 놀랐다. 나도 노력하면 헐리 감독의 아이들만큼 억세질 수 있다는 망상을 놓지 않았지만, 마음 깊은 곳에서는 내가 깡도 절실함도 그들에게 전혀 못 미친다는 사실을 알았다. 따지고 보면 나는 운동선수나 연예인의 삶에 목맬 만큼 굶주려 있지 않았다. 그리고 파피는 내가 굳이 그러지 않아도 된다는 것을 처음부터 확실히 알려줬다.

농구도 힙합처럼, 그냥 항상 내 주변에 존재하는 것이었다. 흑인이니까 농구 좀 하는 게 좋겠다고 생각했다. 내 실력이 평균 이상이긴 했다. 하지만 나한테는 결국 일개 스포츠에 불과한 농구에, 생사가 걸린 것처럼 가공할 만할 광기로 임하는 세인트앤서니의 선수들, 농구를 인생의 전부로 여기는 그들을 아주 가까운 거리에서 겪고 나니 그만 멈출 수밖에 없었다. 무적의 세인트앤서니 농구부, 어쩌면 전국 최강이라고 할 그 팀에서도 나중에 NBA의 문이나마 두드릴 사람은 아무리 후하게 쳐줘도 한두 명에 그치리라는 참담한 셈법을 나라고 모르지 않았다. 그러면 나머지 선수들은 어떻게 될까?

그때 나는 파피가 고등학생에게 가장 중요한 시기, 대학입학시험이 남의 이야기에서 내 이야기가 되는 시기라고 말하던 고등학교 3학년이었다. 파피는 지금은 다른 무엇보다도 시험 점수를 얼마나 받는지가 향후의 인생에 큰 영향을 미친다고 했다. 나는 여전히 진짜처럼 보이려고 애쓰고 여전히 AAU에서 뛰면서 주로 육체적 차원에서 나 자신을 생각했지만, 또 한편으로는 이제는 "내 것을 챙겨 먹는 것"이 점프슛 이상을 의미할 수도 있겠다는 생각이 들었다.

내가 누구라고 반대하겠는가?*

힙합은 단순히 음악의 한 장르만을 지칭하는 말이 아니라고들 한다. 힙합은 걸음걸이에서 느껴지는 활력이고, 악수하는 방식이며, 머릿속을 맴도는 생각인 동시에 머릿속을 맴돌지 않는 생각이기도 하다. 철학자라면 힙합을 존재의 양식이라고 말할지도 모르겠다. 이 분야의 권위자인 래퍼 나스Nas는 이렇게 말한다. "뭐긴, 길바닥 느낌, 그거지."

졸업 무도회장을 나설 때 바로 이 나스의 〈스트리트 드림Street Dreams〉이 흐르고 있었다. 신스팝 듀오 유리스믹스Eurythmics의 명곡

---

* 나스, 〈Street Dreams〉 가사의 일부. "Who Am I to Disagree?"

1부__이중생활

을 깡패 버전으로 재해석한 이 곡은 친구가 새로 뽑은, 크롬 휠이 번쩍이는 혼다 어큐라 RL의 트렁크에서 뿜어져 나와 연회장 주차장에 요란하게 울리고 있었다. 그날 밤 디올 파렌하이트 향수, 굵은 금목걸이, 새로 땋은 콘로우* 스타일 머리, 중력을 거스르는 웨이브 진 머리, 파스텔색 턱시도, 악어가죽 부츠, 딱 달라붙는 이브닝드레스, 굽이 15센티미터나 되는 하이힐로 무장하고 후끈하게 달아오른 유니언가톨릭고등학교 1999년 졸업반의 흑인 학생 수십 명은 줄지어 선 레인지로버, 벤츠, 캐딜락, BMW 등의 렌터카에 나눠 타고 가든스테이트파크웨이를 달려 저지쇼어의 시사이드하이츠에 도착했다. 바다를 면한 초라한 모텔들이 즐비하게 들어서 있는 해안가였다.

보호자들의 깐깐한 눈길이 닿지 않는 그곳에서, 나는 연기가 자욱한 스위트룸에 대자로 누운 채 친구들이랑 헤네시 코냑과 혼합주인 패션프루트 맛 알리제를 병으로 주거니 받거니 했다. 화끈한 코냑을 홀짝이는 사이에 친구들이 더치마스터스 시가에서 기존의 내용물을 빼낸 다음 끈적끈적한 초콜릿타이 대마초를 갈색 종이 껍질에 채웠다. 뭉툭한 담배 끝의 주황색 불꽃이 고요한 여름밤의 반딧불이처럼 어둠을 밝히자 다들 눈꺼풀이 게슴츠레하게 가라앉았다. 스테레오에서 쿵쿵 울리는 비기 스몰스의 바

---

* cornrows. 머리카락을 여러 가닥으로 땋아서 두피에 붙인 머리 모양.

리톤 목소리가 방을 가득 채운 정적을 가르며 그의 인생관을 따르라고 애원하는 듯했다. "골 빈 년들이 골반은 잘 벌리지. 내 입에 문 담배말이 하나, 속에 든 건 근데 마리화나."* 섹스는 마치 폭력처럼 예고도 없이 빠르게 발발했다. 우리는 둘 또는 셋으로 나뉘어 어떤 비밀스러운 리듬에 빠져들었고, 침대들은 수평으로 펼쳐진 하나의 거대한 댄스플로어가 됐다. 우리는 우리가 사랑하는 랩뮤직 속의 장면들을 그대로 재현하고 있었다. "니 친구들한테 말해, 내 친구들하고 하라고. 모두 친구가 되는 거야, 주말마다 존나 하는 거야."** 난교, 대마초, 깡패의 삶을 예찬하는 비기의 〈빅 파파〉에서 퍼프 대디가 자랑스럽게 하는 말이었다. 그것이 그 주말 우리의 주제가였고, 그들이 우리의 롤 모델이었다. 우리는 가사를 전부 외우고 있었다. 거울에 비친 내 모습을 흘긋 봤더니 심야의 BET를 보는 것 같았다. 메두사 로고가 박힌 베르사체 선글라스가 나를 노려보고, 목걸이에 달린 예수님 조각상이 가슴팍에서 추처럼 왔다 갔다 흔들리고, 얼굴 없는 벌꿀색 몸뚱이가 오르락내리락 들썩이는 음행의 현장이었다. 좋아, 바로 이거지.

---

* 노토리어스 비아이지, 〈Only You〉 가사의 일부. "The williest bitches be the silliest. The more I smoke, the smaller the Phillie gets."

** 노토리어스 비아이지, 〈Big Poppa〉 가사의 일부. "Tell your friends to get with my friends and we could be friends, shit we could do this every weekend."

1부__이중생활

밤이 언제 다 지나갔는지, 눈을 떴을 때는 이른 오후였다. 분명히 타키라의 품에서 잠들었던 것 같은데 일어나보니 옆에는 아무도 없었다. 악취가 풀풀 나는 가운데 텅 빈 방의 저쪽 구석 탁자에서 찰스가 뉴포트라이츠 담배를 피우고 있었다. 또다른 친구 네이트에게 간간이 몸짓을 섞어가며 속사포처럼 말을 쏟아내면서.

"어이, 뺑 안 치고 내 밑에서 라티샤가 그러는 거야. '내 이름을 불러줘, 내 이름을 불러줘!'"

찰스는 이를 드러내고 웃으며 온몸으로 그 상황을 묘사했다.

"아마 밤새 가랑이 못 붙였을걸!"

말이 끝나기가 무섭게 숨이 넘어갈 것 같은 웃음이 이어졌다.

평소 구두쇠처럼 감정을 표현하는 데 인색한 네이트가 온갖 뜻으로 해석 가능한 표정을 지으며 말했다.

"그래, 나도 캔디랑 했다."

네이트의 얼굴이 자욱하게 피어오르는 민트 향 담배 연기 뒤로 사라졌다.

우리 셋은 옷을 입고 여자애들이 있는 위층 방으로 갔다. 문을 두어 번 두드리자 상아색 페인트가 손바닥만큼 벗겨진 문이 활짝 열리면서 유니언가톨릭 체육복 티셔츠를 입고 머리에 스카프를 두른 채로 마호가니색 허벅지를 훤히 드러낸 캔디가 나타났다. 그 뒤로 침대를 하나씩 차지하고 편하게 누워 있는 타키라와 라티샤가 보였다. 지난밤이 꿈이 아니었던 것이다. 우리는 엉거주춤

한 걸음으로 방에 들어갔다. 엉덩이에 슬쩍 걸치기만 한 바지는 한 걸음만 잘못 디뎌도 발목까지 내려올 판이었다. 나는 28인치 허리에 36인치 청바지를 입고 있었다. 여자애들 방은 투팍이 상상한 깡패의 파라다이스를 재현한 것만 같았다. 반쯤 벗은 년들이 검고 탐스러운 궁둥이를 흔들며 돌아다녔고, 재떨이에는 담배 꽁초가 수북했다. 여기저기 구겨진 패스트푸드 포장지와 빈 술병이 나뒹굴었다. 거기에 당당히 들어선 우리 삼총사의 가슴은 자신감으로, 주머니는 콘돔으로 불룩 차 있었다.

네이트가 대뜸 후드티 주머니에서 휴대용 크기의 헤네시 술병을 꺼냈다. 보는 관점에 따라 반쯤 차 있다고도, 반쯤 비어 있다고도 할 수 있는 그 내용물을 네이트는 무슨 낸터킷 넥타 주스처럼 벌컥벌컥 마셨다. 찰스는 리모컨을 쥐고 채널을 오가며 LA 레이커스의 경기와 BET 뮤직비디오를 봤다. 나는 라티샤의 침대에 벌러덩 누워서 화면에서 번갈아 나오는 젊고 유명한 흑인들의 이미지를 멍하니 받아들였다. 네이트의 코냑이 남긴 뒷맛을 씻어내려고 과일 향이 나는 알리제를 한 모금 마시고 있는데 타키라가 대마초와 콘푸로스트 냄새가 섞인 고약한 향수 같은 입김을 뿜으며 내 귀에 속삭였다. 뭐든 하고 싶은 건 다 해주겠다고. 풀어 헤친 목욕 가운 안으로 타키라가 걸친 거라곤 빨간 빅토리아시크릿 속옷이 전부였다. 이상하게도 그 제안에 구역질이 났다. 나는 타키라를, 학교에서 즉석 B.I.G. 추모회를 열었던 타키라를 단 한 순간도 좋아해본 적이 없었는데도 무슨 영문인지 간밤에 우리는 연인이 되어 있었다. 내가 지금 무슨 짓을 하는 거지? 집에 가서 어머니가 요리해주는 베이컨과 달걀을 먹고 아버지와 함께 레이커스 경기를 보거나 집 앞 골대에 대고 슛이나 연습하면서 지루할지언정 조용하게 하루를 보내고 싶은 마음이 간절해졌다. 군색한 변명으로 타키라의 제안을 거부하는데 이불 밑에서 라티샤의 다리가 내 다리 위로 올라오는 것이 느껴졌다. 라티샤가 물었다.

"같이 너희 방으로 갈까?"

집에 가고 싶은 마음이 싹 가셨다.

라티샤와 몸을 섞기로 한 데는 뻔하지 않은 이유가 하나 있었다. 라티샤는 매리언의 여자친구였다. 몇 주 전에 나는 학교 식당에서 프렌치프라이와 초콜릿 우유로 점심을 때우면서 찰스에게 매리언과 스테이시를 둘러싼 소문이 도무지 잠잠해지지 않는다고 불평했다. 스테이시가 열애의 증거로 사준 400달러짜리 실크 셔츠를 보란 듯이 입고 다니는데도 그놈의 소문이 잉크 자국처럼, 질병처럼 마구잡이로 퍼져 나갔다. 찰스가 역정을 냈다.

"씨팔, 그깟 베르사체 셔츠로 되겠냐, 이 깜둥이 녀석아. 그 새끼랑 한판 떠야지! 어떤 놈이 됐든 너를 무시하는 놈을 그냥 두면 되겠냐고."

찰스는 진심이었다. 당연했다. 찰스는 누가 총구를 들이밀며

지갑을 내놓으라고 위협하면 "좆까!"라며 이판사판으로 달려들고도 남을 녀석이었다. 지갑이 아까워서가 아니라 무시당하고는 못 사는 성격이었으니까. 치욕을 당하느니 죽음(혹은 죽기 직전까지 얻어터지는 것)을 택하리라. 찰스는 강도들에게 저항하다가 총알 다섯 방을 맞고 죽을 뻔했던 투팍이야말로 사나이의 표본이라며 극찬했다.

"그래도 롤렉스는 털렸잖아."

내가 지적하자 찰스가 말했다.

"그게 중요한 게 아니지. 투팍의 배짱, 그게 진짜 중요한 거야."

"그렇지."

나도 어느 정도는 찰스의 말에 동의했다. 그래, 그게 진짜 중요한 거지.

하지만 한편으로는 걸핏하면 배짱을 부리는 짓이 점점 한심하게 느껴졌다. 그해에 나는 대학입학시험에서 교내 최상위권 성적을 거뒀고, 파피는 그 정도면 출셋길이 열렸다고 했다. 그전까지 내가 대학 이름에 관심을 둔 건 농구 리그 순위를 살필 때가 전부였는데, 농구부도 그만둔 판에 시험에서 상상도 못 했던 성적을 거두고 나니, 별안간 명문 중의 명문 대학 열다섯 곳에 원서를 쓰게 됐다. 그 대학들을 목표로 하는 대부분의 열여덟 살짜리 고등학생이라면 주먹다짐은 무조건 피해야 하는 것이었다.

하지만 찰스와 대화를 나누다 보니 나는 그 대부분에 포함돼서는 안 되겠다는 생각이 들었다. 매리언과 반드시 맞짱을 떠야만 했다. 찰스 역시 대학 진학을 희망하고 있었는데도 내 한심한 결심을 거들겠다고 나섰다. 내가 매리언과 일대일로 붙든 우리 둘이 그쪽 패거리 스무 명과 붙든 내 편이 되겠다나. 의리에 목숨 건 놈이었다. 하지만 그렇게 내 편인 찰스도 이해하지 못하는 짜증나는 문제, 꼭 상한 우유를 마신 것처럼 표정을 일그러뜨리는 문제가 있었으니, 바로 내가 그런 상황을 초래할 만큼 스테이시와 각별한 관계가 됐다는 사실이었다. 찰스가 고개를 절레절레 저으며 말했다.

"쌍년 하나 때문에 이게 뭔 난리냐."

다른 친구들에게서도 되풀이해서 들었던 여성관이었다. 쌍년을 믿지 마라, 쌍년에게 정 주지 마라. 아무도 토를 달지 않는 철칙이었다. 그리고 어째서 내가 그 원칙을 지키지 못하는지는 우리 모두에게 수수께끼였다.

그날 오후에 나는 등 뒤에 찰스를 대동하고 매리언이 타는 어빙턴행 버스에 올랐다. 주먹에 금목걸이를 칭칭 감고 이른바 배수의 진을 친 것이다. 우리는 버스 뒤편에 앉아서 때를 기다렸다. 이윽고 버스가 도로로 나서자 나는 앞으로 나가 목걸이에 달린 장식으로 매리언의 턱을 후려갈겼다. 라티샤가 비명을 질렀지만 찰스가 아무도 못 끼어들게 막았다.

"안 그래도 오늘만 기다렸다, 이 깜둥이 새끼야!"

매리언이 악에 받쳐 말했다. 젊은 날의 세이지를 닮았으면서도 이목구비가 좀 더 잘생긴 매리언은 키가 180센티미터를 훌쩍 넘는데도 몸놀림이 가벼웠다. 매리언이 버둥거리며 일어나 통로로 나왔다. 다른 동급생들은 마치 연극 무대의 커튼처럼 양쪽으로 쫙 갈라졌다. 그러는 게 당연하다는 생각이 들었다. 내가 지금 무대에 서 있으니까. 다들 잘 봐, 내가 어떤 놈인지 똑똑히 보여줄 테니까.

기사 아저씨가 급브레이크를 밟는 바람에 우리 둘은 버스 앞쪽으로 부웅 날아갔다. 넘어지지 않으려고 한 손으로는 상대를 꼭 붙들고 남은 손으로 난타전을 벌였다. 버스가 급히 학교로 돌아갔고, 기사 아저씨가 무전으로 도움을 요청했다. 나와 매리언은 격렬한 탱고를 추는 한 쌍의 댄서처럼 주차장으로 떨어졌고, 잠깐 멈춰서 끈 풀린 클락스 왈라비 구두를 홱 차서 벗은 뒤 이성을 잃고 날뛰는 깡마른 투견들처럼 다시 서로에게 달려들었다. 다른 동급생들은 차창 밖으로 몸을 내밀고 주먹을 내질러가며 함성을 지르고 있었다. 나는 복싱을 조금 할 줄 알았다. 노인이 돼서도 어디 가서 맞고 다니진 않을 것 같은 파피한테 어릴 적에 복싱의 기초를 배웠다. 덕분에 주먹을 피하고 휘두르고 막는 법을 알고 있었지만, 우리는 복싱처럼 기품 있고 예술적인 싸움을 하진 않았다. 매리언과 나는 큰 거 한 방을 노리고 상대의 얼굴에 마구잡이로 주먹을 날리면서 누구 하나 피하기는커녕 통통 부어오른 얼굴로 똑같이 얻어터지고 있었다.

정신 착란이라도 온 것처럼 온 세상이 모두 느려졌다. 내 주먹이 기어가듯 매리언의 코를 아슬아슬하게 빗나가는 게 보였다. 매리언의 홀쭉한 팔이 뒤로 물러나더니 곧 코가 화끈해졌다. 두 눈마저 축축해지고 흐려지는 게 느껴졌다. 이번엔 내 주먹이 매리언의 가슴에 닿았다. 매리언이 균형을 잃고 자빠졌고, 나는 인도 옆 수풀에서 매리언의 엉덩이에 올라탔다. 매리언이 무릎을 땅에 대고 일어나려고 해서 주먹으로 마치 박히지 않는 못을 두들기는 망치같이 매리언의 머리를 한 번, 두 번, 세 번, 네 번 내리쳤다. 하지만 그 빌어먹을 못은 도무지 꽂히질 않았다. 마치 악몽 속에서 아무리 주먹을 휘둘러도 결정타가 모두 빗나가는 것 같은, 악당이 멈추지 않고 악착같이 조롱을 퍼붓는 듯한 느낌이었다. 동급생들의 환호성은 이제 들리지 않았다. 느껴지는 것이라고는 내 두 손아귀에 잡힌 매리언의 바싹 자른 머리뿐이었다. 예기치 못한 사이에 넘어졌는데 갑자기 오른쪽 어깨가 관절에서 빠지는 느낌이 들더니 내 위를 맴도는 교감 선생님의 상기된 얼굴과 겁에 질린 눈이 보였다. 시멘트 바닥에 짓눌린 내 몸의 무게가 느껴졌다. 코, 눈, 팔, 등 그리고 피투성이가 된 발에서 통증이 느껴졌다. 초대형 입자가속기 안에 들어가기라도 한 것처럼 머리부터 발끝까지 사방에서 나를 가격하는 듯했다.

싸움을 금하는 학칙이 있었지만 내가 다른 아이들보다 훨씬 장래가 촉망되는 학생인 데다 아버지가 웬만한 학부모는 비교도 안될 만큼 극성스러웠던 까닭으로 정학은 면할 수 있었다. 아들들에게 조금이라도 문제가 생길 기미가 보이면 파피는 고급 양모정장에 넥타이를 매고, 포마드로 머리를 넘기고, 거북이 등딱지 무늬의 돋보기안경을 끼고, 거울로 써도 손색없을 만큼 광을 낸 윙팁 구두를 신고서, 우리와 다른 시대를 살았던 남자의 근엄함을 풍기며 학교로 행차해 교장 선생님과의 면담을 요구했다. 그러고는 학부모를 대신 상대해야 하는 불쌍한 비서가 나와서 쩔쩔매고 있으면 이렇게 말했다.

"교장 선생님께서 아무리 바쁘시더라도 꼭 나와서 저를 만나셔야 할 겁니다."

형이나 내가 명백히 잘못을 저질렀을 때 파피는 우리를 감싸거나 처벌에 반대하지 않았다. 어차피 학교에서 내릴 처벌이라고 해봤자 우리가 집에서 겪게 될 고초에 비하면 아무것도 아니었으니까. 파피는 이것을 모두에게 분명히 밝혔다. 오죽했으면 파피를 학교로 불렀던 선생님들이 제발 아들에게 관용을 베풀어달라고 파피에게 사정했던 적이 몇 번이나 있었다. 그런 상황에서 파피가 원한 것은 아들들이 특별한 대우를 받는 것이 아니었다. 파피가 원한 것은, 만일 학교를 운영하는 백인들이 파피의 흑인 아들들을 징계하려고 한다면 교장 선생님이 그런 결정의 당위성을 파피가 받아들일 수 있게 설명해야 한다는 것을, 또 앞으로도 그런 일이 있을 때마다 매번 그래야 한다는 것을 똑똑히 일러주는 것이었다. 파피는 언성을 높이거나 고함을 치지 않았다. 다만 단호하면서도 이성적이고 신중한 태도로, 형과 내가 다녔던 학교들에서는 쉽게 볼 수 없었던 지성인의 교양을 견지하며 할 말을 했을 뿐이다. 넥타이에 금으로 된 파이 카파 파이* 핀을 꽂고 텍사스주 억양이 묻어나는 저음의 목소리로, 파피는 끝까지 격식을 지키면서도 끝장을 볼 때까지 물러서지 않았다. 윌리엄스 박사라고 하면 유니언가톨릭에서 모르는 사람이 없었고, 아무도 감히 그와 논쟁을 벌일 엄두를 내지 못했다.

"제가 볼 때 이번 사태는 어린 바람둥이가 자신의 일방적인 욕망이 충족되지 않자 토머스에게 시비를 걸면서 벌어진 것 같습니다. 저희 애는 불량한 학생에 맞서 자신을 방어한 것이니 처벌은 안 될 일입니다."

파피의 주장을 나는 묵묵히 앉아서 듣고만 있었다. 솔직히 말하자면 아버지에게 사태의 전말을 전할 때 나로서는 몇 가지 껄끄러운 내용을 빼놓고 이야기했다. 교장 선생님과 (제압될 때의 느낌이 아직도 잊히지 않는) 교감 선생님은 수십 년간 뉴저지주의 여러 미션스쿨에 재직하면서 그런 일을 숱하게 본 이주 백인 남자들이었다. 두 분은 서로 당혹스러운 눈빛을 교환하고는 측은해하

---

* Phi Kappa Phi. 성적이 우수한 대학생이 추천을 통해서만 가입할 수 있는 우등생 단체.

며 파피를 바라봤다. 그들은 아버지에게 당신을 존중한다는 점을 확실히 밝혔다. 그런 일로 내 대학 진학에 문제가 생긴다면 심히 유감스러울 테니 이번에는 좋게 넘어가겠다고 했다. 그러면서도 왜 나처럼 좋은 가정에서 자란 모범생이 하필이면 스테이시 같은 여자애와 어울리는지 모르겠다고 토로했다. 그애가 문제라는 걸 내가 몰라서 그러는지, 아버지는 그런 사실을 모르는지 궁금하다는 투였다. 그 순간 파피의 얼굴에 잠시 스친 낭패감이 내게는 스테이시의 외도보다 훨씬 통렬하게 다가왔다.

나와 스테이시의 연애가 파피에게는 벌어지고 곪은 상처이며, 그가 어찌할 수 없는 지속적인 수치심의 근원이라는 것을 나도 잘 알았다. 파피도 찰스처럼 명예에 목숨을 거는 사람이었다. 단, 파피가 생각하는 명예는 찰스의 것과 달랐다. 파피는 길바닥의 평판 따위에는 전혀 관심이 없었다. 파피는 스스로 공부해서 인생을 일으킨 사람이었다. 흑백 분리가 횡행하던 시절의 남부에서 흑인인 것으로도 모자라, 스스로 일컫기를 "아비 없는 놈"으로 태어난 파피는 포트워스의 변변치 못한 유색인 도서관과 갤버스턴의 작은 유대교회당에서 어렵사리 찾은 낡아빠진 플라톤의 '대화편'과 『이솝 우화』를 읽으면서 세상을 살아가는 법을 홀로 깨쳤다. 참고로 그 유대교회당은 파피가 응시자의 인적 사항을 묻지 않는 논술 대회에서 유대 철학자 마이모니데스에 대해 쓴 글로 입상하자, 깜짝 놀란 랍비가 언제든 와서 공부할 수 있게 허락해

준 곳이었다.

파피는 특별한 사람이 되겠다는 일념으로 살았다. 자신과 같이 생긴 사람에게 무조건 광적인 혐오를 보이는 세상에서 존경받는 사람이 되길 원했다. 그 세상을 찰스와 내가 이해하기는 어려웠다. 우리가 사는 세상이 파피에게 그러했듯이. 파피는 지키지 못할 말은 절대 하지 않았는데 그가 내세울 수 있는, 뜻대로 할 수 있는 것은 오직 자기 이름뿐이었다. 파피는 진짜처럼 보이려고 애쓰지 않았다. 길바닥에서 이름을 팔고 다니지 않았다. 나는 그렇게 세운 집안에 먹칠을 한 것이었고 계속 먹칠을 하는 중이었다. 파피는 나에게 스테이시와 헤어질 의사가 없다는 것을 알았다. 아무리 가장의 권위가 강하다고 해도 온 가족을 데리고 또다시 먼 곳으로 이사할 수는 없는 노릇이었으니, 나를 스테이시와 떨어뜨려 놓을 수 없다는 것에 무력감을 느꼈다.

파피에게는 내가 처한 상황이 아주 간명했다. 내가 인생이라는 체스 경기에서 스테이시를 퀸으로 택했다면 나의 킹은 절체절명의 위기일 수밖에 없었다. 파피의 눈에 비친 스테이시는 아무리 잘 봐줘도 길바닥에서 노는 한심한 날라리였고, 그런 애와 5분이라도 말을 섞는 것은 시간 낭비였다. 스테이시가 덜컥 임신이라도 하는 최악의 상황으로 나아간다면, 설령 내가 임신을 시킨 게 아니라고 해도 좌우간 그 파괴력을 가늠조차 할 수 없는 초대형 사고가 될 게 뻔했다. 파피는 밤잠을 못 이룰 정도였다. 하지만 내가 세상을 보는 렌즈는 파피의 것과 달랐다. 파피를 골치 아프게 하는 것이야말로 나를 매료했다. 스테이시는 길바닥 스타일이었고, 바로 그래서 매혹적이었다. 스테이시는 흑인 동네 스타일이었고 힙합 스타일이었으며 진짜였다. 파피는 내 눈에 콩깍지가 씌었다고 말했다. 그 말이 사실이었다.

내 자존심과 매리언을 향한 증오가 거센 바람이 되어 나를 라티샤와 함께 침대로 떠밀었다. 하지만 정작 방에 단둘이 있게 되자 진짜처럼 보이고 싶다는 열망과 매리언에게 복수하겠다는 갈망이 얼룩덜룩한 모텔 창문 너머로 보이는 파도처럼 멀찍이 물러났다. 라티샤의 옷이 바닥에 하나둘 쌓이다 마침내 레이스 달린 속옷이 꼭대기에 얹혔다. 새삼스레 라티샤가 참 예뻐 보였다. 부드럽게 물결치는 머리, 태양이 키스한 듯한 캐러멜색 피부, 모래시계보다는 물방울에 가까운 모양의 몸매를 보니 브라질에서 온 교환학생이나 고갱의 그림에 나오는 알몸의 타히티 여인이라고 해도 믿을 것 같았다. 열네 살 때부터 라티샤를 흠모한 것을 인정할 수밖에 없었다. 나는 거칠게 깡패처럼 무례하게 굴려던 것을 잊고 그 순간 라티샤의 품에 가만히 안겼다. 라티샤가 쌍년이라는 것도 잠시 잊었다.

갑자기 사납게 문을 두드리는 소리가 들렸다. 못 들은 척했지만 소리는 점점 커졌다.

"씨팔, 어떤 새끼야?"

"찰스다, 이 깜둥이 새끼야, 문 좀 열어봐!"

라티샤는 얼른 이불 속으로 몸을 숨겼고, 나는 급히 농구용 반바지를 걸치고 문을 빼꼼 열었다. 찰스와 캔디가 손을 잡고 서 있었다.

"어이, 미안한데, 네이트랑 타키라가 문을 잠가버렸어. 그래서 갈 데가 여기밖에 없잖아."

그때 내가 빤히 쳐다봤는지, 어깨를 으쓱했는지, 웃었는지 기억나진 않지만 어쨌든 찰스를 거부하진 않았다. 거기에 대고 무슨 말을 할 수 있었을까? 지금 내가 라티샤에게 순수한 감정을 느끼고 있으니까 방해하지 말라고? 우리는 지금 정서적으로 교감하고 있다고? 찰스가 방으로 성큼성큼 들어오면서 말했다.

"걱정하지 마라, 깜둥이 새끼야. 너흰 우리가 여기 있는 줄도 모를 테니까."

캔디와도 눈이 마주쳤다. 캔디는 열일곱 살이었고 모래시계 같은 몸매가 힙합 그룹 투 라이브 크루2 Live Crew의 영상에 나오는 댄서처럼 실로 육감적이었다. 입술을 오므리며 웃는 듯 마는 듯한 그 표정은 어린애 같은 순진함과 순수한 사악함 사이 그 어딘가에 있는 듯 모호했다. 그때 나는 마음만 먹으면 그 방에서, 그 해변에서, 그 세계에서 뛰쳐나올 수 있었다. 아마 라티샤도 마찬가지였을 것이다. 하지만 라티샤의 입에서 깜짝 놀랄 말이 튀어나왔다.

"존나 재미있겠네."

그렇다면 나도 그 자리를 지킬 수밖에 없었다. 거기서 내빼면 얼마나 모양 빠지는 일인가? 그랬다간 아마 쌍년에게 로맨스를 느끼는 샌님으로 보였을 것이다.

"그러게."

나는 동의하며 얌전히 라티샤에게 돌아갔다. 그러고는 한번씩 옆 침대를 훔쳐봤다(자꾸만 눈길이 가는 것은 어쩔 수 없었다). 찰스는 비디오게임의 끝판을 깨려는 사람처럼 무척 집중해서 일을 치르고 있었다. 캔디는 헐떡이는 교성과 함께 항상 이 순간만을 기다렸다고 외쳤지만, 내 귀에는 그렇게 터무니없는 말도 없었다. 내 밑에서 두 눈을 감고 있는 라티샤는 두 귀도 닫고 있는 것 같았다. 찰스 녀석은 그런 것에 조금이나마 불편을 느꼈더라도 아닌 척하고도 남을 성격이었다.

나는 더 이상 참을 수가 없었다. 라티샤와 나는 욕실로 가서 같이 샤워를 했다. 나와 보니 찰스는 담배를 피우며 휴대용 시디플레이어로 비기의 〈원 모어 찬스One More Chance〉를 틀어놓고 있었다. 나는 라티샤 옆에 벌러덩 눕고는 애써 태연한 척 농담을 하고 있는데 캔디가 약간 취기가 도는 얼굴로 일어나서 우리 쪽으로 비틀비틀 걸어오더니 내 위로 엎어졌다. 캔디가 미동도 없이 누워 있는 동안 비기는 콘돔과 "여전히 검고 못생긴"* 것에 대해 느

1부___이중생활

린 랩을 하고 있었다. 나는 라티샤가 침대에서 빠져나가고 캔디가 내 목에 키스하는 것을 가만히 지켜봤다. 아까부터 라티샤에게 하고 싶은 말이 있었지만, 지금에야 알게 된 그 사실은 영원히 가슴에만 묻어두게 될 것 같았다. 옆 침대로 시선을 돌리자 라티샤가 찰스의 밑에서 깔깔대고 있었다. 그 순간 라티샤를 한심한 갈보 취급밖에 못 하는 나 자신이 무력하게 느껴졌다.

당시에는 어떻게 말로 표현해야 할지 몰랐는데 우리는 거대한 자기모멸의 춤판 속에 갇혀 있었다. 매리언, 찰스, 스테이시, 나, 라티샤, 타키라, 캔디, 그 밖에도 수많은 이가 줄줄이. 우리는 모두 일찍부터 그 춤의 스텝을 체득했고, 때로는 여자애들이 그 춤을 끌고 갔다. 슬픔이 파도처럼 나를 덮치더니 금세 빠져나갔다. 어느새 셔츠를 벗은 캔디가 항상 이 순간만을 기다렸다고 내게 말하고 있었다.

그때는 의식하지 못했으나 나는 이미 그런 관습과 작별하는 긴 여정에 들어서 있었다. 학년말에 동급생 제리가 나한테 모욕당했다고 트집을 잡으면서(어쩌면 트집이 아니라 내가 정말로 제리를 모욕했을 수도 있겠지만 그런 상황에서는 시시비비를 가리는 것이 무의미하다) 금요일 수업이 끝나고 한판 붙자고 나에게(그리고 간접적으

---

* 노토리어스 비아이지, 〈One More Chance〉 가사의 일부. "black and ugly as ever."

내가 누구라고 반대하겠는가?　　　　　　　　　　　　　113

로 찰스에게) 결투를 신청했다. 찰스가 나서서 시간과 장소를 정했다. 하지만 나는 굳이 제리와 싸워야 할 이유를, 그리고 굳이 제리를 상대하느라 시간을 낭비해야 할 이유를 찾을 수 없었다. 물론 어디에나 갖다 붙일 수 있는 '존중'이라는 구실이 있긴 했지만.

"그 새끼가 우리를 존중하지 않잖아."

찰스가 그렇게 말했을 때 나는 속으로 제리 같은 놈의 존중이 뭐가 필요하냐고 생각했다. 성질도 급하고 마약이나 팔고 심지어 복용까지 하는 제리는 한 발만 더 나가면 정서·행동장애 학생들이 다니는 고등학교로 쫓겨날 판이었고, 두 발만 더 나가면 감옥행이었다. 좋은 대학에 들어가려면 도대체 몇 발짝을 더 나가야 할지 까마득했다. 그런 놈이 뭔 생각을 하든 누가 신경이나 쓰냐고, 그냥 내버려두라고 말하고 싶었지만, 아니 목이 쉬도록 외치고 싶었지만, 내가 꺼낼 수 있는 말은 이 한마디가 전부였다.

"맞아."

이제 입학시험도 다 친 마당이니 매일같이 우리 집을 찾던 찰스의 발길도 뜸해졌다. 그래서 어머니가 퇴근할 때까지 주로 파피와 둘이서 오붓하게 서재에 앉아서 제니 존스나 리키 레이크가 진행하는 방송을 틀어두고 체스를 두면서 대화를 나눴다. 하루도 체스를 두지 않는 날이 없었다. 파피는 항상 흑을 잡았다. 백이 먼저 움직이는 체스에서 흑은 항상 한 수 뒤에서 방어해야 하는 처지로, 테니스로 치면 서브를 받는 쪽인 리시버에 해당한다. 체스도 테니스처럼 고수끼리의 승부에서는 리시버, 그러니까 후순위 선수에겐 승산이 별로 없다고 본다. 그래서 흑이 승리하거나 비기면 테니스에서 리시버가 승리한 것과 같은 이변으로 여겨진다.

"왜 항상 흑으로 하세요? 먼저 하고 싶지 않으세요?"

내가 물을 때마다 파피의 대답은 한결같았다.

"나는 흑이 좋다, 아들아. 흑이 인생의 현실을 더 잘 보여주거든. 후순위는 아주 불리해. 그래서 더 영리하게 경기해야 하지. 머리를 써야 한단 말이야."

왼손잡이로 태어난 파피는 어릴 때 고되게 훈련해서 오른손으로 글씨를 쓰는 법을 터득했고, 덕분에 왼손보다 오른손 힘이 더 강해졌다. 마찬가지로 글씨 쓰는 법을 배울 때처럼 체스도 훈련을 거듭한 끝에 백보다 흑으로 경기할 때 더 강했다. 그래서 파피는 웬만하면 나를 가볍게 이겼다.

제리의 결투 신청을 받은 날, 체스에 좀처럼 집중하지 못했다. 설렁설렁 두는 내 낌새에 파피는 뭔가 잘못됐음을 눈치챘다. 제리의 도발에 대해 말해야 할지 말아야 할지 속으로 한참 고민했다. 나는 파피가 겁쟁이가 아니라는 점을 무척 자랑스럽게 여겼다. 파피는 내가 홀리트리니티에서 본 많은 백인 아버지와 달랐다. 호락호락하지 않고 못마땅한 것을 애써 숨기지 않았다. 싸움이 반드시 나쁘다거나 죄악이라고 생각하지도 않았다. 파피는 누군가에게 문제가 있거나 누구와 문제가 생긴다면 사나이답게 상대의 면전에서 문제를 거론했다. 구식이라면 구식이었다. 누가 한쪽 뺨을 때리면 다른 뺨을 돌려 대는 것은 바보짓이라고 말했다. 폭력에 의지하는 것이 곧 윤리적으로 옳은 선택일 때도 있다는 게 파피의 지론이었다. 파피는 "당신이 내 발을 밟는 순간, 당신은 나한테 내 발을 치워달라고 말할 권리를 포기한 것이다"라는 맬컴 엑스의 명언에 공감했다. 파피는 남을 괴롭히는 자들을 혐오했다. 그런 놈들은 남의 발을 짓밟는다. 겁쟁이는 그런 모욕을 참지만 사나이는 자신을 지킨다.

마침내 파피에게 자초지종을 털어놓고 어떻게 해야 할지 물었다. 여러 벌 있는 화려한 나이키 조깅복 중 하나를 입고, 가죽이 해진 회전의자에 등을 기댄 채 앉아 있던 파피는 날이 갈수록 한 움큼씩 더 하얘지는 것 같던 희끗희끗하고 구불구불한 턱수염을 잡아당겼다. 잠시 생각에 잠겼던 파피가 입을 열었다.

"금요일에는 마지막 수업 전에 집으로 와라. 버스도 타지 말고 그냥 걸어서."

내가 예상한 답은 아니지만 신뢰할 수 있는 답이었다. 그날 파피는 나를 훈계할 수도 있었지만 예상과 달리 그러지 않았다. 어쩌면 내 안에서 일어나던 모종의 변화를 감지하고 지금은 더 압력을 가할 때가 아니라고 판단했는지도 모르겠다. 아니면 질풍노도의 시기를 겪는 열여덟 살짜리 아들에게 잔소리를 늘어놔봤자 헛수고고, 어차피 이제는 나를 마냥 보호할 수만도 없다고 판단

1부___이중생활

한 것일 수도 있다. 혹은 그런 상황이 그냥 다 지켜워졌는지도 모를 일이다. 어쨌든 나는 파피의 말대로 하겠다고 약속했다.

금요일은 그야말로 지옥 같았다. 다들 오후의 결투를 입에 올리며 마치 아프리카의 전쟁 통에서 피를 한 사발씩 들이켠 소년들처럼 흥분해서는 구경 오라며 친구와 형 들을 초대했다. 제리는 진작부터 내가 호모니 쌍년이니 하며 동네방네 떠들고 다녔는데, 그것은 곧 찰스를 모독하는 짓이며 찰스의 동네를 모독하는 짓이기도 했다. 이건 심각한 문제였다. 찰스와 그 친구들은 자기네 동네에서 호모나 쌍년이 나왔다는 말을 절대 용납할 수 없었기 때문이다. 원래 제리와 나(그리고 찰스) 사이의 사소한 갈등에 불과했던 사태가 며칠이 지나는 사이 제리가 속한 린든·로웨이 지역과 찰스가 속한 피스카터웨이·플레인필드 지역의 크나큰 갈등으로 번져 있었다.

내가 싸우러 가지 않겠다고 말하자 찰스는 심한 배신감을 느꼈지만 파피의 조언에 토를 달진 않았다.

"너도 가지 마."

나는 찰스에게 하나 마나 한 말을 했다. 하지만 찰스의 친구들이 오기로 했고, 어차피 찰스는 대결에 응할 작정이었다.

"난 졸보가 아니라서."

찰스의 대답을 들은 나는 어깨를 으쓱하고는 그를 톡톡 두드리며 알았다고, 나는 아버지가 하라는 대로 할 테니까 나중에 보자고 말했다. 찰스와 속속 모여드는 그의 친구들을 뒤로하고 학교 쪽문으로 나올 때 나는 그 결정의 크나큰 파급력을 알았다. 내가 찰스와 제리를 포함한 모두를 향한 문을, 또 내 일부로 통하는 문을 지금 닫고 있다는 것임을 알았다.

늦봄의 햇볕을 쬐며 집까지 3킬로미터 남짓 걸었더니 땀이 송골송골 맺혔다. 책상에서 신문을 읽던 파피가 고개를 들어 나를 반겼다. 파피도 내가 무엇을 피해서 왔는지 알았지만 거기에 대해서는 한마디 말도 없이 편지 세 통을 건넸다. 스탠퍼드는 불합격, 존스홉킨스와 조지타운은 전액 장학생으로 합격이었다.

어안이 벙벙했다. 형은 대학교에 가지 않았고 형의 친구들도 마찬가지였다. 때때로 아버지가 대입을 준비시키던 백인 학생들이 왠지 아득하게 느껴지는 조지타운 같은 학교에 대해 말하는 것을 우연히 들은 적은 있었다. 그러나 나와 같은 아이들은 그런 학교를 운운한 적이 없었다. 키가 아주 크고 재능이 있는 농구선수 몇 명 빼고는. 나는 통지서들을 소리 내어 읽었다. 파피는 그런 나를 가만히 보고 있었지만 살짝 말려 올라간 입꼬리를 보니 미소를 짓고 있다는 것을 알 수 있었다.

"내가 뭐랬냐?"

통지서를 다 읽자 파피는 그렇게 말하고는 책상 위의 『뉴욕 타임스』를 다시 읽기 시작했다.

나는 안심이 되면서도 불안했다. 방으로 들어가서 소파에 털썩 앉았다. 가끔 스테이시를 몰래 들이곤 했던 그 소파에서 과연 대학교가 어떤 곳일지 상상해봤다. 그러면서도 찰스와 제리에 대한 생각을 떨칠 수 없었다. 「제비뽑기」의 테시처럼 나도 우리 동네의 시답잖은 규칙과 관습에 너무 오랫동안 매여 있었던 탓에 그 테두리 밖의 삶에 대해서는 전혀 몰랐다. 그래도 테시와 달리 너무 늦기 전에 그만 떠나야겠다고 마음먹었다. 내 앞에 펼쳐질 나날이 전혀 짐작도 되지 않았다. BET를 틀어서 볼륨을 최고로 높이고, 조마조마한 마음으로 전화벨이 울릴 때를 대비했다.

2부

결별

굴레를 벗고

수도 워싱턴의 언덕 위에 정연히 자리한 조지타운대학교. 한쪽
으로는 포토맥강과 버지니아주 로슬린이 내려다보이고, 반대쪽
은 수도의 북서부에 조성된 주거지로 통한다. 이 주거지는 역사
보존 위원회가, 윌리엄 프랭크 버클리 주니어의 표현을 빌리자면
"역사의 흐름을 가로막고 '그만!'이라고 외치는"* 결정을 내려 과
거의 모습을 잘 보존한 지역이다. 다시 캠퍼스로 돌아오면 곳곳
에 벚나무와 층층나무, 여러 종의 꽃이 심어져 있는 로마네스크
양식의 거대한 건물이 눈길을 사로잡는다. 정문을 나서면 자갈길
양옆으로 다닥다닥 벽을 맞대고 줄지어 서 있는 18~19세기에 지

---

* 보수 우파 잡지 『내셔널 리뷰』 창간사에서 인용. 윌리엄 프랭크 버클리 주니어(William
Frank Buckley Jr.)는 이 잡지의 창간인이다.

어진 주택과 단독으로 서 있는 저택이 있는데, 파스텔 색감과 단정한 잔디밭을 자랑하는 이 저택들은 그 가격의 자릿수가 전화번호만큼이나 길다. 매들린 올브라이트, 존 케리, 존 에드워즈, 케네디가 사람들 같은 정계의 명망가의 주택은 모두 이곳에 있다. 조지타운은 지하철역이 없어서 워싱턴 내에서도 차가 없으면 들어오고 나가기가 유독 어려운 동네인데, 여기에는 모호하고 서로 모순된 다양한 해석이 공존한다. 가장 흔히 들을 수 있으며 제법 설득력이 있는 설명은 주민들이 어중이떠중이의 유입을 막으려고 일부러 그렇게 둔다는 것이다. 그 동네의 중심 도로인 엠가 M Street와 위스콘신 대로를 따라가면 랄프로렌과 비앤드비이탈리아 등의 아웃렛 매장이 경쟁하듯 서 있다. 캠퍼스 북쪽으로는 대학병원과 길 하나를 사이에 두고 프랑스대사관이 바짝 붙어 있어서 왠지 프랑스산 담배 골루아즈 냄새도 맡을 수 있을 것 같다. 포르쉐와 벤츠가 독일산 상어 떼처럼 밤낮없이 학교 가로수 아래와 거리를 날렵하게 휘젓고 다니며 벤틀리도 심심찮게 보인다. '초콜릿 시티'라고 불릴 만큼 흑인 인구가 전국 최고 수준인 워싱턴이지만, 그 한복판에 있는 조지타운 일대는 백인과 외국인 특권층의 전초 기지라 해도 과언이 아니다.

나는 뉴에라 양키스 모자를 돌려서 쓰고 판금처럼 빳빳한 로카웨어 청바지 밑에 새로 산 노란색 팀버랜드 워커를 신고서 조지타운에 입성했다. 모두 내 새로운 터전이 될 그 부촌과 그곳의 사람 잡는 무더위에 저항하는 의미로 고른 것이었다. 캐시머니Cash Money, 데스로Death Row, 배드보이Bad Boy 레코드에서 나온 음반들과 약 20켤레의 테니스화, 스테이시의 사진이 잔뜩 든 앨범과 함께 어떤 사명감도 챙겨갔다. 나 자신을 유니언가톨릭, 뉴저지주, 힙합 문화, 흑인다움을 대변하는 망명자쯤으로 여긴 것이다. 학교 기숙사인 하빈홀 8층의 사생실에 짐을 풀 때 백인 룸메이트의 어머니가 내 옷장을 보고 말했다.

"어머, 풋락커 매장을 통째로 가져다놨구나."

그 말을 듣자 왠지 모르게 우쭐해졌다. 파피가 싱긋 웃으며 대답했다.

"공부도 신발만큼만 신경을 썼으면 좋겠습니다."

룸메이트 브라이언과 그 가족이 하나같이 사근사근한 성격이라서 부모님은 마음을 놓았지만 내 마음은 다른 데 가 있었다. 스테이시가 보고 싶었고, 찰스가 보고 싶었다. 나는 대학교에서 만나는 백인(그 외에도 한국인, 유럽인, 아랍인, 아이티인, 남아시아인)을 데면데면하게 대했다. 즉, 흑인 외에는 전혀 관심을 주지 않았다는 뜻이다. 흑인만이 보였고, 흑인만을 찾았다. 나는 외로웠고, BET와 라디오 '파워 105' 에프엠방송이 분필처럼 그어놓은 구불구불한 선 안에서 번데기처럼 살았다.

대학에서 맞은 첫 번째 주말에는 프로스펙트가에 있는 어떤 흑인 집에서 열린 파티에 갔다. 육상부 선수들을 포함해 2학년 선배 네 명이 사는, 빌리지에이 생활관에 있는 복층으로 된 사생실이었다. 다른 사람과 같이 갔는지 혼자 갔는지는 기억나지 않지만 콘택트렌즈를 끼지 않은 것을 후회했던 기억은 난다. 파티장에 들어서는 순간 후끈한 열기 때문에 안경이 뿌예졌으니까. 래퍼 주버나일Juvenile의 〈백 댓 애즈 업Back That Azz Up〉이 쾅쾅 울리는 가운데 다들 몸을 꿈틀대며 벽과 상대방에게 비비고 있었다(소파와 의자 위에서도 마찬가지였다). 불빛이라고는 창문으로 들어오는 가로등 빛이 전부였다. 어둠 속에서 여학생들은 팁도 안 받고 랩댄스*를 췄고, 남학생들은 대마초를 말았다.

흑백을 떠나 대학교 파티가 처음이었던 나는 『U.S. 뉴스 앤드 월드 리포트』대학 평가에서 25위권에 들어가는 명문대에서 유니언가톨릭 시절과 흡사한 광경이 펼쳐지자 충격을 받았다. 사실 대학교에서 만나게 될 흑인 동급생들은 시트콤 〈프레시 프린스 오브 벨에어The Fresh Prince of Bel-Air〉의 칼튼 뱅크스나 영화 〈클루리스〉의 디온 대븐포트 같은 특권층 애들일 줄로만 알았다. 피부만 흑인이지 사고방식은 백인 같은 '오레오' 한 묶음이라서, 모두 내가 습득한 흑인 동네의 스타일에 호기심을 갖고 열광할 줄 알았

---

* lap dance. 보통 여성이 남성의 무릎(lap) 위에 앉아 추는 다소 선정적인 춤으로, 주로 스트리퍼들이 많이 춘다.

다. 밤을 새워가며 생물학 시험이나 준비하는 샌님일 줄로만 알았다. 다들 10시면 잠자리에 들 줄로만 알았다. 아무도 캐시머니 레코드에서 나온 앨범은 듣지 않을 줄로만 알았다. 전부 크나큰 착각이었다. 비록 백인에게 포위된 채 흩어져 있었지만 조지타운에서도 흑인 동네의 분위기가 펄떡펄떡 살아 있었다. 당밀색 피부에 몸매가 육감적이고 곱슬곱슬한 머리를 단발로 친 여학생이 내 손을 잡고 춤을 췄다. 나는 벽에 등을 기대고 벨트 버클로 그애의 풍만한 엉덩이를 압박했다. 힙합 듀오 아웃캐스트Outkast의 〈로자 파크스Rosa Parks〉가 나오자 모두 바닥이 뒤흔들릴 만큼 발을 구르며 한목소리로 외쳤다.

"갈보들을 조진다, 불도그처럼. 개들처럼, 조지타운 호야스!"*

조지타운의 흑인 사회를 겪어보니, 비록 캠퍼스 밖 흑인 사회의 축소판이라고는 해도 어엿한 하나의 사회인 만큼 나름의 규칙과 언어가 있었으며 왕과 여왕, 귀족과 농노가 존재했다. 그것은 캠퍼스를 에워싼 백인 사회의 질서와 여러 면에서 반대였다. 구체적으로 말하자면 이 흑요석 피라미드의 정점에 서 있는 이들은 길바닥 스타일을 가장 잘 살리거나 연예인 같은 느낌을 가장 잘 발산하는 학생들이었다. 이 카스트제도를 구성하는 이들을

---

* 아웃캐스트, 〈Rosa Parks〉 가사의 일부. "Bulldoggin' hoes like them Georgetown Hoyas!" 조지타운 호야스는 조지타운대학교 스포츠 팀의 총칭이며 마스코트는 불도그다.

지위순으로 대략 정리하자면 이렇다. 제1신분, 남자 농구부(특히 진짜 빈민가 출신이며 학업보다 운동을 중시하는 선수). 제2신분, 남자 농구부와 어울리며 그들을 차지하고자 싸우고 그들과 몸을 섞는 우두머리 여학생들. 제3신분, 알앤비R&B계의 혜성 에이머리 Amerie와 그의 친구 일부(에이머리가 음반사와 계약을 맺은 사실이 알려진 뒤의 이야기다). 제4신분, 미식축구부 선수 일부(조지타운 출신 NFLNational Football League 선수 이름을 하나라도 댈 수 있는 사람?). 제5신분, 육상부 선수 한두 명(육상은 텔레비전에서 거의 볼 수 없으니까). 제6신분, 다인종특별전형이 뜻밖의 선물 혹은 시시포스의 저주가 된, 깡패 흉내를 내고 다니는 비운동부 학생들.

그 밑바닥에 깔린 것은 랩이나 노래를 못하고 마약팔이처럼 걷거나 말하지 않고 끝내주는 점프슛을 못 하는 학생으로 대부분 남자였다. 한마디로 가장 대학생다운 대학생이 최하층민이었다. 나도 그런 비천한 운명에 처할까 봐 겁이 났다. 지위를 차지하고 싶었다. 멋들어지게 살고 싶었다. 그래서 헤쳐 나가야만 하는 백인 세계의 반대편에서 행동하기로 결심했다. 어리석게도 강의실과 기숙사에서 한낱 관광객이 되기로 한 것이다.

나는 조지타운의 흑인 공동체에서 하층에 있는 평범한 대학생이 될까 봐 무서운 나머지, 고등학교 때까지는 있는 줄도 몰랐던 과목에 반감마저 생겼다. 첫 학기에 미시경제학 수업에 출석한 횟수를 한 손으로 꼽을 수 있을 정도였다. 하루는 여느 때처럼 수업 전에 학생 식당에서 아침을 먹다가 필라델피아 출신의 남학생과 금목걸이에 대해 열띤 토론을 벌이게 됐다.

"자식아, 전에 클럽에 왜 목걸이 안 하고 왔냐?"

그가 나한테 물었다.

"여기 놈들이 워낙 망나니라서 말이지. 괜히 차고 나갔다가 털리면 솔직히 좀 그렇잖아."

내 말을 듣고 그가 버럭 소리를 질렀다.

"야, 그러라고 차고 다니는 거잖아, 이 깜둥이야! 난 어떤 깜둥이 새끼가 제발 내 목걸이 좀 털어가려고 했으면 좋겠다. 간만에 몸 좀 풀게."

강도를 피하기는커녕 유인하는 것이 과연 지혜로운 일인지 논하느라 그날 내가 빼먹은 것은 아침의 경제학 수업만이 아니었다. 어쩌다 보니 점심시간이 지나고 저녁때가 지나고 급기야 야식 먹을 때가 다 지나도록 종일 식당에 죽치고 앉아 있었다. 학생식당이 마치 내 개인 응접실이라도 되는 것처럼 시시각각 식당으로 몰려드는 흑인 학생들과 온갖 시답잖은 대화를 나눈답시고 그날 수업을 모두 결석했다. 그러거나 말거나 상관없었다. 내 대학생활의 진짜 무대는 강의실이 아니라 소수 흑인 친구의 사생실이나 레드스퀘어의 흑인이 주로 앉는 벤치, 식사 시간마다 뉴사우스 생활관의 큰 식당에 생기는 서너 개의 흑인 전용 식탁이었다. 말하자면 거대한 백색 지대에서 힙합이 살아 숨 쉬는 작은 땅들,

균질우유의 망망대해에 떠 있는 쪼글쪼글한 건포도들이 내가 사는 곳이었다.

이처럼 자기파괴에 가까운 수학 태도와 더불어 값비싼 옷들이 즐비한 옷장 역시 멋들어진 대학 생활의 필수품이자 상징물이었다. 여윳돈이 생기는 족족 옷을 샀고, 어떻게 하면 더 많이 살 수 있을지 궁리했다. 공부하는 시간이 한 시간이면 패션을 고민하느라 허비하는 시간은 두 시간이었다. 나만 그런 게 아니었다. 오히려 나는 심한 축에도 못 들었다. 건강보다도 옷이 먼저인 친구들도 있었다. 추수감사절 연휴가 지나고 평소 친하게 지내는 노스캐롤라이나주 출신의 흑인 장학생 모리스가 거들먹거리며 잔디밭에 나타났다. 모리스는 아이스버그 옷, 새 팀버랜드 부츠, 묵직해 보이는 구찌 목걸이로 돈 쓴 티를 팍팍 내고 있었다.

"새끼, 뭐냐, 못 보던 건데. 어디서 났어?"

내가 물어보자 모리스가 말했다.

"어이, 친구, 집에 갈 때마다 약물 실험 지원하잖냐."

"약물 실험?"

"야, 채플힐에 있는 깜둥이들한테 가면 한탕에 1500씩 줘. 무조건 해야지!"

나는 그처럼 심각하게 서열화된 흑인 세계에 갇혀 있었다. 그곳에서는 운동복의 가격표로 승자와 패자가 갈리는 일이 다반사였다. 나는 진짜처럼 보이려고, 계층 사다리의 밑바닥으로 떨어지지 않으려고 무진 애를 썼다. 그 문화에 흠뻑 젖어 있었기에 그날 모리스의 말이 이상하게 들리지 않았다. 솔직히 모리스가 뭔가 좋은 수를 알고 있진 않은지 궁금했다. 내 머릿속에는 어떻게 해야 멋들어질까 하는 생각뿐이었다.

몇 달이 지나도록 같은 층에 사는 백인 아이들의 이름을 외우려는 노력조차 하지 않았다. 대신 그들에게 별명을 붙였다. 헬무트 랭 바지를 즐겨 입고 짐짓 고고한 척하는 샌프란시스코 출신은 플레이보이라고 불렀고, 다른 데는 다 멀끔한데 적갈색 머리만은 항상 부스스한 중서부 출신은 러스티*라고 불렀다. 플레이보이의 룸메이트로 이렇다 할 특징이 없었던 뉴저지주 출신은 브루스라고 부르다가, 그가 머리를 파란색으로 염색하고 왔을 때 웃으면서 별명을 나이절로 바꿨다.** 이런 백인 남자애들은 우리 형이 동네에서 어울리던 백인 멍청이들과는 또 전혀 달랐다. 그들은 마치 벽에 걸린 장식품같이, 그러니까 라우인저기념도서관이나 힐리홀에 가면 벽에 걸려 있는 유화 인물화 속에서 웃기는 표정을 짓고 있는 인물들처럼 의기양양하게 웃으며 자기만족에 빠진 얼굴로 다녔는데, 그런 것은 내 흥미를 전혀 불러일으키지 못했다.

그럼 나와 대부분 흑인 친구에게 무엇이 흥미로웠는가 하면,

---

* Rusty. 머리가 빨간 사람에게 흔히 붙는 별명.
** 브루스는 매우 흔한 이름이고 나이절은 특이한 이름이다.

하워드대학교라는 약속의 땅이 그랬다. 하워드대학교는 조지타운에서 버스로 30분밖에 안 떨어진 곳인데도 이렇게 흑인 동네와 흡사한 대학이 있을까 싶을 만큼 전혀 딴판이었다. 최소 일주일에 한 번씩은 조지타운을 떠나 37번가와 오가O Street의 교차점에서 G2 버스를 탔고, 브라이언트가에서 내려서 그 '진짜'의 세계로 파고들었다. 머리를 깎으러 가기도 하고, 옷을 사거나 그냥 산책하러 가기도 했다. 조지타운에 다니는 게 싫거나 감사하지 않은 것은 아니었다. 그곳이 내 학교라는 소속감은 어느 정도 있었다. 하지만 이성보다 낮은 차원에서는, 하워드에 있으면 다시 고등학교 때로 돌아가서 제롬이 탄 뉴어크행 버스가 주차장을 빠져나가는 모습을 보고 있는 듯한 기분이 드는 것도 어쩔 수 없었다. 그 버스에 타고 싶었다.

조지타운의 흑인 공동체나 하워드의 흑인 공동체나 본질은 똑같았고 정도의 차이만이 있었다. 단, 그 정도의 차이가 무척 컸다. 조지타운의 코플리홀이나 빌리지에이 같은 생활관에서는 그나마도 몇 안 되는 흑인 여학생이 어디 숨었는지 잘 보이지 않았다. 하지만 하워드에 가면, 건축가 르코르뷔지에가 말한 '빛나는 도시'가 있다면 바로 여기가 아닐까 싶을 만큼 탐스럽게 빛나는 엉덩이가 하늘까지 닿을 정도로 쌓인 곳이 있었다. 바로 '칠흑의 섹스 왕국'이라는 별칭이 붙은 캠퍼스 밖의 여자 기숙사였다. 오죽하면 도시 안팎에서 대학에 다니지 않는 흑인 남자들도 괜한 기대에 부풀어 그 앞에 차를 끌고 와서 죽치고 있을 정도였다. 조지타운에서는 코피 아난이나 콘돌리자 라이스 같은 흑인 정치인이 점잖은 정장 차림에 잰걸음으로 어딘가를 향하는 모습을 볼 수 있었던 반면에, 하워드에서는 패볼러스 스포트Fabolous Sport와 디제이 클루DJ Clue, 제이 지, DMX 같은 흑인 동네의 슈퍼스타가 백금목걸이와 다이아몬드가 촘촘히 박힌 롤렉스 시계를 자랑하는 광경을 수도 없이 볼 수 있었다. 조지타운에서는 모교 방문의 날에 콜드브루 커피를 들고 미식축구부의 기막힌 역전승에 환호했지만, 하워드에서는 미식축구 따위야 알 바 아니고 지금 눈앞에 있는 여자를 어떻게 구워삶느냐가 유일하게 중요한 경기였다.

하워드에서 모교 방문의 날은 스포츠 행사가 아니라 광란의 도가니였다. 그것은 말하자면 프리크닉*, 카니발, NBA 올스타전, 푸에르토리코인의 날 퍼레이드(단, 푸에르토리코인은 참석하지 않는다), 핫 97 서머 잼**, 고대 잉카의 짝짓기 의식, 신비주의적 순례가 하나로 합쳐진 행사였다. 바람둥이의 삶을 상상만 하던 자의 끈적끈적한 꿈이 실현되는 날이었다. 언젠가 하워드의 캠퍼스를 건들건들 거닐면서 오직 전화번호를 얻어낼 생각만으로 주변에서 움직이는 모든 것에 추파를 던지다가 고향에서 본 적 있던 앤트

---

* Freaknik. 한때 흑인 대학이었고 현재도 흑인 학생 비중이 높은 일부 대학의 학생들이 매년 모이는 축제.
** Hot 97 Summer Jam. 라디오 방송국인 핫 97 에프엠방송이 후원하는 힙합 페스티벌.

의 친구를 우연히 만났다. 얼굴만 알고 이름은 모르는 사이였다. 나와 눈이 마주치자 그가 다가와서 주먹을 맞댔다.

"너도 여기서 학교 다니냐?"

내가 묻자 그는 대학은 안 다니지만 모교 방문의 날을 어떻게 그냥 지나가냐고 말했다.

그런데 사실 하워드의 마력은 기숙사나 1년에 한 번 있는 그 특별한 주말 행사에서만 나오는 것이 아니었다. 하워드는 전반적으로 조지타운보다 더 극적인 분위기를 풍겼다. 조지아 대로의 맥도날드 매장을 끼고 남북으로 이어지는 그 캠퍼스는 힙합계의 불로뉴의 숲*이라고 할 만큼 북적거렸다. 모두들 나름의 프롬나드**를 즐기러 나오는 곳이랄까. 마치 BET가 현실로 튀어나온 것 같았다. 하워드 안에서는 무슨 요일이든 중앙 잔디밭이 하이프 윌리엄스Hype Williams가 제작한 수많은 뮤직비디오를 춤으로 재연하는 공연예술의 장이자 거대한 원형극장으로 변했다. 왠지 거기서는 마음만 먹으면 힙합학을 전공하고 길바닥학을 부전공할 수 있으며, 계속 버티면 포주학 박사 학위도 취득할 수 있을 것 같았다. 실제로 그런 것을 많이 배울 수 있었다.

하워드에서는 다들 별의별 기발한 방법으로 흑인 동네 느낌을

* Bois de Boulogne. 파리 시민이 많이 찾는 삼림공원.
** promenade. 프랑스어로 '산책'이란 뜻.

냈다. 예를 들어 내 친구 모Moe가 살던 기숙사의 어떤 학생은 자기 방을 통째로 점방으로 바꿨다. 진짜 금전출납기를 가져다 놓고 유리 진열장 안을 상품으로 항상 가득 채워놨다. 원래 책상이 있던 자리를 테이스티케이크 빵, 뉴포트라이츠 담배, UTZ 포테이토칩, 냉장한 미스틱 과일주스와 쿼터워터*가 대신 차지하고 있었다. 초록색 복권 기계까지 있었으면 정말 없는 게 없다고 해도 될 판이었다. 기숙사 복도에서는 뉴욕내기들이 엘리베이터 근처에서 어슬렁거리면서 5센트, 10센트어치로 소분한 대마초를 팔았다. 어떤 열아홉 살짜리 학생은 매주 파티나 클럽 행사를 홍보하는 아르바이트로 학비를 충당했다. 하워드는 더는 서굿 마셜이 법학을 공부한 곳이 아니었다. 그곳은 숀 콤스가 퍼프 대디로 거듭난 곳이었다.

하워드의 생활관 복도를 걷고 있으면 언제나 힙합의 스타카토 리듬, 흑인 동네의 분위기, 흑인식 멋 부리기의 강렬한 기운이 닫힌 방문마다 스며 나오고 열린 입마다 흘러나왔다. 하워드에 가면 어린 시절 플레인필드나 뉴어크에 갈 때와 똑같은 느낌을 받았다. 이건 나쁜 짓이라는 죄책감, 거기에 가면 내가 뭔가 나쁜 짓을 한다는 막연한 감각이 짜릿하게 느껴졌다. 물론 하워드에도 진지한 학문의 장다운 면모가 있었겠지만 나는 보지 못했다. 내

---

* quarter water. 물에 색소와 설탕을 섞어 25센트에 파는 저렴한 음료.

눈에 보이는 것은 머리부터 발끝까지 구찌 로고로 도배하고 청록색 친칠라 모피를 걸친 흑인 형제들이었다. 그리고 성대한 가면무도회랄까 깡패 파티가 보였다. 중산층 학생들, 그러니까 애틀랜타와 시카고(북부) 외곽의 교외 지역에서 온 의사와 변호사의 아들딸들이 마치 자신은 중산층이 아니라고 항변하듯 깡패, 포주, 창녀 같은 차림을 하고 길바닥 문화와 몸을 섞었다. 그런 광경은 내가 텔레비전과 워싱턴의 클럽에서 받은 인상, 고향 뉴저지주에서 친구들이 흉내 내던 스타일, 조지타운에서 짝퉁 깡패와 운동선수 들이 보여주던 행동 양식과 딱 맞아떨어졌다. 그것은 진짜였다.

첫 학기 때 한껏 멋을 부린 뒤 이세이미야케 향수를 온몸에 두르고서 저녁 외출을 준비할 때였다. 핍이라는 친구와 버스를 타고 같이 하워드에 가기로 되어 있었다. 그런데 갑자기 같은 층을 쓰는 러스티가 들어오더니 내 스웨터를 보고 씩 웃으면서 특유의 비음 섞인 목소리와 중서부식 단조로운 어조로 말했다.

"쿠지 스웨터로 힘 좀 줬네. 나도 전에 니만마커스 백화점에서 살까 했는데 내가 걸치니까 비아이지가 아니라 농구 감독 밥 허긴스 같더라."*

＊ 쿠지는 노토리어스 비아이지가 즐겨 입던 브랜드다.

"아, 진짜?"

러스티가 쿠지를 알다니 의외여서 웃음이 나왔다. 그 녀석들에 대한 내 평가가 그토록 박했던 것이다.

"그럼 뻥이겠냐, 인마!"

둘이서 잠깐 낄낄대며 대화를 나눈 뒤 그의 등을 장난스럽게 툭 치고 문을 나섰다. 굳이 저녁에 뭘 할 건지 묻거나 같이 나가자고 하진 않았다. 반사적인 반응이었다. 그전까지만 해도 내가 러스티에게 진지한 관심을 가진 적이라곤 단 한순간도 없었으니까. 그는 그저 풍경에 불과했다. 아마 러스티도 나를 그렇게 생각했을 것이다. 오하이오주 애크런 출신의 백인이 먼저 다가와서 내 언어로 나를 웃게 한 그 사건은 오죽 신기했는지 그날 밤까지도 머릿속에서 떠나지 않았다. 비록 스웨터에 대한 가벼운 대화만 나눴을 뿐이었지만 말이다. 그때부터 러스티와는 생활관에서 오다가다 마주치면 대화를 나눴고, 그의 이름이 존이라는 것을 알게 됐다.

워싱턴에서 맞은 첫 번째 겨울은 가히 악전고투였다. 단순히 감기에 걸린 줄 알았는데 고열이 나더니 얼마 후 기관지염으로 악화되었다. 덕분에 한 달 동안 호피 무늬 이불을 뒤집어쓰고 누워 식은땀을 뻘뻘 흘렸고, 폐가 튀어나올 것처럼 기침을 해댔다. 그러다 간신히 걸어다닐 수 있게 되어 학생 식당에 갔을 때였다.

실을 에는 바깥의 한기가 후끈한 실내의 온기로 돌변하자 갑자기 숨통이 턱 막혔다. 덜컥 겁이 나서 본능적으로 어떻게든 숨을 쉬어야 한다는 생각에 거의 고꾸라지다시피 하며 캑캑 마른기침을 내뱉었다. 뭐가 문제인지 몰라도 그날부터 매일 밤 깨서 발작을 일으켰고, 얼굴이 눈물범벅이 되도록 숨을 헐떡이곤 했다.

어느 날 밤에는 룸메이트의 잠을 방해하고 싶지 않아서 침대에서 나와 비틀비틀 공용 욕실로 갔다. 깊은 곳에서부터 폐부를 찢고 나오는 것 같던 기침은, 물 온도를 최고로 튼 샤워 부스에 얼굴을 집어넣고 모락모락 피어나는 수증기를 꿀꺽꿀꺽 필사적으로 들이마시자 비로소 멈췄다. 천천히 숨통이 트이면서 가슴 안쪽에서 나던 휘파람 소리가 잦아들고 심장이 진정됐다. 샤워장을 나왔을 때는 새벽 4시경이었다.

"어이, 너 괜찮냐?"

같은 층에 사는 맷이 자기 방에서 브루클린 출신 유대인 억양의 더듬대는 말투로 물었다. '뉴욕 메츠 나가 죽어라'라고 쓰인 티셔츠와 헐렁한 호야스 반바지를 입은 채였는데 그 시간에 자지도 않고 존 콜트레인의 음악을 듣고 있었다. 어쩌면 마일스 데이비스나 찰리 파커Charlie Parker였는지도 모르겠다. 당시 내게는 그게 그거였으니까. 맷은 냅스터에서 내려받은 음악을 틀어놓고 씁쓸한 블랙커피를 벗 삼아 과제를 작성하면서 중간중간 ESPN 사이트를 둘러보고 있었다. 마치 온 세상이 잠든 사이에 맷만 홀로 깨어 있는 듯했다.

"젠장, 이게 뭔 지랄인지 모르겠다."

나는 말을 붙일 사람이 생겨서 다행이다 싶었다.

"야, 들어와, 들어와. 차 한잔 타줄게. 따뜻한 거 마시면 숨도 트이고 잠도 잘 올 거야."

그 순간 몇 달간을 바로 옆에 살면서도 맷과 대화다운 대화를 해본 적이 없다는 생각이 들었다. 차를 천천히 마시면서 그간 내가 관심이 있는 줄도 몰랐던 여러 가지 주제로 대화를 나눴다.

"야, 여기 백비트 들리지? 졸라 죽인다."

맷이 박자에 맞춰 발로 바닥을 톡톡 차며 말했다.

"백비트가 뭔데?"

"너 재즈 안 듣냐?"

"글쎄, 들어본 적 없는 거 같은데."

"와, 이 자식 이거, 내가 시디 몇 장 구워줄게."

"그래, 그러든지."

그러고 보니 직접 음반을 살 수 있는 나이가 된 뒤로 힙합 외의 음악은 들을 생각조차 하지 않았음을 깨달았다.

같이 드럼 연주자의 실력에 감탄하며 음악을 조금 더 듣다가 얼그레이 잘 마셨다며 잔을 건네고 침대로 다시 들어왔을 때는 이미 동이 트고 있었다. 그 뒤로 한동안 우리는 마치 무슨 의식이라도 치르는 것처럼 일주일 중 며칠 밤을 그런 식으로 보냈다. 기침, 차, 대화, 음악. 그렇게 마일스 데이비스와 니나 시몬^{Nina Simone} 등의 흑인음악을 처음 접했다. 얼마 후엔 기침이 너무 심해져서 수증기로도 가라앉지 않는 지경에 이르렀다. 그냥 지나가는 열병인 줄 알았던 것이 어느새 천식이 되어 있었던 것이다. 뜨거운 김을 쐬고 차를 마시는 것 대신 나는 플로벤트와 알부테롤을 처방받았다. 그러고 나서도 계속 맷의 방에 들렀고, 우리는 꽤 끈끈한 사이가 됐다.

내가 맷과 러스티와 친해진 것은 우연이 아니었다. 오래지 않아 나는 아프리카계, 유대계, 인도계, 앵글로·색슨계, 동부 출신, 서부 출신, 중서부 출신, 남부 출신, 서민층, 중산층, 중상류층, 갑부층을 가리지 않고 그야말로 각계각층의 학생들과 어울리기 시작했다. 그중 대부분이 고등학교 때였다면 좃밥이라고 무시했을 부류였으니, 만일 기숙생들을 마구잡이로 섞어놓는 조지타운 특유의 기숙사 운영 방식이 아니었다면 그처럼 가까워지진 못했을 것이다. 우리는 그 운영 방식에 순응해야 했고, 덕분에 자연스럽게 뜻밖의 우정을 키워냈다.

하지만 그게 또 당연하다고만 볼 일은 아니었다. 나처럼 다양성이 존재하는 기숙사에 배정되었는데도 여전히 사회적으로 어떤 경계선 안에 갇혀 있는 흑인 친구나 동급생을 주변에서 자주 볼 수 있었다. 이는 내가 그랬듯이, 그들이 의도적으로 선택한 것이었다. 그들은 주중에는 자기들끼리 밥을 먹고 수업을 들으러 갔다. 주말에는 자기들끼리 파티를 열거나 하워드에 가서 춤을 추며 뭉쳤다. 원한다면 어디에나 앉을 수 있는데도 일부러 버스 뒷좌석과 흑인들만 모여 있는 식탁에 앉아 자신들을 고립시키며 캠퍼스 내의 소수 집단을 자처했다. 내가 아는 흑인은 대부분 흑인이 아닌 사람에게 친절하고 공손했지만, 기본적으로 같이 있는 사람을 불편하게 하는 뭔가가 있었다. 그게 무엇이었을까? 그때는 나도 잘 몰랐다. 다만 이제 나는 그들이 느끼는 것을 느끼지 않는다는 것만 알 수 있었다. 여전히 흑인들과 주로 시간을 보내긴 했어도 그들의 자기 고립에 전적으로 동참하고 싶은 충동은 거부했다. 그런 거부감은 나로선 모처럼 느끼는 정서였고, 솔직히 내가 생각해도 뜻밖이었다.

1학기를 망친 것으로 모자라 봄에 시작된 2학기에도 수업은 잊을 만하면 한 번씩 나가는 게 다였다. 보통은 오후, 심지어 초저녁까지 늘어지게 자거나 침대에 누워 BET에서 쿵쾅대는 음악을 들었다. 화면 속에서는 다이아몬드가 줄줄이 박힌 목걸이를 찬 힙합 듀오 빅 타이머스Big Tymers가 노란색 크리스털 샴페인을 따고는 험악한 얼굴로 카메라를 노려보면서 방송을 시청하는 전국의 흑인 청년에게 수업 따윈 듣지 말고 어서 차를 타고 나오라고 부추기고 있었다. 당시 나는 갑자기 닥친 자유를 누리는 수준을 넘어 숫제 그 속에서 허우적대는 꼴이었다. 안 그래도 유니언가톨릭 시절에 못 배운 게 많아서 수업을 따라가려면 머리를 싸매고 공부해야 했지만, 그러기는커녕 학업을 기피하며 신입생 때부터 최상위권을 유지하라던 파피의 분부를 외면했다.

아침에 하빈홀은 텅텅 비어 있었다. 폴로 티셔츠의 목깃을 세우고 리프 샌들을 신고 다니면서 흥청망청 놀기를 좋아하는 백인 남학생들도 나와 똑같이 학업을 등한시할 줄 알았지만 순진한 생각이었다. 같은 시간에 그들은 강의실에 있었다. 오직 플레이보이만이 예외였다. 플레이보이도 나처럼 결석을 밥 먹듯이 했고, 툭하면 내 방에 와서 먹을 것을 주문해놓고 드림캐스트 게임기로 〈NBA 2K〉 게임을 하거나 텔레비전으로 AC 밀란 축구 경기를 보면서 시시덕거렸다. 우리 둘 다 동지가 생겼다고 내심 기뻐했던 것 같다.

키가 크고 잘생긴 플레이보이는 빗어넘긴 갈색 머리가 소가 핥기라도 한 것처럼 뻣뻣했으며, 눈빛이 왠지 슬프고 지쳐 보였다. 이제 겨우 열여덟인데도 무슨 인생을 대여섯 번은 산 사람처럼, 세상 모든 것을 보고 누리고 사고 먹어봤다는 듯이 권태에 젖어 있었다. 플레이보이는 아주 좋은 집안 출신이었는데 딱히 그것을 감추려 하지도 않았다. 영화 〈리플리〉에 나오는 디키 그린리프와 비슷한 인상이었다고 해도 좋을 것 같다. 돈에 초연한 수준을 넘어 아예 무관심한 인간을 만난 건 플레이보이가 처음이었다. 이제는 나도 항상 돈이 두둑했던 사람만이 그렇게 행동할 수 있다는 것을 잘 안다. 한 번도 아파본 적 없는 사람만이 건강에 무관심할 수 있는 것처럼 말이다. 플레이보이는 파리와, 베네치아 그리고 그리스에 있는 자기 명의의 아파트와 별장에 대해, 조각 공원으로 꾸며놓은 뒤뜰과 벽에 장식으로 걸어놓은 화가 에곤 실레의 작품들에 대해, 자기 집안의 성^姓이 들어간 고향 캘리포니아주의 도로명을 투팍이 언급한 것에 대해, 집안에 고용된 사람들에 대해, 가족끼리 알고 지내는 스틸, 피카소, 갈리아노, 던 등의 가문에 대해 신나게 떠들었다. 나를 포함해 백인과 흑인 그리고 그 사이에 낀 모든 인종을 막론하고 대부분의 학생들은 뜨끈한 치즈스테이크 앞에만 앉아도 행복해했지만, 플레이보이는 저녁마다 카페 밀라노, 피콕카페, 비스트로프랑세 같은 곳에서 값비싼 메뉴를 먹으면서도 요리에 대해 불평했다. 풍문에 따르면 누가 봐도 넉넉한 용돈을 받고 있으면서도 아버지의 신용카드에서 자신의 페이팔 계좌로 조금씩 돈을 빼돌리고 있다고 했다. 플레이보이는 그런 녀석이었다. 물론 당시 나에겐 페이팔이란 것 자체가 금시초문이었다. 나는 그런 녀석이었다.

어쩐 일인지 플레이보이와 나는 죽이 잘 맞았다. 어쩌면 둘 다 자신이 주어진 역할에 잘 맞지 않는다는 것을 부지불식간에 느낀 까닭인지도 모르겠다. 플레이보이는 조지타운에서 겉도는 귀족이었다. 아는 것도 불만인 것도 너무 많다 보니 그리니치 은행가의 천하태평한 자제들이나 중동 석유 재벌의 콧대 높은 후손들과도 잘 섞이지 못했다. 나로 말하자면 당시로서는 어떻게 표현해야 할지 몰랐던 어떤 인식에 천천히, 아주 천천히 눈뜨고 있었다. 그 인식이란, 래퍼 닥터 드레^{Dr. Dre}, 로버트 루이스 존슨*, 러셀 시먼스**, 유니언가톨릭 동창들, 조지타운의 작은 흑인 공동체와 하워드의 거대한 흑인 공동체가 내게 보여주는 세상보다 더 넓은 세상이 존재하고, 내가 그 세상을 원하며, 나도 그 세상을 누릴 수 있다는 생각이었다.

말하자면 플레이보이는 내려올 곳이 필요했고, 나는 올라갈 곳이 필요했다. 우리는 그 중간쯤에서 만났다. 물론 나의 주 활동 무대를 벗어나서 플레이보이 같은 이들과 그들의 방식으로 어울리기란 쉽지 않았다. 나와 흑인 친구들은 길바닥 감수성, 화려하고 펑퍼짐한 옷, 흑인 동네의 은어를 통해 힙합 문화의 일원이라는 자격을 얻었고, 흑인이라면 마땅히 그래야 한다는 듯이 냉혈한의 가면을 쓰고 다녔다. 그런 것을 방패처럼 두르고 있으면 우리가 무적이 아니며 모든 것이 우리 손바닥 안에 있지 않다는 현실을 직시하지 않아도 됐다. 우리는 스스로를 알려고 하지 않았다. 그 대신 우리가 동경하던 래퍼와 깡패 들처럼 오만과 허세라는 넝마로 자신의 무지를 가리고 있었다. 개성 있는 인격체로서 자신을 계발하는 것보다 고정관념의 화신이 되는 쪽이 훨씬 쉬웠

---

*　Robert Louis Johnson. BET의 공동 설립자.
**　Russell Simmons. 힙합 레이블 데프잼레코딩스(Def Jam Recordings)의 공동 설립자.

다. 힙합 문화를 유일한 진리로 떠받들고, 젊지 않고 검지 않은 모든 사람과 사물을 가차 없이 거부하면서 우리에게 친숙한 이미지에 기대서 세상을 재조직했다. 그 이미지가 현실과 얼마나 동떨어져 있는지는 알 바 아니었다. 그렇게 재조직한 세상을 다시금 재편성하려면 기꺼이 고통과 불안의 세례를 얻어맞아야 했다. 좋고 나쁜 것의 기준을 정할 때 다른 사람, 되도록 자신보다 더 많은 것을 접하고 경험하고 누린 사람이 끼어들게 해야 했다. 그동안 살아오면서 발바닥에 박인 굳은살을 모두 벗겨내고 뜨거운 도로로 당당히 나서야 했다. 당연히 겁이 날 수밖에 없었다.

포토맥강 위로 해가 열기구처럼 낮게 매달려 있었다. 플레이보이와 함께 배도 채우고 시간도 때울 겸 프로스펙트가를 천천히 걷던 참이었다. 플레이보이가 은행을 끼고 오른쪽으로 돌아 딘앤드델루카에 가자고 했다. 흰색 바탕에 검은색 글씨로 선명하게 상호가 박힌 고급스러운 쇼핑백이 캠퍼스 여기저기서 나뒹구는 것을 보긴 했지만 실제로 가본 적은 없는 곳이었다.

"내가 장담하는데 마음에 들 거야."

플레이보이가 자신하며 말했다. 가게 안으로 들어가서는 나에게 물었다.

"뭐 먹을래?"

"아무거나."

"그럼 나는 치즈 가져올 테니까 넌 바게트 가져와."

"그래."

그렇게 대답하고 주위를 둘러봤다. 하지만 플레이보이가 떠나고 나니, 나는 바게트가 뭔지 모른다는 사실을 깨달았다.

"바게트…… 바게트…… 바게트……"

그렇게 하면 숨은 의미가 떠오르기라도 할 것처럼 혼자서 중얼거렸다. 바게트에 대해 들은 적이라고는 퍼피의 롤렉스나 메이스 Mase의 귀에 박힌 다이아몬드를 두고 이야기했을 때 정도였다*. 이걸 어쩌나 싶었다. 난처하고 조금 쑥스럽기도 한 심정으로 엑스트라버진 올리브유, 형형색색의 젤라토, 곱게 간 커피가 정갈하게 진열된 코너들을 지나면서 어떻게든 체면을 구기지 않으려고 단서를 찾았다. 그 와중에도 점원에게 물어보는 것은 자존심이 허락하지 않았다. 매장을 한 바퀴 돌고 다시 입구로 돌아왔을 때 불현듯 뇌리를 스치는 생각이 있었다. '바게트'라면 왠지 프랑스어로 '작은 가방'일 것 같은데? 그러면 말이 됐다. 음식을 담을 가방이 필요하단 말이군. 그럼 그냥 그렇게 말하지! 내가 작은 플라스틱 바구니를 들고 나타나자 플레이보이가 물었다.

"야, 바게트는?"

"이거 아니야?"

---

* 얇고 길쭉한 형태의 다이아몬드를 바게트 다이아몬드라 부른다.

나는 잠시 그를 빤히 보다가 바구니를 가리키며 반문했다.

찰나의 순간이었지만 플레이보이의 얼굴에 스치는 표정이 변화하는 과정을 보았다. 턱이 처지면서 입이 벌어지고 눈이 가늘어졌다. 또 미간에 주름이 잡히면서 한쪽 눈썹이 올라갔다. 순식간에 나타났다 사라진 표정이긴 했지만, 나는 불시에 뺨을 찰싹 얻어맞고 이마에 무식한 놈이라고 대문짝만하게 쓰인 기분이었다. 아니, 더 정확하게 말하자면 그의 얼굴이 어떤 거울이 되어 내 무지를 똑똑히 보여주는 것 같았다. 플레이보이가 빵이 수북이 쌓여 있는 곳에서 표면에 가루가 묻은 길쭉한 빵 하나를 집더니 내게 건넸다.

재즈와 마찬가지였다. 그때까지 내가 빵에 관심을 가진 적이라곤 한순간도 없었다. 찰스와 나, 스테이시, 하워드의 모, 학생 식당에서 체스트패스 같은 행동으로 한패임을 과시하는 농구부 껄렁이들, 그들에게 알랑거리면서 그 몸을 탐하는 여학생들은 모두 온갖 기막힌 것에 관해 열을 올리며 말했다. 우리가 생각하는 기막힌 것이란 예컨대 아이스버그 운동복이라든가 언제 어디서 보석을 자랑하기가 좋은지 따위였다. 하지만 그날 딘앤드델루카에서 플라스틱 바구니를 들고 서 있던 나는, 우리가 빵을 주제로 대화해본 적은 없다는 사실을 자각했다. 왜 그랬을까? 왜 우리는 빵에 대해서 생각하지도 말하지도 않았을까? 치즈는 또 어떤가. 그 누구도 치즈에 대해 말하지 않았다. 왜 그랬을까? 매일 세 끼씩 먹는 건데? 그런 것은 중요하지 않았다. 진짜 흑인은 치즈에 대해 말하지 않았다. 왜냐하면 치즈는 시시할 뿐 진짜가 아니기 때문이다. 운동화는 진짜지만 치즈는 진짜가 아니다. 코냑은 진짜지만 와인은 진짜가 아니다. 랩은 진짜지만 재즈는 진짜가 아니다. 값비싼 차는 진짜지만 값비싼 교육은 진짜가 아니다. 나도 내 친구들도 평생 이런 미세한 차이를 본능적으로 느끼고 떠받들며 살아왔다. 빵, 치즈, 와인, 책 따위는 스테이시나 앤트 앞에서는 백만 년이 가도 내 입에 올리지 않을 화제였다. 그러는 게 당연하다고 생각했다. 단, 예외적으로 책에 대해서는 찰스나 파피와 대화를 나누었지만 그것도 어디까지나 파피의 존재 때문이었다. 그런데 이제 이 기다란 빵 때문에 내 무지가 드러나는 창피를 당하고 나자 문득 '왜'라는 의문이 드는 것이었다. 치즈는 진짜가 아니라니, 누가 그런 소리를 하는가? 누가 나한테 그런 말을 하는가?

그저 사소한 오해였다고 훌훌 털어버릴 수도 있었을 그 사건으로 내가 얼마나 초라하게 느껴졌는지는 말로 다 표현할 수 없을 정도다. 하지만 그 일을 복기하는 것이 시간 낭비라고 생각하진 않는다. 어떤 사람이 음식을 대하는 태도는 그 사람에 대해 많은 것을 알려주기 때문이다. 자신이 먹는 것에 대해 호기심을 품고 폭넓게 관심을 두기를 귀찮게 여긴다면 그 밖에 또 무엇을 놓치게 될까? 그 답은 '무척 많은 것'이다. 그 순간 또 다른 생각도 떠올랐던 것 같다. 플레이보이는 이 사소한 사건을 기억하지 못하겠지만 나는 기억하리라고. 실제로 지금 이렇게 기억하지 않는가. 우리 세상에서는 이런 기억의 차이가 은행 계좌나 피부색의 차이보다 훨씬 큰 의미가 있다.

그런데 나 자신이 초라하게 느껴지는 것과는 별개로, 초등학교 때도 그랬듯이 이번에도 내게 상황을 좌우할 실질적인 힘이 있다는 것을 알았다. 딘앤드델루카의 가공식품 판매대에서 이제 막 알게 된 바게트라는 빵을 들고 서 있던 그 순간에, 나는 두 가지 시나리오 중 하나를 선택할 수 있었다. 첫 번째는 "어이, 바게트고 나발이고 이런 게에에에이들이나 먹는 거 꺼지라 해, 새끼야! 이딴 바게트 씨팔 누가 처먹는다고!"라고 말하는 것. 내게는 식은 죽 먹기였다. 프랑스 빵 따위 잘 모르는 내가 진짜 멋들어진 남자고, 계집애가 이름을 붙인 것 같은 빵에 정통하다니 참 쩨쩨한 인생이라는 식으로 몰아갈 수 있었다. 하려고만 하면 그렇게 허세를 부리는 것쯤은 일도 아니었다. 만약 찰스나 앤트가 옆에 있었다면 우리는 서로 더 부추겨가며 그 일을 그저 배꼽 빠지는 농담거리로 취급해버렸을 것이다. 흔히 쓰는 수법이었다. 두 번째 시나리오는 나에게 새로운 것을 시도해보는 것이었다. 자존심을 억누르고 호기심을 해방함으로써 타인을 통해 낯선 문물을 접하는 것.

그날 나는 내가 더 많은 것을 알고 먹고 보고 경험하기를 원한다는 사실을 깨달았다. 자나 깨나 진짜처럼 보이겠다고 애쓰면서 진짜 편협한 인간으로 사는 것에 신물이 났다. 나는 보호막을 치우고 플레이보이와 함께 바게트 위에 쿰쿰한 브리치즈를 듬뿍 바른 뒤 그 위에 또 파르마산 햄, 그러니까 기름이 허옇게 끼고 투명할 만큼 얇게 썰린 프로슈토를 잔뜩 얹어 먹었다. 좋은 식사였다.

며칠 뒤 플레이보이와 중앙 잔디밭에서 슈퍼소커 물총을 쏘아대면서 워싱턴이 한때 습지대였음을 상기시켜주는 오후의 후텁지근한 열기를 식히고 있을 때였다. 저쪽에서 걸어오는 애슐리가 시야에 들어왔다. 애슐리는 연황색 피부에 키가 크고 몸매의 굴곡이 육감적인 남부 출신 여학생이었다. 그녀가 속한 예쁘장한 중상류층 흑인 1학년 여학생 무리가 깡패, 운동부, 래퍼에게 사족을 못 쓴다는 소문이 워싱턴 안팎에 자자했다. 애슐리는 왠지 사교계에도 진출했을 것 같은 치과의사의 딸로 전형적인 미국의 청춘이었는데, 자라면서 흑인 친구를 사귄 적도, 흑인 남자와 연애해본 적도 없는 부르주아 흑인 소녀였다. 그런 애들이 고등학교 때 사귀는 남자는 보통 분말주스 쿨에이드 체리 맛을 물에 풀어서 머리를 빨갛게 염색하고 어지간해서는 흑인 여자애들에겐 눈길조차 주지 않는 백인 남자다. 말하자면 애슐리는 〈프레시 프린스 오브 벨에어〉에 나오는 힐러리 뱅크스를 연상시키는 매력적이고 세상 물정 잘 모르는 흑인 여학생으로써, 엘리트 백인 대학에 다니는 모든 흑인 남학생, 특히 깡패 흉내를 내는 흑인 남학생들이 어떻게든 자빠뜨려보려 탐내는 유형이었다.

입학한 뒤 애슐리가 조지타운 흑인 사회에서 최정상에 위치한 자기 서열을 깨닫기까지는 그리 오랜 시간이 걸리지 않았다. 석 달쯤 걸렸을까. 그 뒤 애슐리는 쿨에이드로 머리를 염색한 고향의 백인 남자애와 결별하고 자신의 성적 자본을 총동원해 화끈한 밤을 즐겼으며 심심찮게 애인을 갈아 치웠다. 그 무더운 봄날 오후 코플리홀 앞의 잔디밭에서 내 앞을 지나갈 당시 애슐리는 농구부에 스몰포워드 후보선수로 있는 부르키나파소인과 사귀며 모든 흑인 남학생의 원성을 사고 있었다. 나는 다들 왜 그리 난리인지 이해가 가지 않았다. 육체적으로만 보자면 애슐리는 분명히 매력적이었고, 나도 분노하는 흑인 남학생에 기꺼이 끼었을지도 모른다. 하지만 개성이란 측면에서 보자면 애슐리가 내는 풍미란 흰쌀밥 수준에 지나지 않았다. 당시 나는 명목상으로는 여전히 스테이시와 연애하고 있었고, 내 기준에서 애슐리를 포함해 하나같이 비슷비슷하게 비비 홀터넥 티셔츠를 입고 백인 억양을 쓰며 몰려다니는 그 재수 없는 패거리는 스테이시에 비하면 문자 그대로나 비유적으로나 희멀갤 뿐이었다.

햇살이 너무 눈에 부셔서 그랬을까. 아니면 플레이보이에게 뭔가 보여주고 싶었던 걸까. 그도 아니면 애슐리가 나한테 아무 짓도 못 하리라고 생각해서였을까. 이유는 잘 모르겠지만 어쨌든 애슐리가 내 앞을 지나가다 나와 눈이 마주쳤을 때, 나는 슈퍼소커에 가득 찬 물을 개한테 몽땅 쏴재꼈다. 무늬가 있는 여름 원피스가 흠뻑 젖었고 공들여 폈을 머리가 흑인의 긍지가 담긴 구불 구불한 머리로 되돌아갔다. 당연히 애슐리가 소리를 질렀다.

"이 미친놈아!"

내가 미친 듯이 웃는 동안 애슐리는 눈물을 흘리며 경멸 어린 말을 퍼붓고는 성난 걸음으로 사라졌는데, 세월 탓인지(또는 자존심 탓인지) 그때 무슨 말을 들었는지 이제 기억도 안 난다.

"뭐 하는 짓이야, 인마. 쟤 저게 무슨 망신이야!"

플레이보이가 놀란 눈으로 말했다.

"저 밥맛없는 년."

나는 계속 웃으면서 근처에 있는 벤치로 가서 앉았다.

"누군데?"

플레이보이가 내 옆으로 와서 따라 앉더니 긴 다리를 포개면서 물었다.

"아무것도 아닌 년."

평소처럼 디와 함께 뉴사우스 생활관에 저녁을 먹으러 갔다. 디는 내 그림자 같은 존재였다. 유순한 성격에 피부는 중국인에 가까운 황색이었고, 길게 땋아서 두피에 세심하게 붙인 콘로우 머리를 혹시라도 망칠까 봐 가려워도 긁지도 못하고 톡톡 두드리기만 했다. 워싱턴의 우범지대 출신이었는데, 어쩌다 어머니와 통화하는 것을 들으면 꼭 여동생이나 동네 친구와 대화하는 것 같왔다. 하빈홀에서 아래층에 살았던 디는 비디오게임, 포에트리 슬램*, 하드코어 힙합, 감성 알앤비에 심취했다. 돈이 별로 없어서 주로 혼자 지냈다. 내가 학업의 바다에서 허우적대고 있었다면 디는 파도에 떠밀려 자꾸 암벽에 부딪히는 조난자였다. 나는 디가 마음에 들어서 뭘 하든 끼워주려 했고, 아마 디도 그런 내게 고마워했을 것이다.

둘이서 학생 식당으로 이어지는 계단을 한가롭게 내려가는데, 식당 앞에서 슬리퍼를 신고 호야스 운동복을 입은 농구부 애들 서너 명이 서성이고 있었다. 나는 농구부에 있는 선배 두세 명과 친하게 지낼 뿐 나머지 선수들과는 인사만 하는 사이였다. 그들은 인사만 하는 쪽이었다. 나는 평소처럼 고갯짓으로 알은척만 하고 지나갔다. 그런데 누가 팔을 잡아당기는 게 느껴졌다. 바로 그 부르키나파소인이 내 손목을 꽉 쥐고는 돌려세운 것이다.

"어이, 뭔 지랄이냐?"

내가 물었다.

"깜둥이 새끼, 모르는 척하지 마라."

아프리카 출신이며 프랑스어가 모국어인 그의 말은 흡사 노랫소리 같았다. 목소리는 디켐베 무톰보**가 거세됐다면 가졌을 법한 음색이었다.

---

* poetry slam. 자작시를 대중 앞에서 역동적으로 낭독하는 공연 예술로서 랩과 유사하다.
** Dikembe Mutombo. 콩고민주공화국 출신 NBA 선수.

"뭐가?"

"날 그따위로 무시하면 안 되지, 안 그러냐?"

"뭔 소린지."

"날 무시하면 안 된다고!"

그의 가공할 만한 손아귀에서 손목을 억지로 빼내며 물었다.

"아니, 도대체 무슨 소린데?"

"오늘. 오후에. 네가 내 여자친구한테 한 짓 말이다. 그딴 식으로 날 무시하면 안 되지."

그제야 그가 왜 그렇게 열을 내는지 깨달았다. 신기하게도 까맣게 잊고 있었다. 주위를 돌아보니 그의 동료들이 모두 나를 주시하고 있었다. 디는 불안한 기색이었지만 의리 있게 옆을 지켰다. 부르키나파소인 녀석은 2미터의 장신이었지만 무섭진 않았다. 아무래도 그가 손찌검을 하진 않을 것 같았고, 그렇다면 감히 이런 야단을 치도록 놔둬서는 안 되겠다고 판단했다.

"나 참, 그깟 년이 뭐라고 지랄이냐."

나는 짐짓 센 척하며 평소 내 목소리보다 찰스에 가까운 목소리로 말했다. 부르키나파소인은 두 눈이 툭 불거지고 운동할 때처럼 목에 핏대가 섰다. 하지만 그가 뭐라고 대꾸하기도 전에 그때까지 잠자코 보고만 있던 동료 선수 한 명이 달려들어서는 로스앤젤레스 억양으로 말했다.

"이 깜둥이 새끼가 사람을 존중할 줄 모르네!"

2부___결별

기골이 장대한 그는 센터 후보선수였다. 호야스에 유명한 게 있다면 바로 그처럼 로포스트구역을 지키는 괴력의 선수들이었다. 그는 키가 족히 2.1미터는 되는 새카만 프랑켄슈타인으로, 꿈에 나올까 겁날 정도로 무섭게 생겼었다. 개인적으로 잘 알진 못해도 여학생 몇 명이 '망나니'라고 부르는 것을 들은 적이 있었다. 신입생 오리엔테이션 직후에 그들 한 명 한 명에게 자신을 망나니로 소개했다나. 망나니는 내 얼굴 앞에 가슴팍을 들이밀고 저 위에서 이글거리는 눈으로 내려다보면서, 하고많은 것 중에서도 하필 켈로그 시리얼 한 그릇을 우적우적 씹어 먹고 있었다.

"잠깐, 잠깐, 잠깐, 너랑은 상관없는 일이잖아."

조금 전에 내가 너무 까불었다는 것을 깨닫고는 곁눈질로 디를 살폈다. 그제야 알게 됐는데 디는 나보다도 훨씬 왜소했다!

"내 친구 말 들었을 거다, 깜둥이 새끼야. 그런 식으로 무시하지 마라, 알아먹냐?"

망나니가 머리 위에서 시리얼을 한 움큼 입에 집어넣으며 말했다. 나는 불씨를 키우지 않으려고 더는 아무 말도 하지 않았다.

"얘는 너랑 안 싸워, 알지? 근데 나는 이번 시즌엔 출전 안 하거든. 그래서 싸워도 돼, 깜둥이 새끼야."

계단 저편에서는 깨끗하게 민 머리에 파란 두건을 맵시 있게 두른 세 번째 농구부 선수가 잠자코 앉아서 나를 지켜보고 있었다. 나는 급히 대응 방안을 모색했다. 찰스라면 어떻게 할까? 찰스라면 일단 덩치의 명치를 노린 뒤 이판사판으로 싸울 것 같았다. 나는 그런 고통의 세계에 들어가고 싶지 않았다. 파피라면 어떻게 할까? 파피라면 애초에 이런 사달을 일으키지도 않지, 멍청한 놈아! 심장이 덜컥 내려앉았다.

"깜둥이 새끼야, 내가 그냥 이 시리얼만 니 대가리에 붓고 끝낼 거 같냐? 뭔 꼴 나는지 함 볼까?"

망나니는 대놓고 싸움을 걸어왔고, 나는 경험상 이제 그만 물러나야 할 때임을 알았다.

"됐다, 치우자."

내가 간신히, 그나마도 우물거리며 내뱉은 말이었다. 그러고는 식당 안으로 걸음을 옮기면서 '하느님, 이번 한 번만 봐주시면 앞으로는 착하게 살게요' 하는 심정으로, 제발 망나니가 식당에 들어와서 나한테 개망신을 주는 일은 없게 해달라고 속으로 빌었다. 그 사이에 디가 여름방학 때 몇 주간 참여했던 흑인 및 라틴계 취약계층 학생을 위한 특별 프로그램에서 맺은 친분을 이용해 말로 잘 수습한 덕분에, 농구부는 다행히 반대 방향으로 사라졌다.

무슨 맛인지도 모를 정도로 급하게 저녁을 먹은 뒤 디에게 먼저 가보겠다고 말하고 방에 틀어박혔다. 자존심이 짓밟힌 데 분노가 치밀어 관자놀이가 지끈거리고 가슴에서 불이 났다. 조지타운에 입학할 때만 해도 다시는 이런 일이 없을 줄 알았다. 나 혼자만 터프가이고 나머지는 다 순둥이일 줄로만 알았으니까. 그런데 막상 대학에 와서는 1년 전에 제리에게 당했던 일을 또 똑같이 당했을 뿐만 아니라 이번에는 나 혼자 당해내야 했다. 룸메이트의 책상에서 무선전화기를 거칠게 집어 들고 뉴잉글랜드에 있는 찰스의 전화번호를 누르다가 수화기를 쾅 내려놓았다. 찰스도 학교에 다니고 있었고 그에게도 나름의 고충이 있었다. 찰스가 내 보호자도 아니었다. 나는 다시 의자에 털썩 주저앉았다. 앞이 캄캄했다.

어떻게 하는 게 맞는 걸까? 대학에 안 다니는 고향 친구들에게 전화할까? 스테이시한테 전화해서 마약 파는 사촌 한 명만 보내달라고 할까? 우리 형한테 전화해서 형이나 마이클의 친구 가운데서 군인 출신이면서 줄담배와 폭음을 즐기고 나를 친동생처럼 생각하는 형들이 와줄 수 있는지 물어볼까? 한심하기 짝이 없는 생각이라는 것을 나도 잘 알았다. 내가 있는 곳은 길바닥이 아니라 대학교였다. 그런데 왜 길바닥식으로 대응하려고 하지? 왜 매번 길바닥식으로 대응하는 거야?

더는 파피가 내 옆에서 나를 이끌어줄 수 없는 그때, 파피의 가르침이 사무치게 그리웠다. 파피와 체스보드를 사이에 두고 마주앉아 그 얼굴에서 답을 찾고 싶었다. 방에서 혼자 씩씩대다가 문득 파피를 생각하자 머릿속에서 목소리가 들리는 것 같았다.

"아들아, 진정하고 침착하게 생각해라. 비스마르크의 균형 잡힌 대안 모색법을 기억하지? 화살은 항상 두 발 이상이 남아 있어야 해."

불타오르는 호르몬의 노예이며 간혹 여자 문제로 눈이 돌아가기도 하던 흑인 청소년의 머릿속에서 그런 말은, 투팍의 '우리가 적들을 발라버릴 때When We Ride on Our Enemies' 같은 철학 앞에서 명함도 못 내밀었다. 하지만 몇 년 뒤 그 자리에서 내가 떠올린 것은 투팍이 아닌 파피의 조언이었다.

"무조건 즉각 대응하지 않아도 돼. 그리고 무대응이 적절한 대응일 때도 있는 거야. 너한테는 1안, 2안, 3안은 물론이고 1-1안, 1-2안, 1-3안도 있다, 아들아. 여유를 갖고 냉정하게 생각해라. 무턱대고 나서지 말고. 어떤 상황에서도 섣불리 움직이면 안 된다. 항상 대안이 마련돼 있어야 해."

파피가 귀에 대고 말하는 것 같았다. 파피의 비스마르크식 논리가 머릿속에서 뚜껑이 열린 탄산음료처럼 마구 뿜어져 나왔다. 속으로 물었다. 만일 지금 나의 1안이 무대응이라면?

날이 가고 달력이 넘어가는 동안 호야스 벤치를 지키는 후보선수들과의 마찰은 더 크게 번지지 않았다. 그들이 날 건드리거나 어떤 식으로든 해코지하는 일은 없었다. 물론 그렇다고 내가 광명을 찾은 것도 아니었다. 학생 식당에서 흑인이 모여 있는 식탁에 앉으면 아무도 나와 눈을 마주치지 않았다. 농담을 던져도 예전만큼 웃지 않는 느낌이었다. 같이 놀자고 하는 사람이 점점 줄어들었다. 내 쪽으로 모이는 눈총이 느껴지고 등 뒤에서 시작된 험담의 파문이 귓가를 때렸다. 서서히 알게 됐다. 내가 조지타운 의 흑인 공동체에서 파문됐다는 사실을. 어울릴 사람이 전혀 없는 외톨이가 되었다는 말은 아니다. 펌, 디 그리고 곧 졸업이라 교내 의 풍문에 관심이 없는 선배들은 여전히 내 친구였다. 하지만 내 가 그동안 유일하게 동화되려고 애썼던 작은 세상에서 더는 편히 쉴 수 없고 환영받지도 못하는 버림받은 자, 불가촉천민이 된 것 에는 의심의 여지가 없었다.

물총으로 애슐리를 쐈을 때는 왜 그렇게 그애가 꼴 보기 싫은 지 몰랐다. 그것은 이성이 아닌 본능에서 나오는 반감이었다. 그 때 나는 경솔한 욕망에 이끌려 충동적으로 행동했다. 만일 다른 흑인 친구가 옆에 있었다면 분명히 그 충동을 완벽히 억제했을 것이다. 하지만 외부자로서 내가 속한 카스트제도의 괴상망측함 을 알지도, 이해하지도 못할 플레이보이가 옆에 있으니 돌연 그 위계질서에 저항하고 싶은 욕구, 그저 거부하는 수준을 넘어 모독 하고 싶은 욕구가 일어났다. 어쩌면 내가 정말로 거부하고 모독 하고 싶었던 것은 내 안에서 여전히 그 제도를 신봉하는 내 일부 였는지도 모르겠다.

졸지에 조지타운 흑인 사회에서 불청객으로 전락한 뒤에, 내 인생에 예고도 없이 찾아온 한 편의 막장 드라마 같은 그 사건의 의미를 곱씹을수록 현실의 부조리가 무겁게 마음을 짓눌렀다. 내가 기억하는 한, 나는 어릴 때부터 검게 보이는 사람, 진짜처럼 보이는 사람을 추종하고 그들 무리에 끼려고 애쓰면서 다른 모든 사람을 배척했다. 텔레비전과 동네에서 보는 흑인 형제들의 기준에 따라 나 자신을 정의했다. 그들 중 대다수가 뭣도 모르는 사람들이었지만 당시 그건 문제가 되지 않았다. 아이였던 시절에도, 그리고 고등학교 때도 여전히 BET가 보여주는 것을 숭배했고, 같이 어울리는 패거리는 하나같이 장래가 어둡고 자신도 그 사실을 잘 아는 자칭 "깜둥이"였다. 명문 사립대에 와서도 여전히 BET가 보여주는 것을 숭배하면서 1학년 내내 학업은 등한시하고 카스트에 편입되려 갖은 애를 썼다. 그 카스트의 정점에 있는 것은 시워크*를 추는 농구부 선수들과 그들에게 꼬리 치는 여학생들이었고, 그중에는 파티에서 프리스타일 랩은 할 줄 알아도 대학 수준의 독해는 제대로 할 수 없는 학생도 있었다. 파피가 이러라고 나를 대학에 보낸 걸까? 종일 BET나 보고 흉내 내라고? 시리얼이 담긴 그릇을 휘두르는 캘리포니아주 남부 출신의 2.1미터짜리 덩치와 한판 붙으라고? 아무리 봐도 착한 놈이지만 나처럼 그 질서에 편입되려고 억지로 센 척하는, 발기부전이라는 풍문이 도는 성난 아프리카인과 설전을 벌이라고? 틈만 나면 하워드에 달려가서 빵빵한 궁둥이나 훔쳐보고 캄론Cam'ron이나 별로 유명하지도

---

* C-Walk. 본래 폭력 조직 크립스(Crips)의 조직원들이 발로 C-R-I-P을 쓰는 동작에서 시작되었으나 현재는 유명한 춤으로 정착했다.

2부__결별

않은 래퍼들이나 보려고 정말 그 고생을 해서 조지타운에 왔단 말인가? 아니, 아니, 아니, 절대 그럴 리 없었다.

그대 다시는 고향에 가지 못하리

그대 다시는 고향에 가지 못하리*. 이 다섯 어절의 문장이 부인할 수 없는 진실로 다가온 것은 스테이시를 조수석에 태우고 운전하고 있을 때였다.

"그딴 신발을 왜 샀어?"

스테이시가 물었다. 내가 일주일 치 아르바이트비로 산 검정 프라다 가죽 구두를 두고 하는 말이었다.

"그리고 그 바지, 그거 존나…… 꽉 끼잖아."

확실히 나는 옷차림이 달라져 있었다. 뉴저지주 쇼트힐스의

---

* "You Can't Go Home Again." 토머스 울프가 쓴 동명의 장편소설이 유명하고, 디제이 섀도(DJ Shadow)가 발표한 동명의 노래도 존재한다.

KPMG* 사무소에서 아르바이트해서 번 돈으로 새 옷을 사 모으고 있었다. 형 친구의 말을 빌리자면 "게이 시인" 같은 꼬락서니였다.

"내 허리가 사실 28인치인 거 알아? 여태 진짜 치수도 모르고 36인치짜리를 입고 다닌 거야."

고개를 돌려 스테이시를 봤다. 세상에서 제일 익숙한 얼굴이었지만 어찌 된 영문인지 세상에서 제일 낯설게 느껴지기도 했다. 구릿빛 피부가 탐스럽고 몸매가 굴곡진 열여덟 살의 스테이시는 이제 막 고등학교를 졸업했고, 대학입학시험은 치지 않았으며, 아무런 장래 계획이 없었지만 그러거나 말거나 개의치 않았다.

"우리 이탈리아나 프랑스 같은 데로 여행 한번 가자. 이것저것 구경도 좀 하고 그러게."

뭐라도 할 말이 필요해서 던진 말이었다.

"이탈리아라고, 깜둥이야? 대학 가더니 백인 행세하는 깜둥이들한테 물들어 왔네."

"못 갈 거 있어?"

내가 웃으며 대꾸하자 스테이시가 어이없다는 듯 눈을 굴렸다. 열다섯 살 때 처음 만난 이후로 나는 스테이시를 볼 때마다 그녀를 탐했다. 지금도 다르지 않았다. 내 오른손은 스테이시의 왼쪽

---

* 세계적인 회계·컨설팅 기업.

허벅지에 놓여 있었다. 타마크스공원 한구석의 한적한 곳에 차를 대고 키를 뽑은 뒤 스테이시에게 입을 맞췄다. 풍선껌 맛이 났다. 나한테서는 아마 산펠레그리노 맛이 났겠지. 그즈음 내가 매일 마시는 탄산수였는데, 뉴저지주의 우리 동네에는 조지타운만큼 흔하지 않았다. 우리는 뒷좌석에서 섹스했다. 하지만 스테이시의 정신은 왠지 내가 도달할 수 없는 다른 세계에 가 있는 것 같았다.

"왜 그래?"

섹스가 끝난 뒤 내가 물었다.

"아니야."

스테이시가 먼 곳으로 시선을 던지며 바지의 단추를 잠갔다. 내가 아는 한 스테이시처럼 미스식스티 청바지가 잘 어울리는 여자는 없었다. 나는 콘돔을 창밖에 버리고 후진으로 차를 빼면서 음악의 볼륨을 최고로 높였다.

우리는 땅거미가 내릴 즈음 메이플우드에 있는 펍의 집에 도착했다. 가는 동안 길을 찾느라 진땀을 뺐다. 방향을 틀어야 할 곳을 여러 번 지나쳤고, 맞는 길을 틀린 줄 알고 네 번인가 왔다 갔다 하다가 결국엔 길을 물어보려 주유소에 차를 세워야 했다.

"길 아는 거 맞아?"

스테이시가 그리 다정하지 않은 목소리로 물었다.

"아니, 이쪽은 나도 초행이라서."

나는 솔직히 말했다. 스테이시가 혀를 차면서 네일아트를 한 손톱으로 팔걸이의 나무 부분을 톡톡 치기 시작했다. 버릇처럼 하는 행동이었는데 그날따라 거슬렸다. 주유소 직원에게 길 안내를 받은 다음 다시 출발했다.

펍이 1층으로 내려와서 나와 주먹을 맞대고는 뒷좌석에 탔다. 어릴 때 펍은 우리 동네에서 멀지 않은 뉴어크에 살았다. 하지만 그 동네가 흑인 아이들을 목성처럼 강한 인력으로 집 밖으로 끌어내 제 궤도에 작은 위성처럼 붙들어버린다고 판단한 펍의 부모님은, 9학년 때 저 멀리 떨어진 펜실베이니아주 시골의 작은 기독교 기숙학교에 펍을 입학시켰다. 언젠가 들으니 펍의 아버지는 뉴욕 맨해튼에서 택시를 운전한다고 했다. 어머니의 직업은 모르겠다. 두 분은 세 아들을 모두 기숙학교에 보내고 이어서 대학교에도 보내는(나머지 둘은 듀크대학교에 다녔다), 내가 보기에는 기적적인 업적을 이룩했다.

조지타운에서 펍과 나는 욕실을 사이에 두고 양옆에 살았는데, 우리 층에 흑인 학생이라곤 우리뿐이었다. 우리는 같이 비디오게임과 농구를 하고 야식으로 대형 샌드위치를 먹으면서 급속도로 친해졌다. 펍은 그동안 내가 알고 지낸 흑인들과는 달랐다. 남부 노예의 후손인 스테이시나 나와 달리 펍은 가나에서 부모님과 함께 건너온 이민 1세대였다. 나와는 문화가 달랐고 준거집단이 달랐다. 펍이 미국에서 접한 이미지는 그에게 그다지 영향을 미치지 못했다. 무슨 말인가 하면, 펍은 어릴 때부터 자기 자신을 경멸

하는 태도를 주입받지 않았다는 것이다. 스테이시는 말문이 트인 순간부터 그런 태도를 주입받았고 나도 파피가 결사적으로 저지하지 않았다면 그렇게 됐을 것이다. 그런 면에서 펍은 같은 흑인이긴 해도 진정한 의미의 아프리카계 미국인*으로서 미국에서 나고 자란 흑인과는 달랐다. 그처럼 시간과 출생의 우연한 작용이 불러온 미묘한 차이란 절대 과소평가할 수 없는 것임을, 그 무렵의 나는 조금씩 알아가고 있었다.

그냥 사람 자체만 놓고 보자면 펍은 허쉬 초콜릿 같은 피부색에 대머리를 하고 있었고, 키는 작지만 몸은 근육덩어리였으며 전염성 있는 웃음을 지니고 있었다. 펍이 사람 좋은 미소로 누구보다 거친 흑인과 누구보다 차가운 백인을 무장해제하는 것을 몇 번이나 봤다. 펍이 차에 타자 시인 존 키츠John Keats의 말마따나 스테이시와 나 사이에 존재했던 언짢은 분위기가 이내 사라져버렸다.** 우리 세 사람은 가든스테이트파크웨이를 달려 글렌리지에 있는 메리의 집으로 향했다.

사실 나는 스테이시를 대학 친구들이 모이는 파티에 데려가는 것 때문에 종일 설렘과 극한의 공포를 오갔다. 펍과 인도 출신인

---

* 일반적으로 출신지와 상관없이 흑인을 지칭하는 완곡한 표현으로 쓰이는 말이지만 여기서는 진짜 아프리카 출신이란 뜻이다.
** 키츠가 1818년 12월에 형제들에게 쓴 편지에서 예술의 위대한 점에 대한 부분을 차용한 것이다.

라지를 빼면 파티에 모이는 사람이 모두 백인이었다.

"내 친구들 한번 만나볼래?"

전날 스테이시가 당연히 거절하리라고 예상하면서 조바심을 애써 감춘 채 물었다.

"그러든가. 같이 가자고 하면 가줄게."

시작부터 판이 깨져버렸다.

"맥주나 뭐 마실 거 가져다줄까요?"

주방을 지나 집 뒤편의 마루로 나가자 어떤 여자애가 스테이시에게 물었다.

"됐어요."

스테이시는 웃음기 없는 한마디로 대화가 시작되기도 전에 차단해버렸다. 목소리에 가시가 돋쳐 있었다. 말을 걸었던 여학생은 상처받거나 혹은 당황한 듯한 표정으로 멋쩍게 웃기만 했다. 펍이 끼어들어 그 여학생을 웃겼고, 나는 그들의 웃음을 뒤로하고 방충망으로 된 문을 닫았다.

"그냥 기분 좋게 즐기면 안 돼, 자기야?"

나는 스테이시의 귀에 속삭이면서 같이 나무 벤치로 가서 앉았다. 잘 정비된 잔디가 발밑의 완만한 경사지를 푸르게 덮고 있어 멋져 보였다.

"아까 그년이 마실 거 가져다줄까 해서 그냥 싫다고 한 건데 씨팔 뭘 어떻게 더 하라고?"

스테이시가 쏘아붙였다. 그때 스테이시의 얼굴을…… 다른 사람들에게서는 얼마나 많이 봤던가? 그리고 스테이시에게서 그런 얼굴을 얼마나 많이 봤던가? 그것은 장벽을 세운 사람의 얼굴이었다. 너에게는 전혀 관심이 없다고 말하는.

그날 밤, 과거에 유니언가톨릭이 남겨준 세상과 앞으로 조지타운이 보여줄 세상, 그렇게 나를 둘러싼 두 세상이 사각형 나사와 삼각형 구멍처럼 서로 부합하기 어렵다는 것을 깨닫기까지는 오래 걸리지 않았다. 스테이시는 내가 어떻게든 그녀를 사교적인 대화에 끌어들이려고 할수록 더 단단하게 벽을 쳤다. 나는 당혹스럽고 화가 났다. 스테이시는 콕 집어서 잘못됐다고 할 만한 언행을 하거나, 사람을 무시해도 유분수라고 지적할 만한 짓을 대놓고 하진 않았다. 하지만 어딘가 매몰차고 무례하게 느껴지는 공기랄까, 냉랭한 아우라가 스테이시를 둘러싸고 있었다.

내 옛 친구가 거의 다 그렇듯이 스테이시도 모순덩어리였다. 그녀는 플레인필드의 녹음이 우거진 동네에서 자동으로 열리는 차고 안에 승용차 두 대가 세워져 있고, 냉장고에는 항상 스테이크와 아스티 스푸만테(맛은 좀 의문이지만 어쨌든 탄산이 든 화이트와인!)가 채워져 있는 중산층 가정에서 자랐다. 중국에서 벼농사를 짓는 까막눈의 농부나 상파울루 빈민가의 고철 더미 속에서 사는 고아의 처지에서는 스테이시와 메리의 삶이 서로 어떻게 다른지 분간이 안 갈 것이다. 하지만 경제적 요소가 모든 것을 설명할 수는 없는 법. 스테이시는 캠던이나 뉴어크, 할렘에 가도 침입자 취급을 받을 리 없었다. 그녀는 웬만한 흑인 빈민가에 가도 마치 사하라 이남의 잡목림에서 풍경과 하나 되는 표범처럼 이질감 없이 그 속에 녹아들 수 있었다. 단지 피부색 때문이 아니라 그 금단의 동네를 유유히 누비려면 반드시 있어야 하는 재치를 탑재한 덕분이었다. 스테이시는 길바닥에서 통하는 감쪽같은 가면을 쓰고 있었다. 우리 모두 그랬듯이 주변에서 보고 자라면서 스스로 만들어 써야 했던 가면이자(누구도 그 가면을 쓴 채로 태어나진 않으니까), 이제는 굳이 벗지도 않겠지만 벗을 수도 없는 가면이었다. 어쩌면 너무 오랫동안 쓰고 살아서 아예 거죽이 되어버렸는지도 모른다.

나에게 그날 스테이시의 행동거지는 내 얼굴만큼이나 익숙한 것이었다. 나 또한 일부러 그랬던 적이 얼마나 많았던가? 하지만 다른 관점에서 보자니 한편으로는 너무나 낯설고 이해가 가지 않았다. 그 가면이 더는 매혹적이지 않았다. 웬일인지 한심했달까 쓸데없이, 전혀 멋들어지지 않게 느껴졌다. 스테이시의 주 활동 무대에서 한참 떨어진 그 마루에서 그녀를 관찰하던 그날 밤, 나는 콩깍지가 벗겨졌다. 나를 사로잡고 있던 스테이시의 마법이 풀렸다. 우리가 만나고 나서 처음으로 나는 스테이시가 없는 삶을 상상할 수 있었다. 그동안 스테이시를 안을 수 있는 남자로서 받았던 승인 도장이 무엇이었든 간에 이제는 필요 없다는 생각이 들었다. 그 뒤로 스테이시와 나는 파티 내내 억지웃음과 어색한 침묵의 안개 속에 갇혀 있었다.

펍을 먼저 내려주고 나서 플레인필드에 있는 스테이시의 어머니 집으로 가는 동안 침묵은 악다구니로 바뀌었다. 스테이시는 변해 가는, 아니 이미 변해버린 나를 증오했다. 내가 딴판이 됐다고, "쪼다" 같아졌다고 했다. 그리고 "또 다른 깜둥이"의 존재도 고백했다. 나도 그쯤은 예상했다. 속으로 그런 뻔한 거 말고 내가 모르는 걸 말해보라고 대거리했다. 스테이시는 그놈이 깡패라고, "진짜배기" 깡패라고 자랑하듯 말했다. 둘은 로젤인지 어딘지에 살던 친구의 바비큐 파티에선가 생일 파티에선가 만났다. 놈이 전화번호를 물었을 때 스테이시는 될 대로 되라는 심정이었다. 내가 워싱턴에서 플레이보이 같은 등신들과 대학생 놀음이나하고 있었으니까 자기는 외로웠다든가 궁금했다든가 지루했다든가 여하튼 어쩔 수 없었다고. 그러면서 나더러 "방금 호모촌에서 나온 호모 새끼처럼" 입고, 인생은 길고 긴 경진 대회와 같다는 둥 "뭐나 된 것 같은 말"과 온갖 "개소리"를 씨불이고 다니면서 결국 이런 날이 올 줄 몰랐냐고 물었다. 잘못은 내게 있다는 소리였다. 나는 아무 말도 하지 않고 이를 바드득 갈면서(초조할 때 나오는 버릇이었다) 차선을 이탈하지 않으려고 무진 애를 썼다.

이윽고 스테이시의 입에서 내가 모르는 이야기가 튀어나왔다.

"나 임신했어, 깜둥이 새끼야. 지난달에 생리를 안 해서 테스트기로 검사해보니까 그 지랄이다."

심장이 계기판으로 튀어나가는 줄 알았다. 파피가 걱정하던 최악의 사태가 발생했지만 마침 그때 나는 타지에 있었으니 예수든 야훼든 알라든 누구에게든 감사 기도라도 올려야 할 판이었다. 걔는 내 애가 아니라고 속으로 항변하면서도 불시의 공격을 당한 것처럼 뒤통수가 얼얼했다. 눈앞이 캄캄해졌다.

"뭐라고!"

고성과 함께 갓길에 급하게 차를 세우면서 죄 없는 비상등 버튼을 후려갈겼다. 시동을 끄고 심호흡한 뒤 온 힘을 끌어모아 스테이시와 눈을 맞추면서, 그 도전적이고 이제는 왠지 낯선 얼굴에서 뭐라도 친숙한 구석을 찾아보려 했다. 하지만 그런 것은 눈곱만큼도 남아 있지 않았다. 임신 사실을 재차 말하는 스테이시의 말투는 마치 꽃가루 때문에 재채기가 난다거나 오늘 얼굴이 번들거린다고 말하는 사람처럼 무덤덤했고, 그 눈빛에 실린 감정은 후회가 아닌 경멸이었다. 스테이시는 애 아빠를 사랑한다고, 애를 낳아서 뉴어크에 가서 살겠다고 했다.

"애를 낳아서 뉴어크에 간다니 제정신이야?"

내 목소리는 몇 분 전까지만 해도 연인이었던 사람이 아니라 근심에 찬 부모의 것 같았다. 머리가 복잡하고, 위장이 신발 끈이

엉켜서 잘못 묶인 것처럼 이리저리 당겨지는 느낌이었다.

"너 백수잖아! 애는 어떻게 키울 건데? 이제 겨우 열여덟이야! 그 씨팔놈은 뭐 하는 새끼인데?"

"마약 판다, 이 깜둥이 새끼야!"

악을 쓰는 스테이시의 목소리가 갈라졌고, 스테이시가 공들여 쌓은 장벽도 갈라졌다.

"그래도 그 새낀 여기 살아. 넌 씨팔 뭐 하는 새끼인데, 어? 니가 지랄하고 대학물 좀 먹었다고 다른 깜둥이 새끼들보다 나은 줄 알아? 좆까!"

그게 스테이시의 진심인지, 아니면 단순히 내 상처를 더 벌리려고 하는 말인지 분간이 가지 않았지만 캐묻는 것은 그쯤에서 관뒀다. 내가 뭐라고 반박할 수 있었을까? 거기에 대고 어떤 논리적인 주장을 펼칠 수 있었겠는가? 그리고 그런들 무슨 소용이 있었겠나?

"어휴, 잘 먹고 잘 살아라."

내가 할 수 있는 말은 그게 다였고, 차 안은 깊은 정적에 휩싸였다. 마치 쓰나미가 일어나기 직전에 파도가 뒤로 물러서서 모든 것을 집어삼킬 준비를 할 때 바다 위에 깃드는 느릿하고 평화로운 고요와도 같았다. 아직은 아니지만 곧 대참사가 일어나 우리가 함께했던 세월이 몽땅 휩쓸려가리란 것을 나는 알았다. 하지만 그 순간에는 비극적 교착상태 또는 암묵적 휴전상태에서 스테이시와 내가 나란히 앉아 있을 뿐이었다. 선루프를 통해 들어온 주황색 가로등 불빛이 스테이시의 젖은 두 볼 위에서 번쩍였다. 아마 내 볼 위도 그랬을 것이다.

자기 어머니 집 진입로에서 내리더니 스테이시가 문을 쾅 닫았다. 그 소리가 최후를 알리는 종처럼 메아리쳤다. 내가 4년간 너무나 미숙하게 사랑했던 소녀와 이것으로 마지막이라는 듯이. 괜히 전화를 거는 일이 생기지 않도록 휴대폰을 끈 다음 그 진입로를, 내 인생의 한 시대를 빠져나왔다. 창문으로 들어오는 차가운 바람이 얼굴을 때렸다. 밤공기가 좋았고 바로 집으로 가고 싶지 않았다. 플레인필드를, 팬우드와 스코치플레인스와 웨스트필드의 흑인 거주지를, 우리가 쇼핑몰이나 영화관으로 가는 길에 수없이 거쳤던 골목을 몇 시간이나 돌면서 1년 전만 해도 내 삶의 지평을 수놓았지만 이제는 다시 만날 수 없을 소년소녀들이 살던 익숙한 집들을 지났다. 차를 몰면서 스테이시를 생각했다.

남동생이 태어나서 집으로 왔을 때 아기를 안으며 행복해하고 자랑스러워하던 모습, 아기의 바르르 떨리는 작은 등을 쓰다듬고 그 통통하고 발그레한 볼에 입을 맞출 때 어머니라기보다는 아이 같던, 예쁘장한 아이 같던 모습이 떠올랐다. 로웨이든가 린든이든가 어딘가에서 열린 미인 대회에서 입상한 뒤, 그녀의 식구들과 함께 입상을 축하해주려고 스테이시의 어머니가 모는 빨간 쉐보레 타호를 타고 가장 가까운 레스토랑에 갈 적에, 뒷좌석에서 한 팔로 나를 안고 "봐, 나도 재능이 좀 있다니까" 하고 수줍게 말하던 그애가, 내일이 없는 것처럼 막 사는 그애가 세상에서 가장 아름답게 보였던 순간이 떠올랐다.

동시에 파피가 어떻게든 학업에 대한 관심을 안겨주겠다며 딸의 가능성을 믿지 못하는 그녀의 어머니를 간곡히 설득해가면서 저녁마다 무료로 스테이시를 가르치며 거의 한 달 동안 헛된 수고를 한 일이 기억났다. 고마워하는 사람도 없는데 파피는 왜 구태여 그런 일을 떠맡았을까? 암묵적으로는 나를 위해 호의를 베푼 것도 있겠지만, 스테이시 같은 흑인 여자애들을 볼 때마다 가슴이 아파서 그런 것도 있었을 것이다. 아마도 아름다웠던 파피의 십 대 미혼모 어머니를 연상시켰으리라. 당신의 어머니에게 지금 당신과 같은 사람이 절실했을 때, 파피는 너무 어려서 어머니를 치유하거나 보호할 수 없었다.

매일 밤 스테이시는 파피가 분홍색과 연두색 종이에 복사해준 학습 자료를 옆구리에 끼고 우리 집을 나섰지만, 그애가 공부하지 않으리란 사실을 스테이시를 포함해 모든 사람이 알았다. 그래도 파피는 자료를 건넸고, 스테이시가 나가면 내 방에 노크하고 들어와서는 고개를 저으며 "스테이시는 눈빛이 아주 초롱초롱해. 웃으려고만 하면 아주 예쁘게 웃을 수 있는 애더구나. 참 영리하고 기억력도 좋은데 그런 재주를 활용하려는 노력을 평생 하지 않을 것 같다. 애초에 그런 쪽으론 아예 관심이 없어"라는 둥의 말을 했다. 나는 파피의 말이 맞다는 것을 알고 슬퍼졌다. 스테이시를 지켜주고 싶은 마음은 간절했지만, 내 아버지가 자기 어머니에게 그러했듯이, 나도 내가 아무리 용을 쓴들 스테이시에게 닥칠 미래를 막기에는 역부족임을 잘 알았다.

나는 그렇게 예쁘고, 똑똑하고, 아이처럼 순진하고, 주위를 밝히는 커다란 눈과 파피를 웃게 하는 미소를 지닌 소녀로 옛사랑 스테이시를 기억하고 싶지만 그럴 수가 없다. 다른 환경에서라면 그럴 수 있었을지도 모르나 우리가 자란 환경에서는 스테이시의 머릿속과 문밖에서 나는 온갖 소음이, 스테이시의 가슴이 봉긋해지고 겨드랑이털이 자라기도 전에 그애의 잠재력을 잠재워버렸다. 열여덟 살에 스테이시는 고졸 십 대 흑인 미혼모로서 흑인 신생아 가운데 무려 70퍼센트가 미혼모의 자식이라는 서글픈 통계를 뒷받침하는 존재가 됐다.

영리하고 재능 있었던 내 할머니가 열일곱 살에 파피를 임신해 가족과 교회 사람들에게 충격을 안겼던 시점과, 새천년의 시작과 동시에 스테이시가 대학생 대신 임신부가 됐지만 그 누구도 충격을 받지 않던 시점 사이에는 63년이란 시차가 존재한다. 그 사이 흑인의 삶에는 극적인 변화가 있었다. 흑인의 삶에 인권과 민권이 들어오고, 힙합이 들어오고, 허무주의가 들어오고, 자기 연민이 들어오고, 길바닥 문화가 들어오고, 자긍심과 수치심은 빠져

나갔다. 자긍심과 수치심은 재즈와 주트슈트*처럼 이제 흑인 역사의 쓰레기통에 처박힌 구시대의 유물이 됐다. 설령 그때 내가 이 모든 것을 알진 못했다고 해도 뭔가가 잘못됐다는 것쯤은 감지할 수 있었다. 한밤중에 집에 들어간 나는 부모님을 깨우며 무사 귀환을 알렸다.

그것이 이상하고 외로웠던 여름의 시발점이었다. 그해 여름에 나는 잠을 잘 자지 못했다. 밤이면 이가 빠지는 꿈을 꿨다. 놀라서 깨면 두 손으로 입을 감싸고 헐떡이고 있었다. 낮에는 따분한 데이터 입력 아르바이트를 하러 가거나 부모님 집에서 두문불출했다. 그때는 형도 같이 살긴 했지만 형이 화이트플레인스에서 고객 센터 야간 상담원으로 일하던 때라 마주칠 일이 거의 없었다.

찰스와는 어쩌다 한 번씩 만났다. 파피의 권유로 찰스도 대체로 나와 같은 학교들에 원서를 넣었고, 우리는 둘 다 합격하는 학교에 꼭 같이 가기로 약속했다. 하지만 내가 찰스보다 좋은 학교에 붙었을 때 나는 한 치의 망설임도 없이 약속을 깼다(찰스가 내 상황이었어도 똑같이 했을 거라는 생각이 들 때도 있고, 아닐 때도 있다). 둘 다 경제학에 마음을 두고 입학했을 때 우리 머릿속에서는 월가Wall Street의 두둑한 봉급이 달콤한 눈깔사탕 혹은 뮤직비디오

---

* zoot suit. 1940년대에 유행한 어깨가 넓고 바지통이 넓은 정장.

속 반라의 댄서들처럼 춤추고 있었다. 그러나 우리의 공통점은 딱 거기까지였다. 찰스는 1학년 때 나와 비교도 안 될 만큼 탁월한 성적을 거뒀고, 나처럼 타지에서 대학을 다닌다고 흔들리지도 않았다. 학교가 쉴 때는 자기 동네로 돌아가서, 애초에 그 동네를 떠난 적 없는 사람처럼 자연스럽게 예전과 같이 생활했다. 찰스는 스위치를 켜고 끄는 방법을 아는 것 같았다. 왜 나는 그게 되지 않았을까?

처음 몇 번은 찰스와 같이 있는 게 어색했다. 우리는 서로 할 말이 다 떨어졌는데도 어떻게든 대화를 이어가는 게 옳다고 생각해서인지, 아니면 그렇게라도 안 하면 관계가 그대로 끝장날까 봐 겁나서인지, 뭐라도 말을 꺼내려고 안달이었다. 고등학교 때는 서로 말이 다 끝나기도 전에 무슨 말을 하려는지 아는 사이였지만 이제 찰스는 라틴어로 말하고 나는 중국어로 말하는 듯했다. 찰스가 우리 집에 올 때마다 사실은 내가 아니라 아버지를 만나러 오는 것만 같아서 짜증이 났다. 군색한 핑계를 대며 내 컴퓨터로 자기 성적(학기 우등)을 확인했을 때도 짜증이 났다. 나는 찰스 앞에서 굳이 내 성적(학사 경고)을 서둘러 확인하고 싶지 않았다. 찰스와 나는 이제 서로 다른 페이지, 아니 서로 다른 책 위에 서 있는 듯했다. 하지만 다행히도, 아직은 전적으로 그렇지는 않았다. 왜냐하면 스테이시 때문에 미치고 환장할 노릇일 때 내가 전화를 건 사람도, 또 자기 책임도 아닌데 어떻게든 나의 기를 살려주려고 애쓴 사람도 다름 아닌 찰스였으니까.

"일단 알아둘 건 스테이시가 쌍년이란 거야. 쌍년들은 노란불이야, 자식아. 그냥 확 지나가버려야 한단 말이지."

글렌리지 나들이가 대참사로 바뀐 다음 날, 찰스가 수화기 저편에서 말했다. 뭔가 아삭한 채소를 한입 가득 씹으면서 매우 차분하고도 권위 있는 목소리로 그렇게 말했다.

"그래, 그래, 나도 알아. 그래도……"

"알지만 말고 항상 명심해야 한단 말이야, 이 깜둥이 녀석아. 잘들으라고!"

찰스는 갑자기 버럭 소리를 지르더니 채소를 다시 한입 먹으면서 평정을 되찾은 뒤 이어 말했다.

"알았지, 토머스? 꼭 그래야 한단 말이야, 인마."

"그래."

"좋아. 그러면 이 몸이 특별 선물 쏜다. 오늘 밤에 스트립 클럽이나 가자. 거기 가보면 어차피 쌍년들은 다 거기서 거기란 걸 확실히 알게 될 거다. 진짜야. 내가 잘 알아."

그날 저녁에 찰스가 자기 어머니의 남색 소형 승합차로 나를 데리고 간 곳은 멀리 세이어빌인가 퍼스앰보이인가에 처박혀 있는 거지 같은 클럽이었다. 청소부가 줄담배를 피우면서 물 대신 버드와이저로 걸레질을 했는지 지독한 담배 냄새와 맥주 냄새가 코를 찔렀다. 댄서는 대부분 푸에르토리코인이나 아주 백인이었고, 손님은 대부분 사십 대 이상이고 뚱뚱했다.

"봐라, 다 거기서 거기지?"

말굽 형태의 무대 한쪽에 자리를 잡은 찰스가 주위를 둘러보며 말했다. 무대 위에서는 끝내주는 라틴계 댄서가 "내 영혼은 지금 여기 없어요"라고 말하는 듯한 표정으로 무릎을 꿇더니, 마치 19금 버전 디셉티콘*이라도 된 것처럼 구깃구깃한 지폐와 희롱을 담는 통으로 변신했다. 머리를 탈색하고 가슴이 깊게 파인 탱크톱을 입은 종업원이 우리에게 뭘 마실지 물었다. 무엇을 주문했는지 정확히 기억나진 않지만 가짜 신분증을 만든 적은 없으니 분명히 탄산음료를 시켰을 것이다.** 우리는 코카콜라인가 스프라이트인가를 홀짝거리면서 예쁜 여자들이 어쩌다 이런 시궁창에 떨어지게 됐을지 나름의 가설을 제시하면서 옛날처럼 웃고 떠들었다. 얼마쯤 지났을 때 찰스가 말했다.

"아무나 하나 골라봐. 내가 오늘 춤 한판 사준다."

나는 잠시 뜸을 들이다가 구석에 있는 푸에르토리코계 여자를 지목했다. 눈처럼 새하얀 피부에 가슴은 베개처럼 푹신해 보이고 혀에 피어싱을 한 댄서였다. 찰스가 댄서를 불러서 귀에 대고 뭐라고 하자 그녀가 손을 잡고 나를 안쪽 방으로 데려갔다. 칙칙한

---

* Decepticon. 〈트랜스포머〉 시리즈에 등장하는 변신 로봇 중 악의 세력에 해당한다.
** 미국에서 주류를 구매하려면 만 21세 이상이어야 한다.

검은색 벨벳 커튼이 적당히 쳐져 있는, 중앙 무대 쪽에서 반쯤 가려진 공간이었다.

커튼과 벽 사이의 틈으로 무대의 어두운 조명을 등지고 앉은 찰스의 실루엣이 보였다. 왠지 이상한 표정으로 나를 보는 것 같았는데 너무 어두워서 표정의 의미를 읽을 수 없었다. 찰스가 내가 차였다고 귀띔했는지 그 댄서의 첫마디는 내게 상처 준 사람을 잊게 해주겠단 말이었다.

"고마워요."

댄서가 내 무릎 위에 다리를 벌리고 앉아 상의를 벗었다. 나를 향해 동정 어린 미소를 지어 보였는데 나이가 전혀 가늠이 되지 않았다.

댄서가 내 주위를 빙빙 돌았다. 그런데도 스테이시는 머릿속에서 떠나지 않았고, 쌍년은 다 거기서 거기 같지도 않았다. 일례로 그 댄서가 한번 만져보면 기분이 풀릴 것이라고 했던 가슴은 스테이시의 것보다 훨씬 크고 더 아름다웠지만 스테이시가 주는 웃음은 값으로 매길 수 없는 것이었다. 그건 엄청난 차이였다. 그 순간 스테이시가 몹시도 보고 싶었다. 메리의 파티에 데리고 갔던 매몰찬 길바닥 여자 같던 스테이시 말고 진짜 스테이시가 그리웠다. 인형 속에 인형이 겹겹이 쌓인 마트료시카처럼 텅 빈 허울의 층층 밑에 깊이 묻힌 진짜 스테이시, 수줍음 많고 재능 있는 소녀 스테이시가.

하지만 스테이시를 생각하지 않으려고 밀어내며, 내 무릎 위에 앉은 푸에르토리코계 여자에게 당신의 말이 맞는 것 같다고 억지로 말했다. 나는 양손으로 그 여자의 가슴을 모아 쥐어 매상을 올려줬다. 평범한 여자보다 훨씬 부드러운 그 감촉은 갓 제모한 피부를 뒤덮고 내 청바지에 비벼진 베이비파우더와 로션과 땀이 섞인 투명한 막이 만들어낸 결과였다. 춤을 다 추고 나자 댄서는 내 얼굴을 쓰다듬으며 기분이 좀 나아졌느냐고 물었다.

"네."

거짓말이었다. 나는 찰스가 내겠다던 돈을 그냥 내가 내기로 했다.

"뭐 하나 보여줄까요?"

내가 고개를 끄덕이자 댄서가 자기 비키니 팬티를 옆으로 당기고 클리토리스의 피어싱을 가리켰다. 한껏 정성스럽게, 그리고 조금은 자랑스럽게 그것을 보여주는 모습에 나는 형용하지 못할 슬픔을 느꼈다. 다음 춤을 추기 전에 그저 시간을 때우려고 그러는 건지 아니면 은밀한 비밀을 내게 보여주고 싶었던 건지 분간이 되지 않았다.

오늘 밤에 뭐라도 배운 게 있나? 클럽을 나온 뒤 생각해봤다. 그래, 배운 게 몇 가지 있긴 했지. 여자는 숙취보다 강하다는 것. 숙취는 해장술로 풀 수 있어도 여자가 주는 고통은 아무리 관능적인 여자가 와도 풀 수 없다는 것. 그 누구도, 그 어떤 쌍년이나 깜둥이 새끼도 다른 사람과 똑같지 않다는 것. 나는 찰스가 아니고 찰스가 될 수도 없으며, 찰스를 친형제처럼 사랑하지만(나도 알고 있었다) 찰스 흉내는 되도록 빨리 그만둬야겠다는 것. 내가 이 모든 것을 수용할 수 있겠다는 생각이 들었다.

"아, 인마, 그거 아냐? 저 앞이 어비스야. 기억나지, 우리 존나 놀던 데 있잖아?"

차가 다시 9번 국도로 진입하자 찰스가 말했다. 제이 지의 앨범 『인 마이 라이프타임 볼륨 원In My Lifetime Vol. 1』이 카스테레오를 울렸다. 찰스가 운전석에서 랩을 따라 했다. 찰스는 이 앨범의 전곡을 외우고 있었지만 마치 무대 위에서 흥을 돋우는 서브 래퍼나 녹음실에서 애드리브를 넣는 래퍼처럼 중간중간 끝 소절만 따라 불렀다.

"이게 얼마나 진실에 가까운가?"*

제이 지가 답을 요구하지 않는 물음을 던지자 운전석에서 찰스가 따라 불렀다. 제이의 목소리는 고음이고 찰스는 저음이었지만 그 속에 담긴 확신, 굉장한 자신감만큼은 일치하는 것처럼 느껴졌다.

지평선 끝으로 클럽 어비스의 주차장과 꼬리에 꼬리를 물고 그곳으로 진입하는 자동차 행렬이 보였다. 덕분에 우리도 천천히

---

* 제이 지, 〈Where I'm From〉 가사의 일부. "How real is this?"

지나갈 수밖에 없었다. 클럽에 들어가는 승용차와 픽업트럭 들은 거의 다 커다란 크롬 휠과 광폭 타이어로 개조되어 있었다. 개중에는 의자의 머리 받침대 뒤에 달린 소형 텔레비전으로 현란한 색채의 향연을 펼치거나 선팅이 진한 뒷유리에 일정한 불빛을 쏘아대는 차도 있었다. 후자는 딱히 어떤 화면이 나오는 것이 아니라 그냥 켜져만 있을 뿐이었다. 공허하고 무심한 밤의 한복판으로 자기 존재를 송출하는 것만이 유일한 기능이란 듯이. 문득 어릴 때는 클럽 어비스가 무슨 대성당처럼, 궁둥이와 신비와 모험의 세계를 숭상하는 자들의 대성전처럼 느껴졌던 것이 떠올랐다. 그곳은 막연한 기회의 전당이었다. 내가 얼마나 멋들어지고 죽이는 놈인지를 시험해볼 기회, 거울 앞에서 또 학교에서 연습했던 보디랭귀지와 비속어를 실전에서 써먹어볼 기회. 하지만 그날 밤 도로 위에서 본 어비스에는 그런 위용이 전혀 느껴지지 않았다. 그저 별 볼 일 없는 동네 한복판에 처량하게 서 있는 한 초라한 건물, 시시한 곳들을 연결하는 누추한 도로 한편에 찍힌 보잘것없는 얼룩에 불과했다.

"한번 들어가볼까?"

찰스가 물었다.

"됐다, 피곤하다."

소형 승합차의 창 너머로 천천히 스쳐가는 네온사인을 보며 대답했다.

"그래, 뭐, 어떻게 기분은 좀 나아졌냐?"

나를 보는 찰스의 시선이 느껴졌다.

"응, 그래."

진심이었다.

여름의 기세가 꺾일 무렵이었고, 시간이 날 때마다 어머니와 산책을 하곤 했다. 내가 나온 고등학교와 형이 괴롭힘을 당했던 초등학교와 우리가 놀던 공원을 포함해 팬우드와 스코치플레인스를 정처 없이 거닐며 영혼을 탐색하는 시간이었다. 도로의 차들만 아니라면 눈 감고도 길을 찾을 수 있을 만큼 친숙한 거리를 둘이서 오붓하게 한참 동안 거닐었다. 집에 있으면서는 아버지와 길게는 몇 시간씩 체스를 두거나, 혼자 그의 광활한 도서관을 탐색하며 이 책 저 책을 읽고 또 읽다가 방에서 잠들곤 했다. 19년이나 활자의 보고 한가운데에 살고 있었지만, 마치 그 많은 책이 투명 마법이 걸린 책싸개에 싸이기라도 한 것처럼 또는 거울 뒤에 감춰져 있기라도 한 것처럼 그 존재를 의식하지 못하고 지내왔음을, 그해 여름에야 비로소 깨달았다.

아니, 과장이 심했다. 당연히 책들의 존재를 알고 있었다. 집 안 곳곳에 책이 없는 곳이 없었으니까. 친구들이 집에 놀러 와서 그 광경을 보면, 마치 파피가 사디스트이고 우리 집이 파피의 고문실이라도 되는 듯이 깜짝 놀라며 무슨 책이 이리 많냐고 쭈뼛쭈

뱉 말하곤 했다. 형과 나는 파피의 책장들이 꼴 보기 싫은 벽지 같다거나(벽이란 벽은 다 막고 있었으니까), 쥐새끼처럼 요리조리 피해 다녀야 하는 가혹한 장애물 코스 같다고(문도 몇 개쯤은 부분적으로 막고 있었으니까) 농담도 하곤 했다. 가끔 우리는 왜 다른 집처럼 홈시어터가 있는 평범한 거실을 가질 수 없는 거냐고 하늘을 향해 물었지만 명확한 응답은 듣지 못했다. 물론 이 책더미를 향한 불평을 매일매일 늘어놓았다는 말은 아니다. 솔직히, 아예 신경을 쓰지 않았다고 하는 편이 맞을 것이다. 책이란 샹들리에나 화분처럼 딱히 좋고 나쁘고를 따질 것도 없이 그냥 그곳에 존재하는 사물일 뿐이었다.

어릴 때부터 줄곧 책에 무관심한 나를 보며 파피가 못마땅해하는 수준을 넘어 깊은 상처를 받고 있다는 것을 알 수 있었다. 하지만 왜 그런지는 알지 못했다. 열한 살인가 열두 살 때 어머니에게 물었다.

"파피는 왜 맨날 독서, 독서, 그놈의 독서 타령이에요? 파피가 하라는 공부 다 하잖아요. 어디 가서 말썽 피우는 것도 아니고요. 친구네 아빠들은 이 정도만 해도 감지덕지라고요!"

나는 내 처지가 딱하다고 여기며 말했다. 그러자 어머니가 안경을 벗고는 평소처럼 다정하고 침착한 태도로 놀랄 만큼 빤히 나를 응시했다.

"얘야, 그 책들은…… 너희. 아버지의. 인생이야. 아버지가 그 책들을 구하려고 얼마나 고생을 했는지, 무슨 일을 겪었는지 넌 모를 거야. 아버지가 얼마나 지독한 환경에서 자랐는지도. 아버지는 남부에서 깜둥이가 교육받으려면 죽을 각오를 하라는 말을 들으면서 컸어. 자기 가족한테 그런 말을 들었다고. 아버지가 벽장에 숨어서 손전등으로 책을 읽은 건 아니? 아가, 넌 아버지가 살아온 세상을 상상도 못 할 거야. 상상도 못 하는 걸 하느님께 감사해야 해."

나는 평생 그런 이야기를 들었다. 파피가 독서에 왜 집착하는지를 단편적으로나마 보여주는 편린과 조각 들. 어떤 이야기는 젊은 날의 파피가 남부에서 겪은 고통을 생생히 묘사했고, 어떤 이야기는 모호하게 암시했다. 나로 말하자면 어릴 때부터 출세하고 자아를 실현하라고 응원받는 것을 넘어 그러라고 뇌물까지 받으며 자란 아이였기에, 파피의 고생을 자연스러운 것으로 여겼다. 그저 옛날 사람들은 어렵게 살았겠거니 했다. 내게는 너무 낯선, 그 시절의 부조리를 다 이해할 수 없었으니까. 설마 그렇게까지 심했겠느냐고 생각하면서 그 인상을 밖으로 밀어내고 나와는 상관없는 것이라 여겼다. 하지만 그해 여름에 동거인이 아닌 손님으로서 부모님 집에 묵고 있자니 어릴 때 들었던 이야기들을 다시 생각하게 되었다. 나는 새로운 각도에서 새로운 호기심으로 새로운 공포감을 느끼며 그 사연들을 재조명했다.

예컨대 이런 이야기다. 1959년에 스물두 살의 파피는 대학을 졸업한 뒤 캘리포니아주립대학교 로스앤젤레스 캠퍼스에서 사회학 석사 과정을 밟고 있었다. 의지할 곳 하나 없는 처지였기에 생활비를 마련하려면 일자리를 반드시 구해야 했다. 그러던 어느 날 신문에서 관공서의 구인 광고를 봤다. 통근하기도 편하고 일도 재미있을 것 같고 보수도 괜찮았다. 파피는 적성 검사에 응시하고자 도심의 청사로 갔다. 큰 시험장에 들어가 보니 지원자는 서른 명쯤 되고, 앞쪽에 중국인 또는 한국인으로 보이는 젊은 여자 감독관이 앉아 있었다. 지원자들은 뒷문으로 들어와서 앞에 있는 감독관에게 검사지를 받고 안내 사항을 들은 뒤 자리에 가서 앉았다. 파피의 차례가 와서 앞으로 나가자 그 아시아계 감독관이 다른 사람들에게 그랬던 것처럼 겹겹이 쌓인 시험지 중 한 장을 집어들었다. 하지만 파피에게 건네는 대신에 잠깐 쥐고 있다가 과장된 동작으로 일부러 시끄러운 소리를 내며 천천히 반으로 찢었다. 다른 지원자들은 모두 고개를 들고 그쪽을 봤다.

"뭡니까?"

파피가 물었다. 아마도 정말 몰라서 물은 것은 아니었으리라.

"깜둥이는 시험 칠 자격 없어."

감독관이 파피를 똑바로 보며 건조하게 말했다.

그토록 경악스럽고 노골적인 편견의 표출이라니. 내 마음속에서 그 광경은 눈이 부시게 번쩍거리는 할리우드를 배경으로, 마치 영화의 한 장면처럼 펼쳐진다. 오로지 영화에서만, 그것도 빌어먹을 누아르물에서나 일어날 일이라서. 적나라한 인종차별에 이골이 난 파피였지만 도대체 자신이 그 사람에게 무슨 짓을 했다고 그렇게 날것 그대로의 혐오를 당해야 하는지 이해할 수 없었다. 그럼에도 적대자에게 절대로 약해지거나 무너진 자신의 모습을 보여주는 승리를 맛보게 하진 않겠다고 마음을 굳게 먹었다.

"그렇군요. 시간 내주셔서 감사합니다. 그럼."

파피는 그 말만 남기고, 내가 아는 스물두 살 청년들에게는 절대 요구될 일이 없을 수준의 평정심을 간신히 유지하며 서류 가방을 챙겨 들었다. 시험장 뒤편으로 돌아가서 문을 나서고 마주한 길은 파피의 인생에서 가장 길고 낯 뜨거운 길이었다고 한다. 반백 년이 지난 지금도 그 일을 말할 때면 파피는 자기도 모르게 분노로 부들부들 몸을 떤다.

얼마 뒤 파피는 보험사에서 자기 능력에 한참 못 미치는 일자리를 얻었다. 문제의 관공서보다 거리가 곱절로 멀고 버스에서 내려서도 또 걸어가야 하는 곳이었다. 보수도 더 적었다. 하지만 순순히 흑인을 채용하는 회사였으므로 파피는 깊이 생각할 것 없이 입사했다.

파피는 퇴근하고 나서 밤늦게까지 대학원 공부와 자기만의 공부를 했다. 눈이 침침해질 때까지 공부하다가 어떨 때는 신발도 벗지 않고 곯아떨어졌다. 짧게는 몇 주, 길면 몇 달간 생활비가 없어서 땅콩버터 한 숟가락으로 아침과 점심을 때우기도 했다. 좋은 단백질 공급원이었다나. 그렇게 끼니를 거르면 책은 계속 살수 있었다. 그 방법으로 프란츠 파농의 『대지의 저주받은 사람들』, 해럴드 크루즈Harold Cruse의 『니그로 지식인의 위기The Crisis of the Negro Intellectual』, 『유도라 웰티 단편선』, 소스타인 베블런의 『유한계급론』, 볼테르의 『캉디드』, 에밀 뒤르켐의 『사회분업론』, 이디스 워튼의 『환락의 집』, 어니스트 헤밍웨이의 『태양은 다시 떠오른다』, 『에드거 앨런 포 단편선』, 프란츠 카프카의 『변신』, 『기 드모파상 전집』 등을 사 모았다. 신을 믿지 않는 파피에게는 독서가유일한 구원이었다. 파피는 단순히 책을 모으고 정독하는 수준을넘어 책과 분투했다. 철학자 키르케고르가 말한 것처럼 그 분투는종교적 열정에 가까웠다. 파피는 인생이 절체절명의 위기에 처한듯이 텍스트와 사투를 벌였다. 어떤 면에서 보자면 파피의 인생은 실제로 위태로웠다.

만일 당신이 내 어린 시절에 아버지의 서재에 들어가서 아무책이나 펼쳐봤다면 표지 뒷면에 정갈한 필체로 써넣은 파피의 서명과 그 밑에 적힌 책의 구매 일자와 장소를 볼 수 있었을 것이다("클래런스 리언 윌리엄스, 1973년 1월 6일, 스포캔 시절", "CLW, 1965년 11월 18일, 샌타모니카"). 그것만으로도 피부색을 잘못 타고난 이남부인이 당신 손에 들린 물건을 얼마나 귀하게 모시는지 느낄 수 있었을 것이다. 그리고 책장을 스르륵 넘기면 문제 제기, 행간의 해석, 동그라미로 표시한 난해한 표현의 정의, 주장의 해부와 파훼, 반박과 반론 제시와 전개를 여백에다 빼곡하게 적어놓은 글씨를 발견했을 것이다. 그리하여 세상이 깜둥이로 낙인찍은 자의 탐구 정신을, 그의 지적 전쟁을 실감했을 것이다. 시민 불복종 행위를 목도했을 것이다(그것이 폭력적이냐 아니냐는 전적으로 당신의 관점에 달린 문제다).

하지만 당신이 파피의 서재에서 몇 발짝 떨어진 내 방에 와서 음악 잡지 『바이브Vibe』 무더기, 시디로 쌓은 탑, 나이키 에어로 쌓은 산을 지나 나의 장서를 마주했다면 전혀 다른 양상을 목격했을 것이다. 힘들게 구한 것이 아니라 거저 받은 새것 같은 책들(가령 『플루타르코스 영웅전』)을 보게 될 것이다. 대신 표지 뒷면에서는 똑같은 필적을 발견했을 것이다("토머스 채터턴 윌리엄스에게 파피가, 안녕을 기원하며! 1995년 12월 6일, 뉴저지주 팬우드 시절, 추신: 이 영웅들의 삶은 면밀히 연구해볼 가치가 있음"). 그러나 책장을 넘겨 마주하는 것은 방심의 증거, 메모와 마모의 부재, 무언의 논증, 불과 수십 년 전만 해도 무엇이 위태로웠는지도 모르는 태만한 정신, (마른 체형과 길쭉한 손가락을 그냥 갖고 태어난 것처럼) 그냥 흑인으로 태어났을 뿐 사회적으로 압도적인 악의를 경험했다고 말하긴 어렵고 편하게 응석받이로 자란 십 대의 정신이자 타성에 젖은 정신이었을 것이다. 그것은 곧, 책은 별로 멋들어지지 않다고 생각하는 정신이었다.

조지타운에서 한참을 살다가 팬우드로 돌아와서야 비로소 이해할 수 있었다. 한 걸음 물러나 파피의 장서를 조망하며 파피가 내게 전해주고자 애썼던 것이 정확히 무엇인지 조금이나마 깨달았다. 떠나 보니 그 가치를 알 수 있었다. 어릴 때는 그것을 감히 감당할 수 없었다. 파피의 책은 우리 집을 상시 포위하고 있었다. 집 전체가 파피의 도서관이었으니. 그 심장부라고 할 서재는 책장과 탁자가 (문자 그대로) 책의 무게를 못 이기고 축 늘어져 있었다. 현관을 기준으로 서재의 왼편으로는 천장까지 닿는 책장의 선반에 흑인문학, 아프리카계 미국인 논쟁, 노예 문학, 흑인 사회학에 관한 책이 꽂혀 있다. 오른편에는 문 없는 진열장처럼 생긴 폭이 넓고 낮은 책장에 중국사와 일본사, 러시아 문학, 일부 남부 문학(윌리엄 포크너, 플래너리 오코너, 하퍼 리, 좀 애매하긴 해도 트루먼 커포티)이 놓여 있었다. 그 위로는 벽감 선반에 단편소설과 희곡(메리 매카시, 제롬 데이비드 샐린저, 테너시 윌리엄스, 소포클레스)이 늘어서 있었다. 그 맞은편 벽을 보면 책상 뒤로 커다란 탁자 두 개가 수 세기에 걸친 고전과 서유럽 철학 사상의 무게에 압사되기 직전이었다. 그 앞의 책상은 그때그때 바뀌는 관심 도서(『전설의 금융 가문 로스차일드』, 한나 아렌트 독본, 『인간 욕망의 법칙』)와 불변의 애독서(『철학 이야기』, 다양한 푸코 독본, 『자본론』)의 차지였다. 그 뒤에 있는, 철학책이 있는 탁자들에 가려져 일부가 손에 닿지 않는 책장에는 영미 문학, 수필, 사회학책, 평론, 정치학책, 경제이론서가 바닥부터 천장까지 모셔져 있었다. 이 책상과 통창 사이에는 접이식 탁자가 있는데 여기에는 군사 전략가의 전기(한니발, 비스마르크, 페리고르 탈레랑)와 실화문학(조앤 디디온, 크리스토퍼 래시, 보르헤스, 제임스 볼드윈)이 진열되어 있었고 서재와 부엌을 나누는 낮은 벽에는 사전, 도해집, 서유럽 역사, 미술사(동양 미술도 포함)가 버티고 있었다. 서재만 그 정도이고 그 밖에도 부엌과 식당(주로 수학과 과학), 부모님 방(잠들기 전 읽는 소설, 일부 사회학책), 복도의 가족사진 아래에 있는 축 처진 합판 선반(『브리태니커 백과사전』 전집), 지하실(그 자체로 또 하나의 도서관), 차고의 상자들(교과서), 세탁실의 선반들(불분명), 다락방의 상자들(역시 불분명)에도 책이 줄줄이 서 있거나 층층이 쌓여 있었다. 어쩌다 한 번씩 파피가 짐을 옮길 일이 있으면 임시로 욕실에 책을 보관하기도 했다. 장서가 줄잡아 1만 권에서 1만 5000권 사이였다. 그 많은 책이 네모난 단층집에 빽빽이 들어차 있었으니, 인테리어 디자인의 문법은 물론이고 물리학의 법칙마저 시험하는 수준이었다.

어릴 때의 나는 "까고 있네", "흥, 난 달라"라며 동네의 분위기를 거스를 용기나 상상력이 없었다. 내가 살던 곳에서 흑인에게 책이란 슈퍼맨에게 크립토나이트와 같은 것이었다. 심한 발진과 두드러기를 일으키는 무시무시한 알레르기원. 우리는 위대한 유방은 알아도 『위대한 유산』은 몰랐다. 괜히 작가 이름이나 거창한 말을 입에 올리면 엉덩이에 불이 났다. 우리 흑인 형제들은 시인 이나 이론가가 될 생각은 추호도 없었다. 말을 조리 있게 하려는 노력조차 하지 않았다. 그들은 손으로(주먹, 손장난을 섞은 악수, 철썩 때리기, 툭 치기, V자 그리기, 점프슛, 책상 두드리기) 말했고, 학자 나 신사 대신에 운동선수와 래퍼가 되기를 열망했다.

그 시절의 나도 마찬가지였다. 내가 처한 약육강식과 적자생존의 세계를 잘 버텨낼 궁리만 할 뿐이었다. 금요일 밤에 운 좋게 여자를 자빠뜨릴 궁리도 했지만, 제일 중요한 것은 절대로 또라이나 호구가 되지 않는 것이었다. 모난 돌이 정 맞는 법이니까. 생존하기 위해 내가 쭉쭉 빨아들인 동네의 관습에는 배움을 두려워하는 일도 포함되어 있었다. 물론 그 관습이 절대 통할 리 없는 우리 집에서는 거의 괴벽에 가까운 아버지의 학구열에 복종했다. 그렇게 양방향으로 죽으라고 노력한 끝에 열여덟 살 때는 진짜처럼 보이는 동시에 파피를 만족시키는, 절묘한 균형을 유지하는 경지에 이르렀다.

그런데 별안간 모든 게 전복됐다. 플레이보이를 위시한 방구석 철학자이자 과시적 지성인 들과 어울리기 시작하면서부터 다 뒤집혔다. 다른 판에는 다른 규칙이 적용되었다. 이제는 어휘력이 달리면, 앵그르Ingres나 데카르트Descartes를 잘못 발음하면, 'bathos' 나 'banal'의 강세를 잘못 주면, 『중력의 무지개』란 책 제목을 들어본 적 없다고 실토하면("토머스 핀천도 몰라?") 면전에서 비웃음을 샀다. 정반대의 상황이었다.

말 한번 잘못했다가는 편들어주는 사람 하나 없이 공격당하는 것은 예전과 똑같았다. '잘못'의 정의가 바뀌었을 뿐이다. 이제는 잘난 척하는 애들이, 학교 운동장에서 어슬렁거리는 불량배나 먹이를 찾아다니는 새처럼 유유히 먹잇감을 찾아내서 갈가리 찢어발기는 역할을 차지했다. 캠퍼스에는 해럴드 블룸*이라도 된 것처럼 행세하며 가련한 무식자를 망신 주고 무릎 꿇리려고 하는 인간이 곳곳에 도사리고 있었다. 자칫 방심했다가는 완전히 체면을 구겼다. 처음에는 그런 현실을 믿기 어려웠다. 다들 어떤 자리에서건 제일 똑똑한 사람이 되려고 하는 조지타운의 현실이 믿기지 않았다. 95번 주간고속도로**에서 블랙홀에 빠져서 평행우주로 나온 것만 같았다.

부끄러운 이야기지만, 나를 다시 책의 세계로 인도한 것은 어떤 숭고한 깨달음이나 정신적인 갈증이 아니라 순전히 또래의 압력이었다. 모순적이게도 그것은 고등학교 때 나를 책으로부터 멀어지게 한 힘이었다. 하지만 어떤 스위치는 한 방향으로만 눌리는 법이라 얼마 지나지 않아 순전히 내 의지로 책을 읽기 시작했다. 고향 집에 돌아와서 스테이시로부터, 동네로부터, 조지타운의

---

* Harold Bloom. 40권 이상의 평론집을 출간한 문학평론가.
** 뉴저지주와 워싱턴도 95번 주간고속도로의 경로에 포함된다.

불온한 힙합 공동체로부터, 고상한 척하는 허세로부터 해방되어 열심히 파피의 서재를 들락거렸다. 그러자 어릴 때부터 파피에게 듣던 말이 비로소 마음에 와닿았다.

"책만 있으면 주변에 아무도 없어도 괜찮아. 나는 너와 너희 어머니와 네 형을 빼면 여기 이 책들이 유일한 친구다. 아들아, 책과 대화하면 천재들과 대화할 수 있어."

우선 나와 가장 어울리지 않는 책들부터 읽기로 했다. 그게 어떤 책인지 알 정도의 판단력은 있었다. 그래서 그 무렵에 파피의 옛 친구를 몇 명 만날 수 있었다. 이를테면 블라디미르 나보코프와 험버트 험버트, 프랜시스 스콧 피츠제럴드와 제이 개츠비, 로버트 그레이브스와 클라우디우스 황제, 오스카 와일드와 도리언 그레이. 작고 비좁은 집에 서 있던 거대한 책의 장벽들이 보르헤스가 말한 신비한 알레프*가 됐다. 제대로 보기만 한다면 그것을 통해 온 세상을 볼 수 있음을 깨달았다.

가족을 제외하면 내가 그해 여름에 자주 만난 사람은 오랜 친구 샘과 샘의 소개로 알게 되어 나를 형처럼 따랐던 샤디크와 샤디르라는 쌍둥이 형제뿐이었다. 어느 날 저녁에 샘의 어머니 집 다락방에 넷이 모였다. 샘이 자기 방으로 쓰는 공간이었다. 샘의

---

* 단편 「El Aleph」에 등장하는, 세계를 담고 있는 작은 물체.

열 살짜리 동생이 붙여놓은 잡지 『워드 업!Word Up!』의 포스터들이 비스듬한 초록색 천장에서 우리를 내려다보는 가운데 노리미트 레코드No Limit Records에서 나온 시디들을 들으며 이야기를 나눴다. 바닥에 엎드려서 샘의 옛날 사진을 뒤적이던 나는 유독 한 장에 시선이 꽂혔다. 스테이시와 내가 찍힌 사진이었다. 그 안에서 우리는 스테이시의 이모 집 뒷마당에서 상판에 유리를 깐 철제 테라스 탁자 앞에 앉아 있다. 옷차림으로 봐서 여름과 겨울 사이에 낀 봄이나 가을인 것 같다. 어떻게 보면 여름 같고, 어떻게 보면 겨울 같아서 마음 가는 대로 어떤 계절의 옷을 입어도 전혀 불편하지 않은 시기. 스테이시는 데이지 듀크* 스타일의 핫팬츠와 흰 민소매 티셔츠를 입고 있다. 머리카락은 뒤에서 포니테일 또는 올림머리로 묶었다. 화장은 하지 않았는데 굳이 하지 않아도 괜찮았다. 한쪽 팔로 스테이시를 안은 채 앉아 있는 나는 하늘색 벨루어 트레이닝팬츠와 흰 티셔츠, 지퍼가 달린 하늘색 벨루어 재킷을 입었는데 지퍼는 열어놓았다. 발에는 파랑과 하양이 섞인 색상의 나이키 덩크를 신고 머리는 거의 삭발 수준으로 깎았다. 우리는 둘 다 갑자기 카메라의 존재를 알아챈 듯한 표정으로 렌즈를 응시하고 있다.

문득 떠오른 생각을 쉽게 떨칠 수 없었다. 맙소사, 보면 볼수록

---

* 드라마 〈The Dukes of Hazzard〉의 등장인물.

내가 덩치만 컸지, 색깔을 맞춘 잠옷을 입고 있는 어린애처럼 우스워 보이는 것이었다. 멋을 부린다고 부린 걸 텐데 그 멋의 기준이 누구였을까? 내가 딴사람처럼 보였다. 저건 내가 아닌 것 같았다. 그리고 또 궁금해졌다. 사람들이 저렇게 입은 녀석을 과연 진지하게 대할까? 그렇다는 확신이 들지 않았다. 내가 사진에 너무 골몰했는지 샘이 사진을 가리키며 물었다.

"스테이시가 저럴 때가 있었다니 골 때리지?"

혼자만의 생각에서 빠져나온 나는 샘을 올려다보며 말했다.

"웅? 아, 그런 게 아니고, 내가 저럴 때가 있었다는 게 골 때린다, 야."

그러고는 사진을 다시 사진 뭉치 속으로 밀어넣었다.

바빠서였는지 아니면 이미 마음이 떠나서였는지 그해 여름은 하루하루가 바람에 넘어가는 잡지 책장처럼 휘리릭 지나갔다. 여름이 끝날 즈음, 예전에 뻔질나게 다니던 포리스트로드공원으로 운동하러 나갔다. 해 질 녘의 습한 바람에서 인동덩굴 냄새가 났다. 온통 보라색과 주황색으로 물든 하늘은 커다란 그릇에 담긴 알록달록한 셔벗처럼 보였다. 주 코트에는 나 외에 아무도 없었다. 예전에 했던 방식대로 연습하기 시작했다. 오른손과 왼손으로 각각 단거리 점프슛 500개씩, 총 1000개. 연습을 마치고 기분 좋은 피로감을 느끼면서 골대 뒤의 나무 벤치에 앉아 숨을 돌렸다.

내 앞에 펼쳐진 텅 빈 아스팔트 코트를 우두커니 보고 있자니 어릴 적 추억이 신기루처럼 살아났다. 문득 라숀에게 생각이 가닿았다. 그가 주차장 쪽에 핑거롤로 슛을 던진 뒤 입가에 가느다란 침 줄기를 날리며 가랑이를 붙들고 가는 장면이 보였다. 라숀이 내게 몸을 돌리고 트럭에서 이탈리아 아이스크림을 사 먹으라고 지폐 몇 장을 건네는 장면이 보였다. 라숀이 이미 정신을 잃고 쓰러진, 레이더스 선수복 상의를 입은 또래 백인을 흠씬 두들겨 패는 장면이 보였다.

주위가 어둑해지고 반딧불이들이 짝과 먹이를 찾아 불빛을 반짝이기 시작했을 때 나는 벤치에서 일어났다. 마지막으로 슛을 몇 번 더 던지고 집으로 향했다. 걸음을 뗄 때마다 공을 다리 사이로 통과시켜 앞뒤로 튕기면서, 여전히 그런 식으로 집 앞까지 갈 수 있는지 해보기로 했다. 내가 마지막으로 들은 라숀의 소식은 사람을 쏴 죽였다는 것이었다. 살인죄가 적용됐다고 했다.

학교로 떠나기 전날 밤에 어머니와 함께 마지막으로 동네를 한 바퀴 돌았다. 우리 둘은 각자 생각에 잠긴 채 한참을 말없이 걸었지만 마치 절친한 친구들이 그렇듯이 조금도 불편하지 않았다. 그러다 어머니가 나를 바라보며 당신에게 한 가지만 약속해달라고 했다.

"항상 네 자신한테 진실하겠다고 약속해주겠니?"

"무슨 말씀이에요, 엄마?"

"네 자신에게 진실하란 말이야, 아가."

그러고 어머니는 『햄릿』에 나오는 폴로니어스의 대사를 인용했다.

"그러면 밤이 가면 낮이 오듯이 당연하게 모든 사람에게 진실해질 거야. 항상 그걸 명심해, 엄마 생각해서. 얘야, 알았지?"

"네, 약속할게요."

나는 슬쩍 어머니의 어깨에 팔을 둘러 어깨동무했고, 우리는 묵묵히 남은 길을 마저 걸었다.

내 옷차림의 변화를 감지한 파피는 내 결심을 응원하려고 했는지 조지타운까지 태워주기 전 브리지워터코먼스 쇼핑몰에 데려가서 긴바지 몇 벌, 셔츠 서너 벌, 구두 두 켤레와 슈트리 두 족을 사줬다. 그렇다고 무슨 대단한 일인 양 야단을 떤 것은 아니고, 그저 마음에 드는 것을 입어보고 신어보라고 권하고는 등을 쓰다듬으며 내가 대견하다고 말했을 뿐이다. 집에 와서 예전에 입고 신던 것들을 다 꺼내봤다. 팀버랜드 부츠, 슌존 청바지와 아이스버그 운동복, 헐렁한 가죽 재킷, 폴로와 엔와이시 상의, 노스페이스 패딩…… 전부 비영리단체 굿윌에 기부해달라고 어머니에게 부탁했다. 스테이시가 사준 금목걸이만을 서랍장에 넣고 서랍을 꽉 닫았다.

3부 _____

자유롭게

서광이 비치다

조지타운으로 복귀하니 신입생으로 입성할 때와는 또 달랐다. 그 일대가 전처럼 무섭거나 낯설게 다가오지 않았다. 오히려 편하고 좋았달까. 주변 지리도 익숙하고 괜찮은 식당도 몇 군데 알았다. 예컨대 태국 요리를 처음 접한 위스콘신 대로에 있는 바질 타이와 거기서 더 가면 나오는 인도 요리를 처음 접한 헤리티지 인디아 같은 곳들(사실 그때 나는 거의 모든 것이 처음이었다). 정문을 나서면 펼쳐지는 오래된 자갈길과 형형색색의 도미노같이 줄지은 타운하우스*가 길게 뻗어 있는 것을 보자 왠지 고향에 온 기분이었다. 새로운 고향. 그곳에서 1년간 불편한 적응기를 거치면

---

* 벽면 한쪽 또는 그 이상을 옆집과 공유하는 구조의 다층집.

서 시니브로 발전한 내가 이제부터 본격적으로 나 자신을 뜯어고칠 작정이었다. 니체가 말한 캔버스에 그림을 그리는 화가의 자세로, 세심하고 신중하게 내 정체성을 다시 그리겠다고 마음먹었다. 그리고 그곳에는 내가 만나고 근황을 들어야 할 친구들이 있었다. 펍과 디와 나는 지난봄 기숙사 배정 때 추첨 운이 따라서 빌리지에이 생활관의 한 사생실에 같이 살게 됐다. 플레이보이, 러스티, 맷을 비롯한 나머지 하빈홀 식구들도 다 근처에 배정됐다.

학습 전략도 바꿨다. 주위에 폴이라는, 죽기 살기로 공부하는 것 같진 않은데도 모든 강의에서 A학점을 받는 친구가 있어서 어떻게 성적을 올려야 하는지를 물어봤다.

"너처럼 성적 나오려면 어떻게 해야 되냐?"

"절대로 수업 빠지지 마."

진짜인가 싶을 만큼 단순한 대답이었지만 폴은 그거야말로 비결이라고 맹세했다.

"그게 다야?"

"난 절대로 수업 안 빠져. 그리고 수업 시간에는 수업에만 집중하지. 그게 다야. 이 두 가지 원칙만 지키면 성적이 안 오를 리가 없어."

까짓것 한번 해보기로 했다. 거기에 세 번째 원칙을 추가했다. 매일 수업에 차려입고 갈 것. 단순히 잠옷 대신 길바닥 패션을 입는 수준이 아니라 직장이나 중요한 회의에 가는 사람처럼 수업을 중요하게 생각하고 옷을 멀끔하게 입고 가려는 것이었다. 열아홉 살이 반쯤 지난 시점에서야 난생처음으로 사람이 영원히 십 대에 머물 수는 없으며, 언젠가는 성인기로 넘어가야만 한다는 사실을 자각했다. 어릴 때부터 파피에게 외모에 신경 쓰라는 말을 귀에 못이 박이도록 들었다. 몸을 치장하고 쓸데없이 멋을 부리라는 말이 아니라, 머리를 빗고 귀를 청소하는 것처럼 기본을 지키라는 말이었다. 파피는 늘 흠 잡을 데 없이 깔끔했고, 나는 파피가 직접 구두를 닦고 정장을 정성껏 접어서 보관하는 모습을 보며 자랐다. 내가 아는 흑인 어른이 대개 그러듯이 파피도 '말쑥함'을 높게 쳤다.

"아들아, 한 사람에 대해 세상에 제일 먼저, 가장 즉시 말해주는 것이 옷차림이란다."

파피가 즐겨 하던 말이다. 파피의 옷은 항상 당신이 어른임을 말해주었다. 나와 친구들, BET에 나오는 연예인들과 공원에 오는 형들로 말하자면 평소 옷차림으로 야구팀 모자와 농구팀 선수복 상의, 헐렁하고 부드러운 벨벳 재질의 트레이닝팬츠와 끈 풀린 운동화를 입고 있었다. 이런 옷차림은 우리가 아직 어른이 되지 못했다는 것을 말해주고 있었다. 대학교에서 1년을 보내고서야 깨달은 실상이었다.

열다섯 살에 박제된 듯한 외모가 매력적으로 느껴진다면 거기에는 온갖 이유가 있을 것이다. 그러나 실제 나이와 상관없이 아직 어른이 아닌 듯 보인다는 것은 곧, 문란한 섹스, 부식한 언행, 마약 복용, 주먹다짐, 낙제를 덜 부끄럽게 느끼고 있다는 걸 암시한다. 이제부터 나는 어른답게 내 외모에 책임을 질 준비가 됐다고 생각했다. 외모가 나에 대해 전달하는 메시지에 신경 쓰기로 했다. 수업에 들어갈 때 터치다운이나 앨리웁 덩크를 하러 가는 사람처럼, 세븐일레븐 편의점을 털러 가는 사람처럼, 허리춤에 글록 권총을 찬 사람처럼 입지 말고 딱 맞는 셔츠와 스웨터에 면바지나 청바지를 입은 다음 구두를 신고 가자고 다짐했다. 어린애가 아닌 어른으로 보여야 했다. 180도 변한 내 옷차림을 심하게 비웃는 친구들도 있었지만 개의치 않았다. 좋은 옷을 입으면 기분도 좋아진다는 말이 사실이라면 깡패처럼 입으면 깡패 같은 기분이 들고, 포주처럼 입으면 포주 같은 기분이 들고, 똑똑해 보이게 입으면 똑똑해진 기분이 드는 것 또한 사실일 것이다. 나는 똑똑해진 기분을 원했다.

교수들이 나를 대하는 태도도 눈에 띄게 달라졌다. 마치 내가 그동안 얼굴을 감추는 부르카나 복면을 뒤집어쓰고 있다가 처음으로 그들 앞에 정체를 드러낸 것 같았다. 이제 교수들은 그간 나를 가리고 있던 검은 베일이 아니라 그 아래 어딘가에 숨어 있던 진짜 나를 볼 수 있었다. 교수들이 나와 눈을 맞추기 시작했다. 나와 대화할 때 그들의 보디랭귀지도 모르긴 몰라도 전과 다르게, 전보다 호의적으로 느껴졌다. 나도 교수들을 대할 때 그들이 나를 대하는 것과 똑같은 태도를 견지했고, 수업에 더 적극적으로 참여하는 것은 물론 강의실 밖에서도 그들을 만났다. 그러면서 얻는 이점이 무척 컸고, 여러 이점이 서로 중첩되면서 더욱 강력해졌다. 공부가 더 쉬워졌고, 리포트가 더 조리 있고 세밀해졌다. 순식간에 자신감이 차오른 듯했다. 폴의 말이 옳았다. 성적이 급상승했고 우등생 명단에 내 이름을 올리게 되었다.

그즈음에 여학생을 한 명 알게 됐다. 이전에 내가 알았던 여자들과는 전혀 달랐다. 그녀는 폴과 같은 흑인이면서 나와 같은 흑인이기도 했다. 아버지는 나이지리아인이고 어머니는 이탈리아인이었다. 나이는 나보다 두 살 많지만 키는 30센티미터 정도 작은 아담한 체형이던 그녀는 뉴욕 맨해튼 외곽에서 어린 시절을 보냈고, 최근에 도쿄에서 1년을 지낸 뒤 이제 막 조지타운으로 돌아온 참이었다. 웨일스식 이름이 좀 웃겼지만, ('부에노스 디아스 buenos días'를 '부에노 디아bueno dia'라고 발음하는 식으로) 단어 끝의 's' 발음을 생략하는 도미니카식 에스파냐어와 이탈리아어, 일본어를 구사할 줄 알았다.

외모만 보자면 백인을 제외하고 어떤 인종으로든 오해받을 만했다. 일본에서는 혹시 브라질 사람이냐는 소리를 들었고, 때때로 머리를 드라이한 날에는 인도인으로 착각하는 사람도 만났다고 했다. 미국에서는 도미니카인으로 오해받았는데, 나도 처음 봤을 때는 그런 줄 알았다. 구릿빛 피부와 찰랑거리는 곱슬머리, 강한 인우드* 억양부터가 그런 오해를 불렀다. 더욱이 어울려 다니는 무리도 도미니카계 여학생들이었다. 브롱크스과학고등학교를 나왔고, 원래는 화학자가 되고 싶어했다. 그녀의 여권에는 별의별 도장이 다 찍혀 있었다. 운전은 못 했지만 어차피 뉴욕에서는 굳이 운전하지 않아도 괜찮았다. 두 다리가 멀쩡한 데다 지하철 F선과 C선이 언제 교차하는지, 웨스트 4번가에서 하차할 때 목적지에 따라서 열차 뒤쪽에 머물러야 하는지 아니면 앞쪽으로 이동해야 하는지를 다 알고 있을 만큼 지하철 노선을 꿰고 있었으니까. 당연한 말이지만 누구에게도 만만히 보이지 않았다. 그녀가 "이 덩치에 만만하기까지 하면 어떡해"라고 말할 때마다 샐쭉한 웃음이 퍽 예뻤다.

그녀는 나보다는 내 아버지와 가까운 갈색 피부를 지녔고, 자랑스럽게 자신을 흑인으로 규정했으며("디아스포라** 출신이지!"), 내가 이제 막 써먹기 시작한 어휘를 유창하게 구사했다. 파피가 사용하는 어휘였다. 그녀의 앞에서는 괜히 연기하지 않아도 괜찮았다. 오히려 스테이시와 같이 있을 때처럼 굴었다가는 뭘 해보기도 전에 말짱 꽝이 될 게 뻔했다. 그녀는 내가 옷 입는 방식을 마음에 쏙 들어 했다. 본래 매사추세츠대학교에 다니다가 2학년 때 조지타운에 편입한 그녀는 3학년을 외국에서 보낸 뒤, 이제

---

* Inwood. 맨해튼 내에서 도미니카인이 많이 사는 지역.
** 조상의 땅을 떠나 타지에서 자신들의 규범과 관습을 유지하며 사는 민족 집단.

3부___ 자유롭게

4학년이 되어서는 흑인 공동체의 주변부에 살고 있었다. 캠퍼스 밖으로 나가서 강을 건너야 나오는 아파트에 살아서 풍문에 어두웠다. 어느 날 저녁에 그녀가 친구들과 조지워싱턴대학교에 춤추러 가고 싶다고 했다. 마침 그 주말에 내가 부모님 차를 갖고 있어서 태워주겠다고 나섰다(도시 출신 여자애는 못 하지만 교외 출신 남자애는 할 수 있는 것!). 차를 몰고 혼잡한 엠가를 지나는데 뒷좌석에서 그애가 조그만 손을 뻗어 내 빡빡머리를 어루만지기 시작했다. 그녀가 내게서 무엇을 어떻게 보았는지 모르겠지만, 우리는 어느새 떨어지고는 못 사는 사이가 됐다.

내가 버지니아주 알렉산드리아*에 있는 그녀의 아파트에 갈 때면 그애는 브루클린의 아랍인 가게나 그리니치빌리지의 노점에서 한 번씩 사 오는 향이나 아로마 오일을 피웠다. 그 집에는 항상 먹을 것이 있었다. 치킨커틀릿, 라자냐, 콘월 암탉 요리, 주요리와 곁들이 음식을 망라한 음식들이. 열두 살 때부터 자기 아버지와 동생들의 식사를 챙겼다는 그녀는 요리 솜씨가 좋았다. 그녀가 요리하는 동안 나는 시디를 뒤져서 음악을 틀었다. 그애의 음악 취향은 나와 전혀 달랐다. 그녀에겐 밥 말리, 스티비 원더, 마빈 게이, 제임스 브라운 등 나로선 거의 관심을 주지 않았던 가수의 음반이 많았다. 갖고 있는 힙합 음반마저도 나와 달랐다. 더 루

---

* 워싱턴과 붙어 있는 도시로 조지타운에서 가까운 거리에 있다.

츠The Roots, 블랙 스타Black Star, 데드 프레즈Dead Prez 등 흑인 동네에서는 존재감이 전혀 없는, 내가 백인 놈들이나 듣는다고 치부하고 샘의 관점에서는 "스타벅스 깜둥이" 래퍼의 음반이었다. 고등학교 때 나와 친구들은 그런 흑인 그룹의 음악을 듣느니 차라리 독한 백인 래퍼의 음악을 들었다.

"그까짓 오일 그냥 다 뿌리고 놀자!"

나는 그녀의 집에 갈 때마다 그렇게 약을 올렸다. 하지만 어디까지나 농담이었을 뿐, 나는 그애가 확실한 자기 취향이 있고 나처럼 라디오와 BET에서 나오는 노래를 마구잡이로 듣는 게 아니라는 사실이 감격스러울 만큼 좋았다.

겨울방학 때 하루 날을 잡아서 찰스, 펍과 함께 차를 끌고 뉴욕의 웨스트빌리지에 갔다가, 부리토로코라는 저렴한 텍사스식 멕시코 음식점에서 베트리스와 그녀의 친구들을 만났다. 베트리스를 조지타운이 아닌 다른 데서 만나기는 처음이었다. 찰스와 펍에게 그렇게 지적인 여자애를 애인이라고 소개할 수 있어서 뿌듯했다. 유니언가톨릭 시절에 내 친구들은 '붓다'라고 하면 자기들이 피우는 대마초밖에 생각하지 못했지만* 베트리스는 불교에 대해 능히 논할 수 있었다. 그 자리에서 나 자신이 똑똑한 여자를 좋

* '붓다'는 대마초의 은어로 쓰인다.

아한다는 사실을 깨달았다. 그전까지는 그런 줄도 모른 채, 그저 또래 친구들과 특정한 부류의 연예인들이 하는 말만 듣고 여자는 궁둥이와 그 부속 기관의 총합일 뿐이라고만 여겼다.

베트리스와 사귀면서 가히 코페르니쿠스적 혁명이 골수 천동설 지지자들에게 끼친 영향만큼 강력하고 불가역적인 패러다임의 전환이 일어났다고 해도 좋을 정도로 애정관이 싹 바뀌었다. 태어나서 처음으로 여자를 존중하는 법을, 여자를 철천지원수가 아닌 소중한 존재로 대하는 법을 배워갔다. 그랬다가는 나 자신이 쪼다, 젤리 깜둥이, 호구, 좆밥처럼 느껴질 줄로만 알았지만 실제로는 전혀 그렇지 않았다. 오히려 내가 여자를 그렇게 대우하기를 원하고, 그럴 때 마음이 더 편하다는 사실을 알게 됐다. 나는 베트리스에게 거짓말을 하지 않았고, 베트리스가 나에게 공사를 칠까 봐 걱정하지도 않았다. 스테이시와 사귈 때와 달리 베트리스가 옆에 없어도 무슨 꿍꿍이인지 궁금하지 않았고, 그런 마음의 평화가 소중하고 고무적으로 느껴졌다. 덕분에 괜한 생각으로 고민하지 않고 학업에 열중해서 좋은 성적을 거둘 수 있었기 때문이다. 마치 전쟁이라도 하는 것처럼 항상 여자친구에게 의혹, 분노, 질투를 느끼며 살던 때는 깨끗이 잊었다. 이제는 그냥 기분이 좋았다. 꼭 천진한 어린아이처럼. 내가 좋아하는 여자가 나를 좋아하고 둘이 같이 있다는 사실만으로 마음이 놓이는 이 현실이 좋았다.

사실 수많은 사람이 연애하고 사랑할 때 느끼는 흔해 빠진 기분이겠지만 내게는 그것이 하늘의 계시처럼 다가왔다. 스테이시나 앤트가 한 번도 자신에게 허락한 적이 없을 것 같은 평온이었달까. 하지만 그들도 마음 깊은 곳에서는 그런 것을 원할 것이다. 만약 주변의 남자애들이 연애를 망칠 수밖에 없는 태도를 선제적으로 주입받지 않았다면, 여자애들이 남자애들한테서 딱 그 정도의 태도만을 기대하도록 길들지 않았다면, 그들도 모두 그렇게 평화로운 연애를 선택하리라 생각했다.

그날 밤 집에 돌아오는 차 안에서 찰스에게 베트리스를 어떻게 생각하느냐는 둥 베트리스가 스테이시보다 매력적인 것 같으냐는 둥 불안한 속내가 뻔히 보이는 질문을 건넸다. 여전히 찰스의 인정을 원하던 속내였다.

"아, 이 깜둥이 새끼, 진짜! 칭찬 좀 구걸하지 말지?"

찰스의 단호한 말에 펍이 킥킥댔다. 하지만 찰스의 말은 거기서 끝이 아니었다.

"솔직히 말해서 저게 진짜 여자지. 스테이시는 그냥 쌍년이고."

찰스에게도 모든 쌍년이 다 거기서 거기가 아니었다는 사실을 그제야 알았다. 그런 유연성이 이제는 반갑게 느껴졌다. 나는 미련한 짓에 일관성을 지키는 것에 더는 관심이 없었다. 찰스의 입에서 그것을 인정하는 말을 들으니 마음이 놓였다. 찰스도 변화하고 성장하고 있었다. 그러지 않는 친구들도 있다는 현실을 나는 잘 알았다. 고등학교를 중퇴하고 계속 그 동네에 살던 앤트만 해도, 베트리스를 두고 찰스와 다른 의견을 내놓았다는 것을 내가 아는 친구에게서 들었다.

"어휴, 듣자 하니까 토머스 그 깜둥이 새끼 대학물 먹더니 아주 자아아아아알나신 년이랑 붙어먹는다더라. 우우우우우웩!"

부모님은 워싱턴에 와서 베트리스를 만나더니 그야말로 감개무량해했다. 지난 4년 동안 내가 말도 없이 야밤에 부모님 차 키를 들고 우당탕 튀어나갈 때나 전화를 받고 사라질 때마다 두 분이 어디다 말도 못 하고 최악의 사태가 벌어지지 않을까 염려하며 얼마나 마음 졸였을지, 그저 상상만 할 뿐이다.

어릴 때부터 여자에 대해 주입받았던 선입견이 허물어질 무렵, 마찬가지로 충돌과 붕괴를 겪는 것이 두 가지 더 있었다. 바로 내가 향후 3년간 공부하고 싶은 학문과 졸업하고 나서 되고 싶은 사람에 대한 생각이었다. 입학할 때부터 전공을 경제학으로 정하고 1학년 때 미시경제학과 거시경제학 강의를 모두 들었지만 양쪽 다 성적은 처참했다. 입학원서에 희망 전공을 기재할 때만 해도 경제학이 뭔지도 몰랐다. 그저 경제학을 전공하고, 부전공으로는 역시 뭔진 잘 몰라도 금융학 같은 것을 전공하면 투자은행에 입사할 수 있겠다고 생각했다. 투자은행에 대해서, 아는 것이라고 해봐야 성과급이 엄청 많이 나오고, 흔히 말하는 합법적으로 부자가 되는 가장 안선하고 빠른 길이라는 사실 정도였다. 돌아보면 내가 첫 직장을 두고 고민하는 바는 1959년의 파피와 전혀 달랐다. 나는 인종차별을 걱정하지 않았고, 당연히 좋은 직장을 구할 수 있다고 믿었다. 어떻게 부를 축적하고 과시할지만을 고민했다. 대학 입학을 앞둔 여름에 내가 월가로 직행하겠다는 말만 하면 앤트 같은 애들은 찍소리도 하지 못했다. 월가는 배부른 흰둥이들의 직장 중에서 유일하게 그들이 그 반항적인 머리를 조아리며 조용히 탄복하는 곳이었다.

"이야, 이렇게 누추한 곳에 대학생 깜둥이가 다 오셨으니 오늘은 처신 잘해야겠다."

앤트가 그런 식으로 말하면 공원에 있던 모두가 웃었다. 하지만 거기다 대고 이 대학생 깜둥이가 단 4년만 지나면 성과급으로 10만 달러를 거머쥘 거라고 말했을 때는 아무도 웃지 않았다(혹은 웃음이 쏙 들어갔다).

내가 전공으로 경제학을 택한 것은 파피가 보험사의 옹색한 일자리를 택한 것만큼이나 쉬운 결정이었다. 세상을 다스리는 것은 결국 돈이니 경제학을 전공하면 존경을 받겠다고 생각했다. 그런데 실제로 수업을 들어봤더니 내겐 너무 딱딱한 학문인 탓에, 멋도 모르고 덜컥 뛰어든 자신이 미워질 정도였다. 그렇다면 대안이 있는가? 다른 학문은 전혀 생각해본 적이 없었다. 이제 곧 내선택을 고수할지, 그러니까 재미라곤 눈곱만큼도 없지만 남들의

3부___자유롭게

눈에는 대단해 보이는 분야를 계속 공부할지, 아니면 전공을 바꿀지를 결정해야 하는 시점이 다가오고 있었다. 플레이보이는 나한테 미술사가 잘 맞을 것 같다고 했지만, 정작 자신은 학업에 흥미를 잃고 자퇴해버려서 더 이야기할 기회가 없었다. 파피는 명예로운 학문을 공부하라고 했다. 어머니는 그냥 내가 행복해질 학문을 공부하라고 했다. 찰스는 괜한 고민은 하지 말고 자기처럼 경제학과 금융학을 공부해서 떼돈이나 벌자고 했다. 그들의 말을 다 듣고도 고민은 사라지지 않았다.

조지타운 기초교양학부는 철학이 필수과목이어서 모든 학생이 철학과 개론 수업을 두 개 들어야 하는데, 그중 하나가 윤리학 개론이었다. 플레이보이를 제외하고 내가 아는 거의 모든 사람이 그랬듯 나 또한 막연히 철학을 쓸데없이 진지하고 따분한 학문으로 여겼다. 철학책을 읽어야 한다고 파피가 누누이 당부했지만 제대로 한 권을 읽은 적도 없었다. 윤리학 개론 수업에 처음 들어가면서도 무엇을 배울지도 몰랐고 큰 기대도 없었다. 힐리홀에 있는 반원 형태의 대강의실은 철학자가 될 생각이라곤 전혀 없는 학생들로 붐볐다. 윤리학 교수는 발레리나 같은 체구에 갈색 머리가 고불고불 말려 있는 중년 여성이었고, 하버드대학교의 존 롤스John Rawls 밑에서 공부했다는 말을 적어도 여섯 번은 했던 것 같다. 자기 자랑이 심하긴 해도 똑똑하고 재미있는 분이었다. 첫 시간에 우리는 뭘 배우기도 전에 다짜고짜 질문부터 받았다. 윤리적인 삶이란 무엇인가? 윤리학의 목적은 무엇인가? '좋은 삶'이란, 즉 '잘 산다는 것'은 무슨 뜻인가? 진지하게 받아들이지 않으면 우습게 들리는 질문들이었다. 그리고 뜻밖에도, 나는 처음부터 진지하게 받아들였다.

"저 앞에서 기차가 전속력으로 달려오는데 그것도 모르고 선로에 사람이 네 명이나 서 있다고 해봅시다. 여러분은 다리 위에서 그 광경을 보고 있고 옆에는 아주 뚱뚱한 남자가 한 명 서 있어요. 생각해보니까 그 뚱보를 다리 밑으로 밀어버리면 기차를 멈출 수 있을 것 같아요. 물론 그 사람은 죽겠지만요. 즉, 한 사람의 목숨을 버려서 네 사람의 목숨을 구하는 거죠. 여러분은 어떻게 할 건가요? 집단의 이익이 개인의 이익을 대신할 수 있을까요? 한 사람의 목숨이 여러 사람의 목숨과 똑같은 가치가 있을까요? 사람의 목숨에도 경중이 있을까요? 개인의 권리는요? 그것은 절대 박탈할 수 없는 건가요? 아니면 선택의 문제일 때도 있을까요?"

그 수업에서 정말로 좋았던 점은 학생들에게 뭐라도 생각해보라고 다그치는 게 아니라 제대로 생각해보기를 권한다는 것이었다. 그런 질문을 통해 경제학 수업에서는 전혀 느끼지 못했던 자극을 느꼈고, 수업이 끝나고도 자꾸만 질문을 곱씹었다. 생각의 근원으로 거슬러 올라가면서 인생이라는 과목에서 전보다 엄격하게 나 자신을 시험했다. 그러다 어느 시점에 문득 철학의 작용 원리는 힙합을 중심으로 한 흑인문화의 작용 원리와 정반대에 위치한다는 생각이 들었다. 후자는 철저히 소유물, 겉멋, 외모, 맞대응 등 피상적인 면만을 따지는 반면, 전자는 그런 허울을 뚫고 들어갔다. 철학책을 읽으면 읽을수록 나 자신이 플라톤이 말한 동굴에서 탈출한 죄수 같았다. 그동안 그림자를 현실로 착각하고 살아온 것이었다. 아버지가 나를 배움에 노출하고자 그토록 부단히 애썼는데도 대학교 2학년이 되어서야 어찌 보면 뻔하다고 할 깨달음에 이르렀다니. 보이지 않는 접착제처럼 나와 라숀을 이어놓았던 힙합 문화가 커다란 장벽이 되어, 지성인이라면 응당 갖춰야 하는 삶의 자세로부터 나를 떼어놓고 있었던 것이다.

하지만 철학에 마음이 동하긴 했어도 아직 경제학과 월가, 거기에 수반되는 모든 것을 과감히 포기할 각오는 서지 않았다. 나는 막스 베버가 말한 근면한 프로테스탄트처럼, 내 우상이었던 래퍼와 농구선수 들처럼 온 세상이 나를 선택받은 사람으로 봐주기를 갈망하고 있었다.

사실 내가 아는 백인 학생들은 웬만한 인문학과 교양과목에 전혀 관심이 없었다. 서양문학의 정전正典이라든가 배움을 위한 배움이란 개념을 고리타분한 것으로, 대부분의 미국인과 마찬가지로 자신과 무관한 것으로 여겼다. 하지만 흑인 학생들은 인문학에 무관심한 수준을 넘어 철학, 미술사, 문학 등의 과목에 시간을 쓰는 것 자체를 대놓고 혐오하는 분위기가 팽배했다. 그러한 공부를 이상하거나 한심한 짓으로 여겼으며 심지어는 무책임하고 퇴폐적이라고 보는 시선도 존재했다. 이해가 가긴 했다. 내가 집 밖에서 배운 것, 텔레비전과 흑인 동네에서 배운 것에 따르면 책으로 교양을 쌓고 공부하는 일은 머리가 어떻게 된 백인 애들이나 하고 싶어하는 것이며 또 그들만이 감당할 수 있는 것이었다. 이 선입견은 내가 흑인 공동체에서 만난 모든 사회계층에 존재했다. 대학에 가지 않고 고향에 있는 친구들을 보면 코기토*니 이탈리아 르네상스가 재현미술의 발전에 끼친 영향이니 하는 것에 아무런 감흥을 느끼지 못했다. 똑똑하지 않아서가 아니라 관심이 없었으니까. 그들은 라스콜니코프**의 머릿속 아우성에 대해, 깜둥이가 같은 강물에 두 번 발을 담글 수 있는지에 대해 쥐똥만큼도 관심이 없었다. 그런 게 내 인생이랑 무슨 상관인데? 마음의 양식? 그딴 거 헤라클레이토스***인지 뭔지 하는 양반이나 많이 처드시라고 하지?

그들이 존경할 수 있고 실제로 존경하는 것은 전능하신 돈이었다. 노토리어스 비아이지처럼 그들도 '쩐'을 사랑한다. 그러니 금융학이나 경영학을 공부하는 것, 좀 더 양보해서 마케팅이나 미

---

* cogito. 데카르트의 기본 철학 원리. "나는 생각한다. 고로 나는 존재한다."
** 소설 『죄와 벌』의 주인공.
*** 인간은 같은 강물에 두 번 발을 담글 수 없다고 말한 그리스 철학자.

용학을 공부하는 것은 용납된다. 로스쿨에 가는 것도 괜찮다(학교를 3년이나 더 다니는 게 좀 별로여도). 하지만 명문대랍시고 학교에 들어가서 맨날 인간성이란 무엇인가 같은 타령만 하다가 나와 겨우 연봉 3만 5000달러를 받으면서 중고 토요타 캠리나 타고 다니는 인생은 봐줄 수 없는 것이다(굳이 대학에서 4년이나 썩지 않고 UPS에서 물건을 날라도 그보다는 근사한 차를 탈 수 있다나). 교육으로 물질적 보상 외의 것을 얻을 수 있다는 발상은 그들에게 딴 세상 이야기이며 순진한 소리다. 교육은 수단이 되어야지 그 자체로 목적이 돼서는 안 된다. 물론 그들은 이렇게 표현한다. 개소리 작작 하라고.

이상이 내가 고향의 흑인 공동체에서 목격한 현상이었다. 대학은 다른가 하면 그렇지도 않아서 고향과 반대되는 본보기를 찾기가 어려웠다. 대학의 흑인 공동체에서 잘나가는 부류를 보자면 다인종특별전형으로 입학해서 수업을 따라가기도 벅찬 학생, 운동으로 입학한 특기장학생, 인로즈*나 교육기회지원회** 선발생으로서 대기업 입사를 향해 고속 전진하는 초우등생, 이 세 가지 유형이 주류를 차지하고 있었다. 그중 초우등생들은 여름방학 때 골드만삭스나 매킨지앤드컴퍼니 같은 곳에서 인턴으로 일하면서 틈틈이 로스쿨 입학시험을 준비했다. 그들은 물론 재능 있는 엘

---

* INROADS. 소수인종 학생의 기업 인턴십을 주선하는 단체.
** Sponsors for Educational Opportunity. 취약계층 학생의 학업과 취업을 지원하는 단체.

리트지만 길바닥 물정도 훤히 꿰고 있었으므로 카라바조의 그림을 감상하거나 마들렌을 차에 적셔 먹을 시간 따위는 없다고 생각했다.

일부는 당당하게 반지성주의자를 자처했다. 나와 같은 학년인 어떤 아이는 자랑스럽게 말했다.

"야, 돈이 최고야. 어차피 학교도 다 돈 벌자고 다니는 거지."

대체로 흑인 학생들은 여느 래퍼와 깡패가 필사적으로 손에 넣으려 하는 물질적 부를 똑같이 원했다. 다만 그들보다 안전한 방법을 택했을 뿐이었다. 백인 학교에 들어가 책이나 끼고 사는 수모를 몇 년만 참아내면 언젠가는 그들과 같은 적통성을 회복할 수 있으리라는 계산이었다. 구체적으로 무슨 수로 그리한단 말인가? 가령 미디어법 전문가가 돼서 배우와 래퍼의 변호사로 연간 수백만 달러를 버는 방법이 있다. 아니면 상업용 부동산 개발에 뛰어들거나, 코네티컷주에 모여 있는 헤지펀드나 사모펀드에 들어가서 어느 누구도 시비를 걸어오지 못할 만큼 떼돈을 벌 수도 있다. 어떤 시나리오든 선택할 수 있었다. 단, 그 노력에 따르는 물질적 보상이 자신을 향한 온갖 질투와 질타의 목소리를 잠재울 수준에 미치지 못하는 시나리오만큼은 만에 하나라도 용납되지 않았다.

나라고 그런 풍조에 면역이 된 것은 아니었다. 거기에 면역력이 있는 흑인 학생은 아무리 명문 학교라고 해도, 아니 명문 학교

일수록 찾아보기 어렵다. 우리 눈에 자나 깨나 보이는 것은 운동 선수와 래퍼의 이미지뿐이었다. 다른 형태의 부, 곧 지성인의 삶에 매진하는 흑인 따위는 생전 본 적도 없다 보니, 그런 삶을 두고 호사니 뭐니 하기 전에 애초에 가능하다는 상상조차 하지 않는다. 그렇게 살려고, 책 속으로 난 길을 걸으려고 분투하는 아버지를 보고 자란 나조차 그런 삶을 쟁취할 수 없는 운명이라고 생각했다. 투자은행에 대한 미련이 마음 한구석에 악착같이 남아 있었다. 힙합 문화에 경도된 흑인 학생에게 월가는 당연히 꿈꾸는 목적지였다. 금융계는 길바닥과 매한가지로 수컷다움, 물질적 부의 숭배, 성찰을 향한 냉소, 극한의 자기중심주의를 칭송해 마지 않는 곳이었으니까.

젊은 나이에 모건스탠리 같은 곳에서 잘나가는 간부가 되어 지붕이 열리는 페라리 360 모데나나 선팅이 짙게 된 벤츠 G바겐을 끌고 플레인필드로 금의환향하는 상상에 젖어 밤마다 한참 잠을 못 이뤘다. 수십만 달러짜리 전차에 전리품을 가득 싣고 위풍당당하게 로마로 입성하는 검은 피부의 카이사르. 승리를 거둔 전차의 바퀴는 전부 번쩍이는 크롬 휠이고, 창문 밖으로 내민 손목에서는 금으로 된 롤렉스 데이데이트가 햇빛에 번쩍이니, 이 몸의 위용 앞에 질투로 벌어진 입을 다물지 못할지어다. 그 누가 나를 대학물 먹은 찌질이라 부르랴. 이런 힙합식 출세의 인상이 얼마나 강렬했던지 그 영광의 날에 배경으로 깔린 빅 타이머스의

〈#1 스터너〉*가 들리는 것 같았다. 돈을 물 쓰듯 쓰는 삶, 그게 내가 열망하는 인생이었다.

하지만 상상력이 그리 풍부했는데도, 매일같이 진중한 사상과 사고법에 노출됨으로써 나 스스로가 어떻게 달라질지는 상상하지 못했다. 그때는 몰랐지만 사람이 나고 자란 곳을 떠나 새롭고 더 복잡한 세계에 눈을 뜨면, 예전의 협소한 기준으로 자신을 평가하고 싶은 욕구가 싹 사라지기도 한다. 그 낡은 잣대를 통해 자극을 받고 싶어도 받을 수 없다. 이미 (예전에는 더 낮은 곳인 줄 알았던) 새롭고 더 높은 곳에 시선이 걸려버렸기 때문이다. 스테이시나 매리언이 나와 내 삶의 새로운 전망을 어떻게 생각할까, 내가 그들보다 많은 돈을 벌 수 있을까, 하는 고민을 아무리 스스로에게 던져봐도 뜻대로 되지 않았다. 기준점이 극단적으로 바뀌어버린 것이다.

이제는 직관적으로도 수입차나 금목걸이보다 시간, 독립, 자유 같은 개념이 더 값비싸고 소중하게 다가왔다. 독서나 사유로 생계를 해결할 수 있다고 생각하면 힘이 불끈 솟는 한편으로 겸손해지기도 했다. 물론 그것은 절대 손목에 내걸 수 없는 종류의 성공이었다. 지적 노동의 열매가 아무리 달콤하다고 한들 흑인 동네에서는 큼지막한 휠을 단 레인지로버처럼 '뻐길' 수 없다. 하지만

---

* 〈#1 Stunna〉. 고급 차와 액세서리로 부를 과시하는 곡이다.

이제 그런 것에 연연하지 않았다. 더는 흑인 동네에 속하고 싶지 않았다. 거기가 아니라도 내가 있을 만한 곳이, 어디라고 콕 집어 말할 수는 없어도 어디엔가는 있을 것 같다는 생각이 처음으로 들었다.

2학년 말에 철학으로 전공을 정하자 엄청나게 무거운 짐을 어깨에서 내려놓은 듯 후련했다. 그 무렵의 나는 어머니의 당부를 따르려고, 다시 말해 지적으로든 운동으로든 옷차림으로든 학문적으로든 문화적으로든 더는 거짓되거나 나 자신이 아닌 다른 무엇이 되지 않으려고 노력하고 있었다. 그리고 사랑에 빠져 있었다. 난생처음으로 가족에게도 떳떳이 말할 수 있는 순수하고 아름다운 사랑에. 2학년에서 3학년으로 넘어가는 여름방학에는 주말마다 어김없이 베트리스를 만났다. 베트리스는 워싱턴에 그대로 남아 있었지만, 그녀의 친구가 뉴욕 퀸스에 사는 남자친구를 보러 갈 때마다 차를 얻어 타고 뉴저지주로 오곤 했다. 그러면 나는 (그날 친구가 어떤 기분이고 뉴저지주 턴파이크고속도로에서 이탈할 의향이 얼마나 있느냐에 따라 위치가 조금씩 달라졌지만) 메트로파크주차장이나 몰리피처휴게소 중 한 곳에서 베트리스를 태워서 부모님의 집으로 데려왔다. 좀 이른 시간에 도착하면 그릴에 햄버거를 구워 먹었고, 늦게 도착하면 부엌에서 어머니가 직접 만든 살사소스에 토르티야 칩을 찍어 먹으며 부모님과 대화를 나눴다. 그러다 둘이서 방으로 들어와 니브이디를 보거나 각자 읽고 있는 책과 장래에 대해 이야기했다.

베트리스는 로스쿨을 나와 국제법 전문 변호사가 되거나 일본 기업이나 국제연합에서 통역사나 번역가로 활동하는 식으로 유창한 외국어 실력을 십분 활용하기를 원했다. 나는 종일 읽고 쓰고 말하고 생각하며 살고 싶었고, 그래서 정확히 어떤 직업이 될지는 여전히 잘 몰라도 철학자나 작가가 되면 좋겠다고 생각했다. 그렇게 솔직한 꿈을 말했을 때 베트리스는 비웃거나 눈을 동그랗게 뜨지 않고 다만 나를 응원해줄 뿐이었다. 우리는 어떤 인생을 함께 꾸려 나갈지 이야기했다. 그렇게 예전에는 이뤄지리라고는 상상도 못 했던 인생을, 하지만 이제는 무엇보다 간절히 원하는 인생을 꿈꾸다가 잠이 들곤 했다. 일어나면 우리는 부모님과 함께 아침을 먹었다. 베트리스는 가족이나 다름없었다.

베트리스가 워싱턴에 있고 어머니가 출근하는 평일에는 파피를 도왔다. 더 많은 학생이 우리 집을 찾아오기를 바라며 무수히 많은 전단을 봉투에 넣어 봉하고 주소를 적었다. 우리 부자의 인생에서 그해 여름만큼 많은 시간을 같이 보낸 적도 없는 것 같다. 우리는 봉투 작업을 같이하며 이제는 남자 대 남자로서 더 친밀해졌다. 둘이서 문학과 철학과 의미 있는 인생을 사는 다양한 방법을 논하다 보면 시간이 가는 줄을 몰랐다.

어느 날은 오스카 와일드 이야기가 나와서 나는 찬성하는 편에서, 파피는 반대하는 편에서 예술을 위한 예술을 논했다. 파피가 말했다.

"예술도 다른 것들과 마찬가지로 다른 목적을 위한 수단이 되어야 해. 기왕이면 그 목적이 사람들에게 삶의 길을 알려주는 것이면 좋겠지."

나는 예술을 수단으로만 보는 시각은 예술을 폄하하는 것이라고, 예술 작품이 순전히 그 자체로 줄 수 있는 즐거움을 깎아내리는 것이라고 반박했다. 파피는 '즐거움'이라는 말에 눈썹을 치켜올리고는 체스보드를 가져오라고 했다.

내가 파피의 책상을 치우고 부엌에서 탄산음료를 가져와서 체스보드와 함께 놓는 동안, 파피는 빙긋 웃으며 내가 깊이 있는 양서들을 읽으면서 그렇게 만족감을 느낀다니 무척 흐뭇하다고 말했다(파피는 주로 "흐뭇하다"라고 말했지 "행복하다"라는 말은 거의 쓰지 않았다). 그 말을 들으니까 나도 좀 뿌듯했다. 이어서 파피는 표정을 바꾸고 창밖의 거리를 내다보면서 자신이 평생에 걸쳐 수많은 소설을 읽었지만 어떤 소설도, 아니 어떤 책도 즐거움을 느끼려고 읽은 적은 없는 것 같다고 토로했다. 그러면 안 될 것 같은 기분이 든다는 것이었다. 파피는 오스카 와일드가 권할 법한 방법으로 소설을 감상하거나 단지 어떤 소설이 아름답게 쓰이거나 절묘하게 쓰였다는 이유만으로 읽은 적이 없었다.

"나는 소설을 읽을 때도 무조건 펜을 쥐고 밑줄을 그어 가면서 읽었다, 아들아. 밑줄 긋는 걸 좋아해서 그런 게 아냐. 뭐라도 지식을 건져서, 뭐라도 실용적인 지식을 건져서 내 인생을 발전시켜야 한다는 강박 같은 거였지. 모르는 게 너무 많은데 나한테 뭐라도 가르쳐주는 사람이 아무도 없었거든. 그래서 나한테 필요한 지식은 모두 책 속에 있을 테니까 책만 열심히 읽으면 다 될 거라고 생각했다. 그러니까, 그래, 책이란 걸 그냥 예술 작품으로 취급할 수가 없었지."

　나중에 다시 그 말을 생각하자 원래는 재미있어야 할 경기에 죽기 살기로 임하면서 즐거움은 남의 이야기로 미뤄두었던 세인트앤서니의 선수들이 불현듯 떠올랐다. (그것이 진짜든 허상이든 간에) 거기에 걸린 것이 워낙 크다 보니 다른 아이들에겐 신나서 하는 운동이 그들에겐 일종의 노동이 되어 있었다. 그때 알았다. 내가 책을 즐겁게 읽을 수 있는 것은 다름이 아니라 파피가 내 나이 때 똑같은 책을 즐겁게 읽지 못했기 때문임을. 그러자 너무 불공평하다는 생각이 들었다. 나는 그저 시대를 잘 타고났을 뿐이란 뜻이었으니까. 그래서 파피에게 독서에 대한 칭찬을 받았을 때 느꼈던 뿌듯함이 돌연 부끄러움으로 바뀌었다. 아버지에게 갚아야 할 큰 빚이 있다는 생각이 들었다. 그것은 단순히 책을 많이 읽어야 한다는 것이 아니었다. 내 친구나 동급생 들이 필사적으로 추구하는 것처럼 전문가로서의 지위와 피상적이고 물질적인 부를 성취해야 한다는 것도 아니었다. 내가 느낀 부채감은 그런 것과는 전혀 다른 차원의 이야기였다.

그 일이 있고서 여름이 다 가기 전에 『카라마조프가의 형제들』
(오스카 와일드가 어떻게 평했을지 궁금할 정도로 매우 심각한 책)을
사서 읽었을 때 파피가 많이 생각났다. 보르헤스에 따르면 이슬
람교에는 천국으로 통하는 숨겨진 문들이 활짝 열리고 "항아리의
물이 여느 밤보다 달콤해지는" 특별한 밤, 일명 밤 중의 밤이 존재
한다. 처음으로 도스토옙스키를 만났을 때가 바로 그런 밤이었다.
도스토옙스키의 작품을 읽어야겠다고 생각한 것은 그보다 두
달 전에 강의실 뒤편에 앉아 '현대 예술 입문' 수업을 듣고 있을
때였다. 교수가 프로젝터에 독일표현주의를 대표하는 단체 브뤼
케Die Brücke의 일원이었던 미술가 에리히 헤켈Erich Heckel의 〈탁자의
두 남자Zwei Männer am Tisch〉라는 작은 목판화를 담은 슬라이드를 올
렸다. 설명이 이어졌다.
"『카라마조프가의 형제들』에서 「대심문관」 장에 나오는 장면
을 표현한 작품입니다. 오른쪽에 있는 건 이반 카라마조프, 지성
혹은 이성과 의심을 상징하는 인물이죠. 왼쪽에 있는 동생 알료
샤는 영성 혹은 신앙을 상징합니다. 아직 이 책을 안 읽어본 사람
들을 위해 설명을 좀 하자면, 많은 사상가들에게 기독교에 대한
가장 신랄한 반론이라고 평가되는 메시지를 이반이 던진 직후의
장면입니다. 흔히 우리가 인생에 대해 알아야 할 것은 이 책 안에

다 있다고 하죠. 그러니 아직 안 읽어봤으면 이 기회에 꼭 읽어보길 권합니다."

교수는 헤켈에 관해 조금 더 덧붙여 설명하고 다음 내용으로 넘어갔다. 나는 도스토옙스키에 대한 이야기를 공책에 꼼꼼히 받아 적었다. 슬라이드가 바뀌고 한참이 지나도록 마음에 아로새겨진 그 목판화의 여운이 가시질 않았다.

처음 내가 도스토옙스키에게 끌린 이유는, 알료샤를 단단히 두둔하는 그의 태도에 비춰볼 때 저자의 의도에 반하는 것 같긴 하지만 그 이야기에서 드러나는 지성적인 사고와 도전적인 이성에 매료됐기 때문이었고, 합리성을 이룩하려는 분투가 시급했기 때문이었고, 기존에 주입된 믿음을 논리적 논증과 비판적 사고를 통해 재검토하는 행위가 절실했기 때문이었다. 요컨대 자유를 향한 부르짖음이었달까. 약 15년 동안 술고래 사제와 선량한 수녀들이 나에게 일방적으로 주입한 미신적 가톨릭 신앙은 이미 나를 인도할 힘을 잃은 상태였다. 따라서 내가 무신론자나 불가지론자가 되는 데 도스토옙스키가 반드시 필요했던 것은 아니었다. 하지만 내 안에서 진작부터 소용돌이치고 있었지만 형용할 방법을 몰랐던 생각들을 똑똑히 표현하려면 이반 표도로비치가 꼭 있어야 했다.

인간은 자유를 택하느니 무엇이 됐든 다른 것을 택한다. 나는 오래전부터 그 증거를 내 주변 곳곳에서, 스테이시와 앤트에게서, 물론 나에게서도 목격했다. 우리는 대부분 양 떼요, 쥐 떼였다. 진짜로 나답게 살고 싶고, 진짜로 나란 사람을 창조해보고 싶다는 욕구가 있는 사람은 극히 드물었다. 그보다는 '저 위'에서 내려오는 지시를 받아들이는 편이 훨씬 쉬웠다. 내가 속한 곳에서 저 위란 곧 길바닥이었기에 래퍼와 깡패와 갈보 들이 '진짜'의 대심문관으로서 지시를 내렸다. 그들이야말로 우리의 종교요 아편이었으며 우리의 주인, 우리의 못되고 새로운 주인이었던 힙합 문화의 대사제들이었다. 나와 피부색이 같은 또래 중에서 도스토옙스키를 읽은 사람은 단 한 명도 못 봤는데도, 나는 그가 보여주는 낯선 러시아의 풍경 속에서 자신의 단면을 확실히 포착할 수 있었다.

우물 안 개구리에게는 우물이 세상의 전부

그해 가을에 나는 36번가와 엔가^{N Street}의 교차점에 있는 코버홀 생활관으로 기숙사를 옮겼다. 거기서도 펍이랑 디와 같이 사생실을 썼고, 브루클린에서 온 맷과 뉴욕주 뉴로셸 출신인 2학년 어킬리즈도 룸메이트가 됐다. 직전 학기에 자퇴했다가 재입학한 플레이보이는 캠퍼스에서 한참 떨어진 듀폰트서클 부근의 건물에 살면서 공강 때와 일과 후가 되면 우리 사생실을 자기 집처럼 찾아왔다. 사생실에는 그 말고도 항상 사람들이 들락거렸는데 대개 빈손으로 오기보다는 우리가 사랑하는 길 건너의 식료품점 와이즈밀러스에서 샌드위치와 탄산음료를 사 왔다. 사생실은 무척 컸다. 추첨 운이 좋아서 방이 세 개 딸려 있고, 노출형 벽돌벽으로 실내를 장식한 복층 구조의 방에 당첨되었다. 발코니도 세 개나 있었는데, 각 발코니에서 계단을 내려가면 안뜰로 통했다. 우리는 이사를 마친 뒤 이동식 자쿠지부터 사서 돌출된 벽돌벽과 발코니 사이 반쯤 가려진 모퉁이 공간에 설치해두었다. 자쿠지는 위생 관리와 수소이온농도 균형 유지가 굉장히 어렵다는 점은 둘째치고 애초에 기숙사에 허용되지 않는 시설물이었다. 무겁기까지 해서 언젠가 바닥을 뚫고 아래층으로 추락하거나 균열이 생겨 거실을 물바다로 만들진 않을까 걱정스러웠다. 그리고 그 자쿠지 바로 위층에 내 침대가 있었다. 침대 위로 난 남향 창문은 날씨가 포근할 때마다 항상 활짝 열어놓곤 했다.

9월의 화창한 날 아침, 꽝 하는 굉음에 벌떡 일어났다. 나는 드디어 올 것이 온 거라며 옥외용 욕조를 기숙사 거실에 두고도 무사할 줄 알았냐고 자신을 탓했다. 최악의 사태를 예상하며 잽싸게 계단을 내려가서 벽돌벽 뒤편을 봤더니 물기 한 점 없이 멀쩡하기만 했다. 마음이 놓이면서도 천둥소리나 방바닥이 무너지는 소리 같았던 그 요란한 충격음이 어디서 난 건지 궁금했다. 어쩌면 꿈이었는지도 모르겠다고 생각하면서 비틀비틀 계단을 올라가 침대로 돌아가 막 잠이 들려는 찰나, 이번에는 휴대폰이 울리는 바람에 다시 깼다. 아직 이른 시간이라 비몽사몽간에 전화를 받으니 어머니 목소리가 들렸다.

"얘야, 자는 거 깨워서 미안한데, 세계무역센터에 비행기가 충돌했대."

"네? 아니, 엄마, 그거 진짜 황당한 일이긴 한데, 지금 그거 말해주려고 깨우신 거예요?"

대체 무슨 소리인가 싶었다. 아마추어 비행사가 세스나 경비행기를 타고 과욕을 부리다 건물에 부딪혔겠거니 생각하며 잠이 덜 깬 목소리로 대꾸했다.

"사고인지 고의인지는 아직 모른대. 근데 펜타곤에서도 연기가 난다는 보도가 나와서 전화했어."

그 말에 잠이 싹 달아났다. 샌들을 대충 꿰신고 텔레비전이 있는 아래층으로 내려갔다. 내가 제일 먼저였는지 아니면 맷과 어킬리즈가 이미 나와 소파에 앉아서 뉴스를 보고 있었는지 정확히 기억나진 않는다. 하지만 점점 많은 사람이 계단을 내려오고 문으로 들어와서 텔레비전 앞에 다닥다닥 모여든 것은 생생히 기억난다. 아무도 입을 떼지 않았다. 모두 잠자코 앉아 화면 속에서 자꾸만 반복되는, 어느 블록버스터의 예고편 같은 장면을 멍하니 보고만 있었다.

쌍둥이 타워가 검은 연기에 휩싸여 있었고 사람들이 창밖으로 뛰어내렸다. 위장이 뒤집히는 느낌이었다. 별안간 남쪽 타워가 제 몸을 통째로 집어삼켰다. 조금 전까지만 해도 건물이 존재했던 자리가 텅 비어 있었다. 누군가가 "이런, 씨팔!" 하고 탄식하며 입을 막았고, 화면에 고정된 우리 눈에 눈물이 그렁그렁 고였다.

그날 늦은 오전에서 이른 오후쯤 어머니의 직장으로 전화를 걸었다. 모든 회선이 통화중이라 연결되지 않았다. 브루클린에 있는 베트리스도 연락 두절이었다. 플레이보이와 조시라는 친구와 함께 똑같이 얼이 빠진 상태로 옥상에 올라가 보니, 포토맥강 건너편의 국방부 청사 펜타곤이 뿜어내는 검누런 연기가 티 하나 없는 파란 하늘 위로 곧은 기둥처럼 천천히 피어오르고 있었다. 햇빛에 반짝이는 푸른 강물 너머의 버지니아주 북부를 우두커니 보고 있자니, 아침에 들은 소리는 십중팔구 폭발음이었겠다는 생각이 들었다.

도시에 내려앉은 정적을 깨는 것은 사이렌 소리와 늦여름의 더없이 맑은 공기를 오염시키는 헬리콥터의 소음뿐이었다. 우리 셋은 옥상에 앉아 케네디센터, 제퍼슨기념관, 키브리지Key Bridge, 국회의사당 같은 명소가 펼쳐진 전경을 이쪽저쪽으로 훑었다. 번번이 강 너머의 불길로 시선이 꽂혔다. 누군가 카메라를 꺼내 사진을 찍었지만 사진으로는 그 순간의 실상을 다 담을 수 없었으리라. 우리끼리만 있고 싶지 않아서 잠시 뒤 시장기도 달랠 겸 거리로 내려갔다.

도시는 텅 비어 있었다. 평소 같았으면 차들이 줄지어 달렸을 엠가지만 어쩌다 한 번씩 지나가는 군용 차량이나 경찰청 순찰차를 빼면 돌아다니는 차는 한 대도 보이지 않았다. 도로 한복판을 건너 문을 열고 들어간 올드글로리는 남부식으로 요리한 커다란 갈비를 전문으로 파는 식당으로, 파피가 조지타운에 오면 단골처러 들르는 곳이었다. 마침 영업중이었고 커다란 텔레비전에서 뉴스가 나오고 있었다. 정확히 기억나진 않지만 아마 샌드위치와 맥주를 시켰던 것 같다.

평소에 거창한 일반화("자본주의는 병들었다", "나는 소비한다, 고로 나는 존재한다")와 음울하고 우울한 생각을 좋아하는 플레이보이가 바로 장광설을 펼치기 시작했다. 플레이보이는 현재 세상이 죽어가고 있다고 봐야 할 갖가지 이유를 늘어놓으며, 졸지에 후쿠야마가 헌팅턴보다 훨씬 선견지명이 떨어지는 사람이 됐다고 했다.* 역사가 종말을 맞기는커녕 파멸적인 문명의 충돌이 발생하고 있으며, 그 충돌은 그간 서방세계가 자초한 사태라는 것이었다. 조시도 프랜시스 후쿠야마와 새뮤얼 필립스 헌팅턴이 누구이며 어떤 사상을 전개했는지를 익히 알고 있는지 양자에 대해 신중한 회의론을 제기했다. 두 사람 다 처음 듣는 이름이었다.

나는 그날의 변고 앞에서 답답함과 무력함을 느끼는 한편, 감히 그 대화에 낄 수 없는 자신의 무식함을 느꼈다. 뭐라고 한마디라도 해야 할 것 같아서, 그 불상사에 대해 미약한 의견이나마 제시해야 할 것 같아서 생각나는 대로 아무 말이나 내뱉었다. 솔직

* 프랜시스 후쿠야마는 『역사의 종말』에서 냉전의 종식으로 이데올로기 전쟁이 끝나고 서방의 자유민주주의가 보편화됨으로써 역사의 발전이 완료됐다는 낙관론을 펼쳤고, 새뮤얼 헌팅턴은 『문명의 충돌』에서 냉전이 종식된 후 문화와 종교를 기반으로 한 문명간의 충돌이 발생할 것이라며 후쿠야마의 이론에 반박했다.

히 말도 안 되는 소리였다.

"이제 우리는, 그 영화 있잖아, 〈스워드피쉬〉에서 존 트라볼타가 한 것처럼 해야 해. 테러리스트들을 벌벌 떨게 해야지. 그러면서 중국의 위협에도 대처해야 해. 걔들이 우리한테 하는 짓이야말로 경제적 테러잖아."

내가 '중국의 위협'이란 표현을 쓴 이유는 간단했다. 전에 파피의 책장에서 언론인 빌 거츠Bill Gertz가 쓴 같은 제목의 책을 본 적이 있어서인지 마침 그 책이 뇌리에 떠올랐던 것이다.

"중국의 위협?"

조시가 물었다.

"그래, 중국의 위협. 사람들이 그쪽으론 별로 신경을 안 쓰는 것 같아."

"너 지금 중국 주석이 누군지는 아냐?"

뜨끔한 질문이었다.

"마오쩌둥?"

그렇게 금방 밑천이 드러났다. 하지만 옛 친구나 동급생 들과 더 넓은 세상을 논할 때는 그 정도 수준이면 충분했고, 이번에도 그저 어릴 적부터 하던 대로 했을 뿐이다. 아무 말이나 던지는 것. 원래 그러면 되는 것이었다. 무슨 일인가 터졌지만 다들 아는 것도 없고 그렇다고 뭘 알아보기도 귀찮으니까, 그냥 근거 없는 주장을 내놓으면서 분노나 권위를 가장하면 그걸로 되는 거였다.

하지만 그날 터진 일은 나를 심히 혼란스럽게 했다. 예기치 못한 사태 앞에서 그동안 거들떠보지 않던 지역을 새롭게 조명해야 했으니. 시사, 외교, 21세기 국제적 현실의 기본 양상을 논하기에 나는 소양이 한참 부족했다.

특히 조지타운 같은 명문대 학생치고는 유난히 무식했다. 조시와 플레이보이처럼 여기저기를 많이 다녀보고 많이 아는 친구들과 비교하면 너무 아는 것이 없었다. 내가 속한 끈끈한 공동체의 바깥에서 벌어지는 일에 대해서는 철저히 무관심했으니까. 남들이 뉴스를 보건 말건 나는 BET를 보면서 살아왔다. 19년 동안 내가 잘 알고 사랑한 힙합이란 이름의 땅, 그 국경을 둘러싼 철책 너머로는 정신적으로든 육체적으로든 나가본 적이 거의 없었다. 그 땅에 사는 대다수 동포도 마찬가지였다. 우리는 그 옛날 철의 장막 뒤편에 갇혀 이동의 자유를 박탈당하고 들끓는 프로파간다 속에서 사는 사람들과 다름없었다. 대부분이 일종의 스톡홀름증후군에 걸려 있었다. 즉, 우리를 억류한 자들을 사랑하고 바깥세상을 경멸했다.

더는 그렇게 살지 않으려고 부단히 노력했지만 그 땅에서 꼭두각시로서 유년기와 청소년기를 보내며 생긴 부작용은 쉽게 가시지 않았다. 고차원적인 영역 이전에 기초적인 영역부터 부족했다. 내가 고등학교 때 어울렸던 친구들은 모두 여권이 없었고, 굳이 여권을 발급받으려는 의향도 없었다. 라틴아메리카나 중동의 지명이 나오면 우리가 떠올리는 것은 그저 노레아가Noreaga, 에스코바르Escobar, 카다피Kadafi, 페이털 후세인Fatal Hussein 같은 예명으로 활동하는 래퍼뿐이었다. 하나같이 고등학교를 중퇴한 그들은 보트를 타고 마약 국가로 넘어갔다느니, 콜롬비아인에게 결박당했다느니, 철권으로 마이크의 독재자가 됐다느니 하는 뻥을 그럴듯하게 쳐대는 작자들이었다.

사실 우리는 유럽이나 아시아에 대해 그다지 진지하게 생각하지 않았고, '아프리카계 미국인'이라고 불리면서도 아프리카에 별로 관심이 없었다. 내가 자란 곳에서는 바베이도스보다 멀리만 나가도 '진짜' 취급을 받지 못했다. 가장 멀리 떠나본 여행지는 멕시코의 티후아나였다. 찰스는 푸에르토리코였던 것 같다. 물론 나와 비슷한 생김새에, 나와 다른 여행 경험을 가진 사람도 몇 명 있긴 했다. 베트리스는 일본에서 살다 왔고, 파피는 태평양 건너 모스크바와 대서양 건너 세네갈과 말리까지 가봤으며, 샘의 어머니는 유럽을 포함한 여러 지역을 다녀왔다. 하지만 나는 그것을 어디까지나 예외적이고 별난 경험으로 치부했다. 그들이 그런 곳에서 세상을 다른 각도에서 바라보는 경험을 했다는 사실은 내게 아무런 감흥도 일으키지 못했다. 철학책과 문학책을 계속 읽었으면서도 나를 둘러싼 세계를 제한적으로 협소하게 받아들이는 관념은 그대로였다. 그런 내 한계를, 그 화창하지만 왠지 비현실적이고 으스스했던 9월의 아침에 확연히 깨달았다.

내 명백한 무지에 심한 충격을 받은 나머지, 박학다식한 성인이 되려면 강의실 밖에서도 지식을 습득해야 한다는 생각에 안달이 났다. 하지만 부족한 기초를 어디서부터 어떻게 보충해야 할지 감이 잡히질 않았다. 어느 날 도서관에서 공부하고 있는데 평소에 공부와 담쌓고 지내며 잡지만 읽는 플레이보이가 2층에 가면 잡지 과월호가 많다고 무덤덤하게 말했다.

"거기 뭐 좋은 거 있냐?"

내가 책에서 눈을 떼고 물었다.

"흐음, 『하퍼스Harper's』는 잔뜩 있어."

"하퍼스?"

시답잖은 여성 패션지를 말하는 줄 알고 피식 웃고는 장단을 맞춰주려 하는데 플레이보이가 치고 들어왔다.

"『하퍼스 바자』 말고. 다른 잡지야. 아마 마음에 들 거다."

그러고는 직접 한 부를 가져다주며, 이 잡지가 마음에 들면 『애틀랜틱The Atlantic』도 괜찮을 거란 말을 덧붙였다. 표지를 한참 들여다보고 있자니 어딘지 모르게 낯익은 느낌이었다. 가만 생각해보니 파피의 책상에서 여러 번 본 기억이 났다.

그날부터 한가할 때는 혼자 도서관에 가서 『하퍼스』와 『애틀랜틱』 과월호를 파고들었다. 금요일과 토요일 밤에 플레이보이와 나머지 친구들이 술을 마시고 여자를 꼬실 때, 나는 창밖으로 포토맥강과 버지니아주 로슬린의 야경이 보이는 열람실에 앉아 있었다. 어쩌다 한 번씩 들어오는 경비 아저씨를 빼면 오롯이 혼자였던 그 공간에서, 설탕을 넣은 커피를 일회용 컵으로 들이키며 뒤늦은 공부에 매진했다.

강의실 안에서는 철학에 빠져들었다. 실존주의에 탐닉했는데 왠지 거기에서는 내 아버지의 흔적이 느껴졌다. 니체를 파고들자 파피의 발자취가 보였다. 오래전에 파피가 먼저 다녀간 게 틀림없었다. 오직 파피만이 썼던 어휘와 문구와 사고방식이, 파피가 평소에 말할 때 섞어 썼고 어린 내게는 너무 이상하게 느껴졌던 조각과 파편이 이제는 텍스트 속에서 파피를 추적하는 단서가 됐다. 나는 흡사 탐정처럼 지성의 땅에서 아버지가 밟았을 경로를 좇기 시작했다. 당신에게 주어진 세계, 그 부조리가 당신에게 숱한 고통을 안겼을 세계를 이해하고 그 속에서 홀로 길을 내고자 당신이 걸었을 곳들을 좇았다. 니체의 『도덕의 계보』에서 "강인한 성공자는 딱딱한 음식물도 삼켜가며 식사를 소화하듯 (행동과 비행을 포함해) 자기 경험을 소화한다"라는 구절을 읽었을 때 나보다 별로 나이가 많지 않았던 파피가, 당시만 해도 같이 방을 쓸 흑인 학생이 별로 없어서 독방에서 혼자 책상 앞에 앉아 있는 모습으로 그려졌다. 냉혹한 시기를 살았던 파피에게 온기처럼 작은 위안이나마 안겨줬을 문장을 만나니 니체가 친구처럼 고마웠다.

철학책 속에서 보이는 사람은 파피만이 아니었다. 나와 옛 친구들도 도처에 있었다. 실존주의는 실존이 본질에 선행한다는 사상으로, 요컨대 우리 행동이 우리를 규정하고, 따라서 우리가 우리 행동에 책임을 져야 한다는 철학이다. 시몬 드 보부아르의 주장처럼 "여성은 태어나는 것이 아니라 만들어지는 것"이라면 깡패와 폭력배와 포주 그리고 깡패 지망생과 폭력배 지망생과 포주 지망생도 날 때부터 그런 사람은 아니겠다는 생각이 들었다. 자기 자신으로 존재하는 법을 터득하면 우리는 이 길이 아닌 저 길을 선택할 수 있다. 라숀은 살인자가 되는 길을 선택했고, 앤트완은 여자를 냉대하는 길을 선택했고, 나는 그들을 동경하고 모방하는 길을 선택했다. 우리 모두 다른 선택을 할 수 있었다. 이반과 알료샤가 시작한 자유를 대상으로 한 대화를 실존주의자들이 이어가고 있었다. 그들은 자유의 진정한 의미를 궁구하고 있었다. 『존재와 무』에서 사르트르가 카페드플로르에 앉아 전형적인 파리의 가르송garçon, 즉 카페 종업원을 관찰하는 대목을 읽었다.

그의 몸놀림은 날래고 과감하며 조금 지나치게 정확하고 조금 지나치게 민첩하다. 그는 손님에게 조금 지나치게 빠른 걸음으로 다가온다. 그는 조금 지나치게 적극적으로 상체를 숙이고, 그의 목소리와 눈빛은 손님이 주문하는 메뉴에 조금 지나치게 세심한 관심을 표한다. 잠시 뒤 다시 돌아올 때 그의 걸음은 로봇의 뻣뻣함과 딱딱함을 모방하고, 쟁반을 든 그의 자세는 외줄 곡예사처럼 무모하여 그 끊임없이 불안정하고 끊임없이 불

균형한 쟁반의 균형을 팔과 손의 가벼운 놀림으로 끊임없이 잡는다. 그의 모든 행동이 우리에게는 놀이처럼 보인다. 그는 마치 한 동작이 다음 동작을 조정하는 기계들처럼 자신의 동작들이 잘 연결되도록 애쓴다. 그의 몸짓은 물론이고 목소리마저도 기계처럼 느껴진다. 그는 자신에게 기계들의 신속함과 매정한 민첩함을 부여한다. 그는 연기하고 그것을 즐긴다. 그런데 무엇을 연기하는 것일까? 우리는 그를 오래 지켜보지 않아도 말할 수 있다. 그가 카페의 종업원으로 존재하는 것을 연기한다고.

그 무렵에 자꾸 생각나는 사람이 있었다. 조지타운에서 알게 된 윌이라는 애였다. 뉴잉글랜드 출신의 윌은, 그냥 적당히 좋은 정도가 아니라 최고로 꼽히는 기숙학교를 나와 조지타운에 테니스 특기장학생으로 입학했다. 피부가 새카맣고, 느릿한 걸음에 여유가 있었으며, 옷장에는 아베크롬비앤드피치 옷이 즐비했고, 남색 바탕에 빨간색 글씨가 박힌 보스턴 레드삭스 모자를 뒤로 돌려서 쓰고 다녔다. 뉴잉글랜드에서 윌이 다닌 기숙학교에는 흑인 학생이 그리 많지 않았을 것 같은데, 그곳에서 조지타운의 흑인 공동체로 넘어온 윌은 명실상부한 인기인이었다. 윌은 레드스퀘어를 걷다가 흑인들이 벤치에 앉아 있으면 멈춰서 어깨를 조금 지나치게 낮추며 벤치에 꼭 한두 명씩은 있는 아는 사람과 멋지게 손바닥을 치면서 악수를 했다. 밤에는 코가 비뚤어지게 취해서 말이 거칠어졌고, 가끔은 조금 지나치게 거칠어졌다. 언젠가 어킬리즈와 말싸움이 붙은 월은 고래고래 협박을 했다. 이번에도 조금 지나치게 큰 소리로. 포기보텀에 있는 바에서 러스티가 붐비는 인파를 비집고 지나가다가 월과 부딪히자 휙 돌아선 그가 종주먹을 들이대며 "어이, 뒈지고 싶냐, 흰둥이 녀석아?"라고 외친 적도 있었다. 월은 졸업 직전에 퇴학당했다.

"테니스 치는 월 있잖아. 걔 왜 퇴학당했냐?"

내가 친구에게 물었다.

"그 녀석 기숙사에서 백인 남자애 방에 총 들고 쳐들어갔잖아!"

월은 코미디언 데이브 셔펠Dave Chappelle이 말하던 "진짜처럼 보이려다 진짜 사고 치는 사례"를 현실에서 구현한 뒤 경찰에 체포되어 학교에서 쫓겨난 것이었다. 친구가 설명을 덧붙였다.

"대마초 팔다가 외상값 받으러 간 거라더라."

월이 나온 사립학교는 명문 중의 명문 아니었던가? 그런 애가 왜 그런 시궁창에 빠졌을까? 이해할 수 없겠지만 그는 사실 연기를 하고 있었던 것이다. 무엇을? 오래 생각하지 않아도 말할 수 있다. 힙합 시대의 흑인 남자로 존재하는 것을 연기했다고.

월의 본질은 깡패가 아니었다. 그런 것과 거리가 멀어도 한참 멀었다. 다만 깡패가 됐을 뿐, 깡패가 되기를 선택했을 뿐이다. 마음 깊은 곳에서는 월도 자신이 그런 사람이 아님을 알았을 것이다. 이것이 바로 사르트르가 말한 "자기기만"이다. 자신을 속여서 어떤 역할을 연기하는 것. 문제는, 진짜처럼 보이려고 애쓰는 사람이 윌 혼자만은 아니었다는 점이다. 우리 모두가 그랬다. 그렇다면 폼 잡는 법을 연습한 우리는 세심한 프랑스인 종업원과 무엇이 달랐을까? 사르트르가 관찰한 불운한 가르송과 유일하게 다른 점이 있다면, 우리가 내린 선택 때문에 우리는 카페드플로르보다 훨씬 혹독한 환경에 처하게 된다는 것이었다.

아버지는 1937년에 텍사스주 롱뷰에서 태어났다. 당시 남부는 인종 분리 정책이 횡행하고 나른한 여름의 열기 속에 이상한 열매가 나무에서 대롱거리는 곳이었다.[*] 아버지의 외증조할아버지 샤드라크 존스는 루이지애나 주에서 노예로 살았다. 아버지의 외할머니 코라 맥리모어는 평생 투표권을 갖지 못했다. 코라는 땅을 소유했지만 재건 시대[**]를 목격해야 했다. KKK^Ku Klux Klan 백인들이 말을 타고 흑인 마을에 쳐들어오면 자식과 손주 들을 데리고 포치 밑에 숨어서 바들바들 떨어야 하는 수모를 수없이 겪었다. 흑인이 병원 응급실에 가면 뒤에 온 백인들에게 자꾸만 차례가 밀리는 시대였다. 백인 환자들은 빈부 노소에 무관하게 무조

---

[*] 백인들에게 무차별 폭행을 당하고 나무에 매달린 흑인들의 시신을 이상한 열매에 비유한 빌리 홀리데이의 노래 〈Strange Fruit〉에서 차용.

[**] Reconstruction Era. 남북전쟁 후 국가를 재건하는 시기였으나 남부에서는 흑인을 향한 차별과 폭력이 다시 판치는 계기가 된다.

건 흑인보다 먼저였다. 그래서 대기실에서 흑인 환자가 사망하는 일이 비일비재했다고 파피에게 들었다. 파피가 스물일곱이던 1964년 비로소 공민권법이 제정되어 조국이 그를 어엿한 시민으로 인정할 수밖에 없게 됐다. 파피의 인종은 외모만을 규정한 것이 아니라, 행동만큼이나 강하게 또는 행동보다도 강하게 내면까지를 규정한 것이다.

사르트르에 따르면 우리는 단 한 사람도 빠짐없이 절대적으로 자유롭다. 샤드라크도 예외가 아니었다. 적어도 이론상으로는 파피의 외증조할아버지 반란, 투쟁, 도주를 선택할 수 있었다. 자살을 선택할 수도 있었다. 선택하기를 거부하고 그대로 사는 것을 선택할 수도 있었다. 사르트르라면 우리 각자가 오로지 자유에 대해서만 노예일 뿐이라고 말했을 것이다. 그럴듯한 사상이다, 책으로 볼 때는. 이는 지성적 차원에서 보면 진실일지도 모른다. 하지만 그 밖의 여러 차원에서 보자면, 예컨대 현실 경험이란 차원에서 보자면, 월과 나는 샤드라크와 코라와 파피를 비롯해 우리를 앞선 모든 흑인 세대보다 훨씬 자유롭다는 사실을 부인하기 어렵다. 그런 생각을 거듭할수록 죄책감과 그리 다르지 않은 감정이 깊어졌다. 잘못을 저질러 생기는 죄책감이 아니라 내가 누릴 자격이 없는 혹은 내가 노력해서 쟁취하지 않은 것을 거저 받음으로써 생기는 죄책감이었달까.

집에 가기로 되어 있던 그해의 크리스마스 연휴로부터 며칠 전 토요일, 아침 일찍부터 파피가 전화를 걸어왔다. 잘 지내냐고 묻는 파피의 목소리에서 심상치 않은 기운이 느껴졌다. "뭐예요, 무슨 일인데요?" 하며 물어보자, 파피는 간밤에 집 앞에서 있었던 일을 전해줬다.

부모님 집 지하실에서 살고 있던 형은 밤 10시인가 11시쯤에 법률사무소에서 퇴근해서 귀가하고 있었다. 집 앞 진입로에 차를 세우자 팬우드경찰서 순찰차가 경광등을 번쩍이며 뒤에 섰고 아일랜드계와 이탈리아계의 젊은 경찰관 두 명이 튀어나왔다. 얼마나 됐는진 몰라도 그 경찰관들은 모퉁이에 차를 댄 채 계속 기다리고 있던 것이다. 그들은 출근복을 입고 있는 형에게 꼼짝 말고 그 자리에 있으라며 다가왔다. 워낙 작은 동네인 데다가 형은 소싯적에 교통법규 위반 딱지를 워낙 많이 떼서 그중 한 명과는 이름까지 알고 있는 사이였고, 그 경찰도 형을 알고 있었다.

"무슨 일이시죠?"

형이 용건을 물으면서 중고로 사들인 은색 포드에 기대서 담뱃불을 붙였다.

"체포영장 나왔습니다, 클래런스 씨."

경찰관 한 명이 비아냥대듯 말했다.

"무슨 체포요?"

"범칙금 미납하고 법원에 출석을 안 했나 본데요."

"아, 그거, 착오가 있었어요. 9월 12일에 출석해야 했는데 그날 9·11 때문에 난리가 나서 관공서가 문을 닫았잖아요. 법원도 닫았는데 컴퓨터는 계속 돌아가니까 나처럼 12일로 잡힌 사람들한 테는 자동으로 체포영장이 발부된 거죠. 13일에 법원이 업무를 재개하면서 영장이 취소됐다는 통지서가 발송됐어요. 집에 있으니까 가져올게요."

"됐고, 서에 가서 얘기합시다. 잠은 서에서 주무시고."

경찰관이 킥킥대며 말했다.

"경찰서를 왜 갑니까. 집에 통지서가 있다니까요. 바로 가서 가져올게요."

형이 차고로 이어지는 짧은 진입로로 들어섰다. 경찰관들이 멈추라고 명령했다. 형은 담배를 튕긴 뒤 마저 걸어가서 차고 문을 열었는데, 들어가려는 형을 경찰관 한 명이 와락 붙들었다.

"이거 놔요. 가서 가져온다니까요. 착오라고요. 보여줄게요."

"착오는 무슨 착오."

"좋아요. 그러면 내가 경찰서에 전화해서 윗사람과 직접 얘기해보죠."

형이 휴대폰을 꺼내려 했다.

"휴대폰에서 손 떼!"

경찰관이 소리쳤다. 뭔가가 잘못됐음을 감지한 형은 겁을 먹고 차고에 들어가 문을 닫으려 했다. 그러자 경찰관 두 명이 일제히 달려들었다. 문을 내리려는 형을 밀어붙이던 경찰관이 휘청거리자 다른 경찰관이 철제 맥라이트 손전등을 든 손으로 형의 얼굴을 있는 힘껏 후려쳤다. 앞니 두 개가 기름때에 전 차고 바닥에 네모난 치클릿 껌처럼 떨어졌다. 평소에 무서우리만치 고통을 잘 참아내는 형이지만, 그날은 그들에게 꺼지라고 고래고래 소리를 질렀다. 경찰관들은 작정하고 형을 바닥에 쓰러뜨리려 했고, 형은 어떻게든 버티며 몸싸움을 벌였다. 경찰관들은 차고에서 지하실로 이어지는 문 너머로 형을 떠밀었다.

침실에서 깜빡 잠이 들었던 파피가 발밑에서 나는 우당탕하는 소리에 놀라서 황급히 계단을 내려갔다. 다 내려가기도 전에 파피의 눈앞에는 두 백인 경찰관이 무방비 상태의 흑인 아들 위에 올라타 있는 장면이 펼쳐져 있었다. 형은 차가운 지하실 바닥에 등을 대고 대자로 뻗어 있었다. 남의 집도 아니고 자기 집에서. 경찰관 한 명이 정강이로 형의 멱살을 누른 채 머리를 시멘트 바닥에 찧고 있었고, 다른 한 명은 두 다리를 붙들고 있었다. 형은 시퍼렇게 붓고 피가 흐르는 입으로 연신 그들에게 욕을 퍼부었다.

"잠깐, 잠깐!"

파피가 지하실로 들어서며 외쳤다. 당시 아버지는 머리가 희끗희끗한 수준을 넘어 숫제 백발인 예순다섯 살의 노인이었고, 형처럼 카키색 면바지나 모직 긴바지에 와이셔츠를 입고 넥타이를 매고 조끼 스웨터를 걸치고 안경을 쓰고 있었음을 분명히 밝히고 싶다. 그런 노인이 들어왔는데도 우리의 잘나신 두 영웅 중에서 형의 다리를 붙들고 있던 쪽은 흥분을 가라앉히긴커녕, 벌떡 일어나서 총을 꺼내 들었다.

"그 빌어먹을 놈이 감히 내 집에서 내 면전에 총을 들이댔어! 평생 법을 어겨본 적도 없는 나한테 새파란 백인 남자애가 총을 겨눴다고."

전화기 너머에서 파피가 어찌나 숨을 거칠게 몰아쉬는지 심장 마비가 걱정될 정도였다.

나는 아버지를 진정시키려고 해봤지만 아버지가 설명하는 사태는 너무나 많은 일, 너무나 큰 응어리, 너무나 큰 상징성을 내포하고 있었다.

"그런데 아들아, 나는 둘 중 하나를 선택해야 했다. 그 새끼들이 내 아들을 패대기치고 두들겨 패는 걸 그냥 보고만 있든가, 아니면 그중 한 놈에게 달려들었다가 총에 맞고 죽어서 너희와 너희 엄마를 고생시키든가. 진짜 내가 차라리 죽으면 죽었지……"

파피가 그 이전에도 그 이후에도 들어본 적 없는 목소리로 목 메어 말했다. 목소리는 갈라졌고, 나는 내 인생에서 두 번째로 아버지가 우는 소리를 들었다. 아버지의 눈물, 세상에서 가장 마음을 저미는 소리. 파피는 아주 잠깐 울고는 금방 마음을 추슬렀다. 하지만 그 몇 초의 울음이 내 남은 평생에 메아리칠 것이다.

파피가 감정을 삭이며 다시 차분히 말하기 시작했다.

3부___ 자유롭게

"좀 이따 너희 어머니가 내려왔는데 무선전화기를 들고 있더라. 변호사와 이웃 사람들에게 전화를 걸었대. 그 사람들이 경찰서에 전화를 걸고 있다고 하더라."

"그래서 어떻게 됐어요?"

파피가 많은 것을 말해줬지만 요약하자면 이러했다. 경찰이 형에게 수갑을 채워서 경찰서로 데려갔고, 형의 치아만 바닥에 덩그러니 남았다. 출석일 변동을 알리는 통지서는 5미터도 채 떨어지지 않은 침대 옆 탁자에 놓여 있었다(영장을 발부한 관할 법원에서 그 뒤 팬우드경찰서에 영장 발부에 착오가 있었다고 통보했다).

애초에 과속으로 딱지를 뗀 형이 어리석었던 것일까? 그야 그렇다. 그리고 아무리 집에 날짜가 변경된 증거가 있기로서니 경찰이 가만히 있으라는데 집에 들어가려고 한 것 역시 심각한 오판이었던 것 같다. 그 점은 부인할 수 없다. 하지만 아무리 생각하고 또 생각해봐도 이웃에 사는 백인이었다면 과속처럼 사소한 위법행위로 자기 집에서 그렇게 험한 꼴을 당했을 것 같진 않다. 그건 상상조차 할 수 없는 일이다.

경찰에게 느끼는 그 본능적인 경멸감과 거부감을 내가 평생 떨쳐낼 수 있을까? 명색이 민중의 지팡이라는 그 못 배우고 과도하게 무장한 사내들이 근처에 있을 때 나는 한 번도 안전하다고 느껴본 적이 없었다. 또한 주변에 언제나 존재하는 인종차별을 일부러 못 본 척하려고 스스로를 속인 적도 없다. 인종차별은 보란 듯이 뻔히 존재하고 있으니까. 하지만 그 사건은 내게 인종의 비애이기 전에 가족의 비극이자 개인적 슬픔으로 다가왔다. 그 일이 내게 가한 타격과 파피에게 가한 타격은 엄연히 달랐다. 내 머리를 들쑤신 것은 파피가 느꼈을 고통이었다. 짭새 두 놈이 감히 그 더러운 발을 우리 집에 들이고, 불경하게 아버지의 사적인 공간을 훼손하며, 흑인을 대상으로 한 백인의 위법행위라는, 아버지가 평생 소화하려고 애써야 했던 음식물을 다시금 강제로 삼켜야 했을 때 느꼈을 고통을 생각하느라 골이 지끈거렸다.

그 개새끼들이 가증스러웠던 이유는 내가 무력감을 느껴서가 아니다. 오히려 나는 그 짐승만도 못한 것들에게 우월감을 느꼈다. 나는 그들이 어떤 인간이고 어떤 집에 살면서 월세를 얼마쯤 내는지를 잘 알았다. 게다가 구릿빛 피부에다 곱슬머리를 지닌 스무 살의 내가 이미 그 백인 놈들은 넘볼 수 없는 출셋길에 들어섰다는 것도 잘 알았다. 그 제복 입은 깡패들이 가증스러웠던 것은 내 형을 구타해서가 아니라(물론 그것도 이유이긴 했다) 내 아버지를 피해자로 만들었기 때문이었다. 그 일로 형은 상심하고 분노했다. 나와 어머니는 형이 총을 들고 그 겁쟁이들에게 보복하려고 들진 않을까 걱정했지만 다행히도 그런 일은 없었다. 형은 그 사건으로 자신감이 떨어지지도 않았고, 그 사건을 흑인이라면 감수해야 하는 불상사라고 생각할 일은 절대 없다고 내게 말해줬다. 이 대목에서 짚고 넘어가야 할 명백하지만 불공평한 진실은, 형과 내가 파피보다 자유롭다는 사실이다. 우리도 인종차별을, 때로는 폭력적인 인종차별을 경험하지만 그렇다고 20~30년 먼저 태어난 사람들처럼 인종만이 우리를 규정하지는 않는다. 그렇게 생각하자 심히 비극적인 동시에 심히 희망적이었다.

　1월에 학교로 돌아오자 플레이보이는 두 번째 자퇴로 영영 학교를 떠난 뒤 파리의 국민의회 의사당인 부르봉 궁전 근처에 살고 있었고, 나머지 친구들도 대부분 부에노스아이레스나 뉴질랜드 등 외국에서 공부하고 있었다. 그즈음에는 나도 우물을 벗어나는 것의 중요성을 단순히 아는 정도를 넘어 절감하고 있었지만, 1학년 성적이 처참했으므로 학기를 쉴 여유가 없었다. 사실상 1학년 때 휴학계를 써버린 셈이어서 계속 워싱턴에 남아 평점을 올릴 수 있는 최고의 수준까지 끌어올려야만 했다.

　찰스는 그런 문제를 겪지 않았다. 찰스는 경제학에 소질이 있었고, 케임브리지대학교에서 아무나 받아주지 않는 교환학생 프로그램에 참여했다. 찰스마저 떠나고 나니 정말로 혼자 뒤처진 기분이었다. 안 되겠다 싶어서 여권을 발급받고 봄방학 때 찰스와 조시와 러스티를 만나러 가는 런던행 일정을 잡았다. 조지타운에서 아직 외국어 필수 학점을 다 이수하지 않은 상태였기에 프랑스에서 운영하는 여름 단기 유학 과정에도 등록했다. 굳이 프랑스까지 가지 않고 뉴저지주의 주립 러트거스대학교에서 학점을 채우면 학자금 대출 부담을 많이 덜 수 있었다. 하지만 그 학기 내내 나는 떨치기 힘든 어떤 불안감에 시달렸다. 그런 기분은 런던 여행을 다녀와서 더욱 심해졌다. 뭐라고 정의할 수 없는 막연한 갈증이었다. 무엇을 갈구하는 갈증인지 나도 정확히 몰랐다. 그저 외국에 나가야 한다는 것, 그러지 않으면 많은 것을 잃게 되리라는 점만을 알 수 있을 뿐이었다.

왠지 한적하게만 느껴지는 조지타운으로 돌아와서 주로 펍과 코트에서 즉석으로 팀을 이뤄서 농구를 하거나, 예전 룸메이트였던 브라이언과 몇 시간씩 체스를 두면서 시간을 때웠다. 학업에서는 어느 때보다도 나를 강하게 몰아붙였다. 그 무렵 벨기에의 플라망어권* 출신으로 친절하고 진중한 철학자이자 헤겔 전문가인 빌프리트 페르 에이커 Wilfried Ver Eecke를 알게 됐다. 영어 발음에서 플라망어 억양이 강하게 느껴지는 페르 에이커 박사는 머리가 벗어지고 턱살이 두툼했으며 항상 회색 스리피스 정장을 입고 있었다. 옛 시대의 철학자 같은 느낌을 주는 그는 거의 항상 연구실에서 연구에 매진했다. 그 페르 에이커 박사가 나를 제자로 삼아 일대일로 『정신현상학』 강독을 해주기로 했다. 그에 앞서 자신이 보기에는 그 책이 "아마도 세상에서 제일 어려운 책일 것"이라는

---

* Flemish. 벨기에 북부 지역에서 사용되는 네덜란드어를 가리킨다.

경고도 잊지 않았다. 우리는 그 몇 달간『정신현상학』에서도 내가 절실히 이해하고 싶어 했던 부분, 헤겔이 "주인과 노예의 변증법"으로 명명한 부분만을 파고들기로 했다.

주인과 노예의 변증법은 일종의 상상 속 이야기 혹은 신화로 시작한다. 이는 헤겔이 단순한 삶, 즉 의식적 삶이 어떻게 경이로운 도약을 통해 자기의식적 삶 또는 삶 자체를 의식하는 삶, 주관적 삶, '나'를 의식하는 삶으로 변할 수 있는지를 매우 추상적인 차원에서 설명하고자 지어낸 것이다. 이야기는 두 개의 '나', 즉 '나로서의 나'와 '타자로서의 나'가 만나서 서로 옳다고 주장하는 방식으로 전개되며 생사를 건 싸움, 인정받으려는 투쟁, 그에 필연적으로 수반되는 불평등한 관계에 관한 이야기로 발전한다(이것을 단순히 어려운 이야기라고 말하는 것은 그야말로 전형적인 과소평가다).

나는 페르 에이커 박사를 해설자로 모시고도 헤겔의 알쏭달쏭한 사상을 좇아 캄캄한 독일 철학의 숲을 헤치고 다니느라 몇 달을 고생했다. 이 철학적 탐구는 유럽인이던 내 스승은 이해하지 못할 수준으로 나를 소진시켰고 자극했다. 정서적으로마저 자극했다. 진짜 노예의 후예인 내가 이 주제에 본능적으로 느낀 관심은 학문의 차원을 넘어서는 것이었다. 페르 에이커 박사는 (그의 잘못은 아니었지만) 그 사상의 의의를 머리로 느낄 수밖에 없었으나, 나는 (내 잘못이 아닌데도) 그것을 골수로 느껴야 했다. 어쩌면 선조로부터 이어진 수치심을 약간이나마 느꼈는지도 모르겠다.

그리고 다른 무엇보다도 실감한 것은, 조지다운에서 철학을 공부하는 흑인 학생으로서의 극심한 외로움이었다. 내가 읽고 생각하는 것에 대해, 좁게는 헤겔이 말하는 노예의 개념에 대해, 넓게는 철학 일반에 대해 이야기를 나눌 흑인이 주변에 아무도 없었다. 나는 학생과 교수, 강사를 통틀어 철학과의 유일한 흑인이었던 것이다. 노예제가 흑인에게 끼치는 악영향을 고스란히 들려주는 주제를 머릿속에서 이론적으로, 추상적으로, 냉철하게, 직관을 거슬러 따져보는 그 어려운 일을 나는 혼자서 해야만 했다. 그것의 정서적 차원에 대해 공유하고 이야기할 사람이 아무도 없었기 때문이다. 하지만 결과적으로는 차라리 다행이었다고 생각한다. 그 덕분에 나는 나의 감정과 역사를 철저히 배제한 뒤 헤겔이 하는 말을 들을 수 있었다. 헤겔의 말은 나를 완전히 뒤집어놓았다.

헤겔에 따르면 끝내 승리하는 쪽은 다름 아닌 노예다. 주인과 노예의 변증법 이야기에 나오는 초기의 생사를 건 싸움에서, 하나의 '나'는 헤겔이 말하는 "죽음의 공포"를 느끼고 다른 '나'에게 항복한다. 전자의 '나'는 "생을 사랑해서" 패배를 택한다. 이 순종적 의식, 곧 노예 의식은 목숨을 부지하려고 다른 의식, 곧 주인의 뜻을 따르고 주인을 위해 노동한다. 하지만 헤겔은 바로 이 노동을 통해 결국에는 노예가 주인을 능가하게 된다고 본다. 그 이유를 간단히 말하자면, 객관적 현실 혹은 자연을 터득하는 쪽이 바로 노예이기 때문이다. 노예는 노동을 하여 동식물을 음식물로 만든

다. 노예는 제 손으로 나무를 탁자로 만든다. 그렇기에 노예가 더 생명력 있는 존재다. 노예는 반드시 있어야 하고 없어서는 안 될 존재가 되며, 정신을 함양한다. 반면에 주인은 기생적이고 퇴폐적이고 의존적이다. 심지어는 노예의 인정 없이는 주인일 수 없고, 노예의 노동 없이는 호의호식할 수 없다.

나는 여기서 헤겔이 육신을 입은 인간을 생각하는 것이 아니며, 헤겔이 미국 흑인American Negro의 특수한 상황에 관심이 있었을 가능성도 희박하다는 것을 잘 알았다. 여기서 헤겔은 역사를 통해 의식이 절대정신으로 발전하는 추상적 차원을 생각하고 있었다. 구체적이고 개별적인 차원은 전혀 중요하게 생각하지 않았다. 광대한 지평에서 사회의 진화를 숙고하고 있었다. 주인과 노예의 변증법을 초석으로, 가까운 시일 내에 에이브러햄 링컨 같은 인물이 아니라 나폴레옹 보나파르트 같은 인물을 통해, 유럽 내 황제 치하 입헌군주정의 건립을 통해 그 진화의 해법이 발견되리라고 보고 있었다. 다시 말해 헤겔은 인간이 시민이 되는 것에 대해 생각했지, 흑인이 앨라배마주에서 행진하는 것*에 대해 생각한 것이 아니었다.

만일 내 외증조할아버지 샤드라크에게 글을 읽고 논박할 기회와 능력이 있었다면, 가축처럼 루이지애나주의 무슨 무슨 존슨네

---

* 1965년에 흑인의 참정권을 요구하며 발생했던 행진을 가리킨다.

집에 팔려 가서(혹은 마말로 그 집에서 '새끼' 때부터 사육돼서) 합법적으로 소유됐던 샤드라크는 이런 헤겔의 논리를 반박하고도 남지 않았을까. 정말 노예가 그런 결말에 이를 수 있을까 하는 의문이 들었다. 그 사상이 정신 나간 소리나 농담처럼 들렸다. 그런데도 예속된 사람들이 장기적으로는 그 속박에서 뭔가를 얻을 수도 있다는 사상을 곱씹을수록, 편안한 회전의자에 앉아 내가 순전히 운이 좋아서 누리는 여유와 관점을 만끽하며 그 사상과 씨름할수록, 그것을 순전히 잘못된 사상으로 치부하기가 어려워졌다.

그 시기에도 힙합 음악은 여전히 내게 일용할 양식이었다. 아침이면 힙합을 들으면서 일어났고 밤에도 힙합을 틀어놓고 잠들었다. 힙합 문화와 그것이 강요하는 가치관으로부터는 점점 멀어지고 있었지만 음악에서 벗어나기는 어려웠다. 헤겔을 공부하기 몇 달 전 제이 지의 『더 블루프린트The Blueprint』 앨범이 나왔을 때, 나와 룸메이트들은 정식 발매 몇 주 전에 유출본을 입수해서 한 달에서 두 달 동안 종일 그것만 들었다. 특히 나는 더 심취해서 〈걸스, 걸스, 걸스Girls, Girls, Girls〉를 얼마나 많이 들었는지 친구들한테 제발 그만 좀 들으라는 핀잔을 들을 정도였다. 하지만 그때는 이미 힙합 음악을 대하는 태도가 근본적인 차원에서 돌이킬 수 없을 만큼 바뀌어 있었다. 예전에는 찰스와 함께 제이 지의 통찰력을, 그의 영리한 단어 활용과 인생에 대한 과감한 해석을 극찬

3부___ 자유롭게

하며 몇 시간이고 대화할 수 있었다. 백인 친구들을 포함해 여전히 주변의 많은 친구가 그런 것에 열광했지만 이제 나는 그 정도의 열렬한 마음이 없었다. 힙합 음악을 많이 듣긴 해도 거기에서 어떤 깊은 감동을 느끼기란 거의 불가능했다. 제이 지, 나스, 우탱 클랜Wu-Tang Clan은 물론이고 모스 데프Mos Def와 탈립 콸리Talib Kweli* 같은 래퍼들도 예전과 같은 관점으로, 여전히 많은 사람이 보는 관점으로 볼 수가 없었다. 더는 그들이 연예인이나 옹졸한 자기 중심주의자 이상의 존재로, 독학한 철학자와 사상가로, 본보기이자 길잡이로, '흑인의 CNN'으로 보이지 않았다. 직접 철학을 맛보고 스스로 생각하고 탐구하는 습관을 들인 결과였다. 한때 내가 그런 사람들에게 푹 빠졌고, 그들을 '산지식'의 전파자로 취급했다는 사실이 놀라울 따름이었다.

해가 지나갈 무렵, 나는 위스콘신 대로에 있는 브라이언의 집에 매일같이 들락거렸다. 엘리베이터가 없는 아파트 건물에 있는 브라이언의 집은 방이 두 개 있고, 거실에 소파 침대와 텔레비전, 플레이스테이션 2, 턴테이블 두 대와 믹서가 있는, 조그맣고 휑하면서도 항상 즐거운 곳이었다. 브라이언은 조지타운을 갓 졸업한 테드라는 선배와 같이 살았다. 내가 보기에 테드의 삶은 대마초를 피우고, 체스를 두고, 랩을 듣고, 로스쿨 입학시험을 준비하는

---

* 두 사람은 사회에 대한 목소리를 강하게 내는 래퍼다.

네 가지를 축을 중심으로 돌아갔다. 나는 테드만큼 체스라면 사족을 못 쓰는 사람을 본 적이 없었고 그래서 친해졌다. 브라이언이 골판지 상자를 탁자 삼고 그 위에 테드가 듀폰트서클의 미국 체스센터에서 사온 두루마리형 체스보드를 펼치면, 셋이서 그 앞에 죽치고 앉아 체스 삼매경에 빠졌다. 주로 테드와 내가 연달아 몇 판씩 두고, 브라이언이 음악을 담당했다.

분위기를 유도하는 법은 알고 포기하는 법은 모르는 방구석 디제이였던 브라이언은 거실 한구석의 부스에서 대마초를 두세 개비 정도 피우면서 부트 캠프 클릭Boot Camp Clik, 우탱 클랜, 로커스 레코드Rawkus Records 같은 음악을 몇 시간이고 섞으며 디제잉했다. 그렇게 저녁을 보낼 때 브라이언과 테드는 "어이, 죽이네, 과학이 뭐냐?"* 같은 말을 했다. 그들은 '체스복싱'**과 '던 랭귀지'***와 '노가리 타임'****에 대해 이야기했다. 어떤 면에서는 그토록 흑인 언어를 쓰는 그들이 고향에 있는 내 친구들보다 힙합에 더 심취한 것 같았다. 하지만 둘 다 나보다 평점이 훨씬 높은 착실한 백인 대학생이었다. 나나 많은 흑인 친구와 달리 그들은 힙합을 좋아하면서도 어떻게 그렇게 딱 선을 긋고 그로 말미암아 학업이나 진로에

* "What's the science." '어떻게 지냈냐', '오늘 뭐 했냐' 등의 의미로 쓰이는 은어.
** chessboxin'. 우탱 클랜이 〈Da Mystery of Chessboxin'〉에서 체스를 격투에 비유하며 쓴 말.
*** the dun language. 힙합 듀오 맙 딥(Mobb Deep)이 유행시킨 은어.
**** poly session. 잡담으로 시간을 때우는 것을 뜻하는 은어.

3부__자유롭게

는 지장을 주지 않는지 궁금했다. 브라이언은 윌처럼 엘리트 학교가 아닌 나와 비슷한 학교를 나왔다. 그런데도 어떻게 쌍년을 패거나 총으로 허세를 부릴 생각조차 하지 않았을까? 어떻게 학교 과제는 삽질이라고 생각하지 않고 스테이시처럼 아이를 갖지도 않았을까? 어떻게 나와 같은 친구들이 많이 겪는 문제들을 겪지 않은 걸까? 나는 그게 궁금했다.

가장 큰 이유는 수많은 흑인과 달리 그들이 힙합을 아이러니로 대하는 데 있다는 생각이 들었다. 브라이언과 테드 같은 백인이나 흑인이 아닌 유색인은 힙합 음악을 즐겁게 들으면서도 그 속의 아이러니를 인지하므로 힙합 문화의 각종 폐단을 피할 수 있었다. 하지만 나와 흑인 친구들은 진짜처럼 보이고자 애쓰는 것을 전혀 아이러니하게 느끼지 않았다. 아니, 오히려 그렇게 진짜로 보이려 하는 것이야말로 우리가 가장 진정성 있게 임하는 일이었다.

브라이언이 "폼에 죽고 폼에 살기"니 "껌뻑 죽게 만들기"니 "존재감 과시하기" 같은 말을 할 때는 라숀 같은 사람이 말할 때와 그 의미가 전혀 달랐다. 전자는 독기 없이 재미로 말하는 은유적인 표현에 불과했지만, 후자는 위협적이고 살기등등한 의미를 담은 직설적인 표현이었다. 내 어릴 적 우상이었던 라숀은 포리스트로드 공원에서 닥터 드레의 『더 크로닉 The Chronic』 앨범을 크게 틀어놓고 홀로포인트탄'을 쏘는 광경을 떠올리게 하는 랩을 했지만 나는 그 모습에서 눈곱만큼도 아이러니를 느끼지 않았다. 폭력과 범죄에 물든 라숀의 인생은 라숀이 진지하게 받아들이는 랩 가사 그리고 그 속에서 적나라하게 묘사되는 처참한 길바닥 문화와 맞물려 있었다. 힙합을 들을 때 라숀은 브라이언과 달리 정신적으로 그것과 분리되지 않았고, 정서적으로 그것과 거리를 두지 않았다. 라숀은 그 노래들 속에서 자신을 본 반면에, 브라이언은 인도 출신이 아닌 사람이 요가를 대하듯이 힙합을 대했다. 아무리 힙합에 심취했다고 해도 브라이언이 힙합이 탄생한 길바닥 문화에 속할 리는 없었다. 브라이언은 애초에 거기에 속할 수도 없고, 아무도 브라이언에게 그런 것을 기대하지도 않았다. 그래서 브라이언이 그 특이한 언어와 행동 양식을 흡수할 때 아이러니가 생기는 것이다. 브라이언은 힙합에 빠졌을 뿐 힙합에 속하진 않지만, 라숀은 애석하게도 힙합에 빠진 것을 넘어 힙합과 하나였다는 것을 비로소 나는 깨달았다.

의도했던 것은 아니지만 그즈음의 나는 이미 힙합을 이방인의 귀로 듣고 있었다. 그런 변화를 처음 자각한 것은 찰스와 베트리스, 그리고 도쿄에서 온 베트리스의 친구 제니를 태우고 저지쇼

---

* hollow-points bullet. 표적을 관통하지 않게 해서 살상력을 키운 탄약.

어에서 돌아오던 차 안에서였다. 우리 넷은 오후 내내 친구 크리스의 바닷가 별장 포치에서 차가운 맥주를 마시고 모래사장에서 기분 좋게 일광욕을 즐긴 뒤였다. 크리스는 조지타운에 다니는 2년 후배로, 그해 여름에 프랑스 투르에서 같이 어학 수업을 들으면서 친해진 사이였다. 우리들은 별장에서 나와 일요일 저녁의 꽉꽉 막힌 가든스테이트파크웨이의 차량 행렬 속에서 기어가고 있었다. 내 옆에는 베트리스, 뒷좌석에는 찰스와 제니가 앉아 있었다. 카스테레오에서 제이 지의 『리즈너블 다우트Reasonable Doubt』 앨범이 재생되고 있었고, 우리는 자신을 '제이호버*'라고 부르는 래퍼의 노래를 마치 '예수님의 말씀'이라도 되는 것처럼 조용히 들었다.

내가 십 대 시절에 제일 좋아했던 앨범이었다. 집에서만 듣는데 그치지 않고 학교에서도 워크맨으로 얼마나 많이 들었는지, 결국엔 카세트테이프가 끊어졌을 정도였다. 그날 저녁 차 안에서도 그 앨범은 여전히 좋았다. 한번 지나가면 끝인 청춘의 희망, 꿈, 감정, 욕정, 허풍, 순진, 오만, 갈망이 온통 뒤섞인 음악만이 줄수 있는 감흥이 있었고 자아낼 수 있는 달콤한 향수가 있었다. 그런데도 이제는 자칭 '랩의 신'이 길바닥 인생의 낭만을 이야기하며 "우리 흑인들에게 있는 건 스포츠와 엔터테인먼트" 또는 "도둑

* Jay-Hovah. 성경의 신 여호와(Jehovah)와 제이 지의 합성어.

질"뿐이라고 무덤덤하게 말하는 소리를 듣자니, 또 그가 지하 세계와의 인연을 말하며 자신이 입는 값비싼 가죽옷과 털옷 덕분에 마약 판에 "어느 때보다 깊이" 연루됐다고 자랑하는 소리를 듣자니 나도 모르게 웃음이 나왔다. 이제는 그런 말이 그저 우습기만 했다.

조금 전까지 내가 제이 지의 랩을 들으며 엄숙하게 고개를 끄덕이고 있었다는 사실조차 모순적으로 느껴졌다. 투지 넘치는 그의 인생관이 현재 우리의 현실과 무슨 상관이란 말인가? 반 년간 케임브리지의 교수들과 어울리다가 이제 막 돌아온 찰스는 조만간 금융투자사인 제이피모건체이스의 증권 매매 부서에서 여름 인턴십을 시작할 예정이었고, 베트리스와 제니는 무려 일본식 한자를 읽을 줄 알았으며, 나는 나이 든 프랑스 귀족이 저녁으로 스테이크를 구워주는 오텔파르티퀼리에*에서 두 달을 살다 온 참이었다. 그날 모인 다섯 명 중 제니와 크리스는 흑인이 아니었고, 찰스와 베트리스와 나는 흑인이었다. 하지만 우리의 삶에서는 사실상 어떤 차이점도 찾을 수 없었다. 우리 앞에는 모두 스포츠, 도둑질, 마약팔이와 상관없는 미래가 기다리고 있었다. 그런데도 찰스와 베트리스와 나에게 스포츠, 도둑질, 마약팔이가 '진짜'라니!

혼자 이런 생각에 골몰하다가 브레이크를 밟으면서 베트리스

---

* hôtel particulier. 프랑스어로 저택을 뜻한다.

쪽으로 고개를 돌리고 지가맨*을 비꼬는 말을 했다. 제이 지가 자신은 고급 와인을 마시며 고급 와인 같은 리듬과 라임을 내뱉는다는 랩을 한 직후였다.

"제이 지한테 안대를 씌우고 마셔보라고 하면 레드 와인이랑 화이트 와인도 구별 못 할걸."

베트리스와 제니는 웃었지만 찰스는 친구가 모욕이라도 당한 것처럼 발끈했다.

"왜 못 해? 뭐야, 그런 것도 프랑스 물 먹고 와야 하는 거냐?"

"에이, 자식, 제이 지가 부브레나 랭스에 있는 와이너리에서 시음한다고 생각해봐라."

여자들은 계속 웃었다.

"뭐가 웃긴지 모르겠네."

"응?"

그렇게 제이 지와 와인에 대한 대화는 끝났지만, 왜 분위기가 심각해졌는지 이해가 되지 않았다. 친구의 반응이 진심인가 싶어 룸미러로 슬쩍 뒷좌석을 살폈다. 찰스가 단순히 재미 삼아 논쟁을 벌이려고 일부러 제이 지의 편을 들었을 수도 있었겠지만, 왠지 진심으로 불쾌해하는 것 같았다. 나는 이제 우리 중 단 한 명이라도 과연 진심으로 제이 지에게 공감할 수 있을까 싶었다. 그리

---

* Jigga Man. 제이 지의 별명.

고 만일 진심으로 공감한다면 그것이야말로 자기기만일 뿐이라고 생각했다. 제이 지가 대변하는 인생은 우리의 인생이 아니었으니까. 하지만 찰스는 제이 지에게서 또는 제이 지가 대변하는 인생, 우리 흑인의 현실이라고 세상에 내보이는 인생에서 전혀 모순을 느끼지 못하는 듯했다. 찰스 자신은 더는 그런 현실을 살지 않으면서도 그것을 여전히 신성불가침의 영역으로 여기고 있었다. 그 안에 존재하는 모순이 무엇이든 간에 내 친구는 알아차리지 못하고 있었고, 그 점은 제이 지와 러셀 시먼스처럼 대성공을 거둔 힙합 세대의 흑인 남자들도 마찬가지였다. 따지고 보면 그들은 합법적으로 떼돈을 버는 동시에 자신들이 열렬히 숭배하는 길바닥 인생으로부터 멀찌감치 떨어져 있지 않은가. 누구보다 똑똑하고 재능 있는 찰스(그리고 제이 지와 러셀 시먼스) 같은 사람이 그런 괴리를 대수롭지 않게 여기다니. 찰스도 나도 라숀과 같은 운명에 처할 확률은 희박했다. 하지만 역시 찰스는 별난 놈이었다. 흑인 동네의 슈퍼스타와 케임브리지의 학생이 반반씩 섞인 문화적 켄타우로스라니. 진짜처럼 보이는 것도 잘하고 출셋길도 잘 달리는 내 친구의 놀라운 수완을 생각하다 문득 깨달았다. 살면서 찰스 같은 사람보다 라숀 같은 사람을 훨씬 많이 봐왔다는 것을.

그런 심사를 찰스에게 전부 설명해주고 싶었지만 그래 봤자 아무 소용이 없을 것 같았다. 찰스에게 그 문제는 매사가 그렇듯이 충성에 대한 암묵적 질문으로 귀결됐다. 찰스한테는 무엇보다 중요한 것이, 진정성보다도 중요한 것이 바로 의리였다. 가족에게, 다른 흑인들에게, 자신의 과거에 그리고 길바닥에 의리를 지키는 것. 찰스는 거기서 한 발짝도 물러나지 않을 태세였다.

그러자 내가 흑인으로서 내 문화나 내 종족과 관련해서 입 밖에 내서는 안 되는, 금기시되는 말이 있다는 생각이 들었다. 그전에는 생각지도 못했던 지점이었다. 그날 밤 파크웨이의 차량들이 수십 킬로미터나 거북이걸음으로 기어가서 집에 도착하기까지 시간이 참 많이도 걸렸다. 여름이 다 가도록 찰스와 만난 적은 없었던 것 같다.

모든 비밀은 힘을 잃는다

조지타운에서 4학년이 되었을 때 워싱턴에는 포위된 성채 같은 긴장감이 감돌았다. 지난해 9월의 충격이 아직 생생했고, 어디를 가든 테러에 대한 공포가 감지됐다. 미국은 이미 이슬람 국가한 곳과 전쟁 중이면서 또 다른 이슬람 국가와 전쟁을 치를 기세였다. 오사마 빈라덴의 자취는 아프가니스탄과 파키스탄 사이에 있는 산지에서 사라진 지 오래였고, 빈라덴이 이끄는 알카에다는 미국을 위협하고 조롱하는 영상을 공개하며 건재함을 과시했다. 사람들은 남녀노소와 흑백을 가리지 않고 다들 신경이 곤두서 있었다. 그 와중에 인간 사냥이 시작됐다.

22일간 연달아 95번 주간고속도로 부근에 은신한 살인마가 무작위로 사람들을 저격했다. 놈은 희생양을 가리지 않았다. 등교하던 13세 중학생, 조지아 대로를 걷던 72세의 은퇴한 목수, 버스 계단에서 스트레칭을 하던 버스 기사, 차 안을 청소하던 여성, 잔디를 깎던 정원사, 주유하던 시간제 택시 기사, 차로 돌아가던 건재상 홈디포 고객, 벤치에서 책을 읽던 보모, 수노코주유소에서 주유하던 남성, 엑손주유소에서 주유하던 남성, 폰데로사스테이크하우스를 나서던 손님, 차에 식료품을 싣던 여성, 소형 승합차에 쇼핑백을 싣던 여성이 모두 원거리에서 한 발씩 피격됐고 그중 열 명이 사망했다.

몇 주 동안 경찰에서 나온 말은 범인이 특색 없는 흰색 승합차를 타고 다니는 것 같다는 추정뿐이었다. 자신이 총격의 피해자가 될 수 있다고 생각해보기 전에는 대도시에 특색 없는 흰색 승합차가 얼마나 많이 돌아다니는지 깨닫지 못한다. 그것은 택시나 토요타 캠리만큼 흔히 보인다. 그해 10월에 다급한 걸음으로 수업을 오가다가 어깨 너머로 슬쩍 보니, 프로스펙트가 쪽에 어느 도장공의 이름이 박힌 흰색 승합차가 서 있었다. 순간 심장박동이 빨라지고 온몸이 긴장되면서 혹시라도 누가 내 등을 치진 않을까 마음을 졸였던 기억이 난다. 당시 러스티, 조시와 함께 엠가와 뱅크가의 교차점에 있는 아파트에 살았는데, 큰 통창이 혼잡한 엠가와 멀리 키브리지 쪽으로 나 있었다. 우리는 수업을 듣고 집에 오면 불안한 마음에 항상 블라인드를 쳤고, 어수선한 보도가 잇따르는 지역 뉴스에 매달려 촉각을 곤두세웠다. 메릴랜드주와 버지니아주 일부를 포함해 워싱턴의 외곽순환고속도로 벨트웨이가 지나는 곳마다 운전자들은 주유소에서 트렁크 뒤에 몸을 숨기고, 고개만 빼꼼 내밀어 공포의 흰색 승합차가 근처에 있지는 않은지 두리번거렸고, 혹시라도 총성이 울리기 전에 주유기에서 종료 음이 울리기를 초조히 기다렸다. 혼란스럽고 살벌한 시국이었다. 존 앨런 무하마드John Allen Muhammad와 리 말보Lee Malvo가 체포되고 그들이 파란색 쉐보레 카프리스를 타고 다녔다는 발표가 나왔지만, 그 뒤로 한참이 지나서야 주변의 흰색 승합차들을 샅샅이 뒤지는 짓을 멈출 수 있었다.

그런데도, 아니 어쩌면 그 때문에 생을 향한 나의 의지와 갈증이 이전에 경험하지 못한 수준으로 고조됐다. 내가 정말 살아 있음을 자각했고(어쩌면 태어나서 처음이었지도 모르겠다), 그저 살아 있는 것을 넘어 심지어 잘 살고 있음을 자각했다. 길을 걸을 때는 내가 밟는 땅을 자각했다. 여름을 주로 프랑스에서 보내고 온지라 내가 유니섹스헤어크리에이션즈, 포리스트로드공원, 유니언가톨릭으로부터 아주 멀리 떨어진 곳까지 다녀왔음을 자각했다. 단 두 달뿐이었다고 해도 그렇게 다른 나라와 다른 언어를 경험함으로써 내 안의 나침반이 영영 다른 방향을 가리키게 되었다. 이제 나는 내가 지중해에 몸을 담갔고, 클로즈리데릴라*에서 오

---

* Closerie des Lilas. 19세기부터 문화계 명사들이 많이 찾은 카페.

랑주프레세orange pressée를 마셨으며, 몽마르트르에서 일몰을 봤음을 자각했다. 무엇보다도 세상이 드넓은 곳이고, 어디를 가든 나에겐 주변 환경을 누릴 능력과 자격이 있다는 것을 비로소 자각했다. 또한 백인이든 흑인이든 그 누구도 내게서 그런 능력과 자격을 빼앗을 수 없음을 자각했다. 이런 깨달음의 중요성은 아무리 강조해도 지나침이 없다.

강의실에서는 마르틴 하이데거의 철학에 몰두했다. 강의실 밖에서는 조시와 함께 엠가에 있는 반스앤드노블 서점의 2층 카페에서 오랜 시간을 보내면서, 서점 측의 너그러운 미구입 도서 이용 규정을 십분 활용해『월페이퍼*Wallpaper*』,『배니티 페어Vanity Fair』,『이코노미스트The Economist』,『하퍼스』등 손에 잡히는 잡지를 닥치는 대로 읽었다. 그러다가『하퍼스』2002년 11월호에서 스탠퍼드대학교의 셸비 스틸Shelby Steele이라는 흑인 교수가「흑인 개인의 소멸The Disappearance of the Black Individual」이라는 부제로 기고한 글을 우연히 발견했다. 스틸 교수라니 처음 듣는 이름이었다. 막상 읽기 시작하자 놀랍게도 그 글이 내게 직접 말을 거는 것 같았다. 그도 그럴 것이 그 기고문은 내가 힘겹게 탐구하던 하이데거의 난해한 사상과 일맥상통했고, 신기하게도 독일에서 건너온 그 철학의 정수를 흑인과 연결하여 지극히 개인적인 이야기로 풀어내고 있었기 때문이다.

그 시절의 나는 회심자나 개종자같이 뜨거운 열정으로 소크라테스가 이야기한 성찰하는 삶을 살려고 부단히 노력하고 있었다. 조지타운에서 하이데거를 만났을 무렵에는 내가 아직 진정한 철학자까진 못 되어도 성실한 철학도로는 바뀌어가고 있다고 생각했다. 철학을 연구하는 삶을 맛봤더니 꾸준히 시간과 공을 들인다면 언젠가는 철학자가 될 수 있으리란 포부도 생겼다. 이때 철학자란 아버지가 생각하는 철학자, 곧 진중한 질문을 던지고 그 답을 현실에 적용해 더 나은 삶을 살려고 애쓰는 사람을 뜻했다. 철학에 대한 파피의 해석을 수용했던 만큼, 책에서 읽는 내용을 강의실 안에서보다 강의실 밖에서 적용하기를 즐겼다. 아마도 그 때문에 상아탑 속에서 자기들끼리만 아는 언어로 학문을 하며 더 깊은 진리의 존재 가능성을 부정하는 분석철학에는 큰 재미를 못 느꼈던 것 같다. 분석철학에서는 "어떻게 살아야 하는가?"라는 질문을 경시한다. 하지만 그것이야말로 내가 유일하게 답을 탐구하는 질문이자 무엇을 읽든 염두에 두는 질문이었다.

독서가 깊어질수록 파피가 걱정한, 좋은 말이 당나귀나 노새와 같이 뒹구는 문제가 사실은 내가 읽는 많은 책에서 반복적으로 등장하는 주제임을 알게 됐다. 심리학자들은 "준거집단"에 대해, 니체는 "가축 떼"에 대해 말했다. 또 사르트르는 "타인은 지옥이다"라고 천명했다. 하지만 그런 문제의식을 가장 선명하게 드러내는 것은 하이데거의 "그들"에 대한 탐구였다. 그 골자를 간단히 설명하자면 이렇다.

우리는 모두 타인과 함께 살아가고 있으므로 개인적 삶("거기에 있음")은 곧 사회적 삶("더불어 있음")이다. 그리고 이 사회적 삶("서로 더불어 있음")은 "격차성"으로 규정한다. 개인이 자신의 행위와 공동체에서 용인되는 행위 간의 격차를 끊임없이 고민하는 것을 뜻한다. 말하자면 격차성이란 진짜처럼 보여야 한다는 압력이다. 그리고 우리 각자를 공동체 내에서 용인되는 것과 용인되지 않는 것을 결정하는 타인들, 곧 '그들'에게 지속해서 예속하게끔 하는 압력이다. '그들'이 누구인지 밝히려 할 때 우리는 '그들'이 아무도 아님을 알게 된다. '그들'은 불특정하다. 영화 〈매트릭스〉에 나오는 요원들처럼 집단 내에서 누구든 '그들'이 될 수 있으므로 '그들'은 절대 어떤 특정인이 아니다. '그들'은 포괄적이어서 지목하거나 도전하기가 무척 어렵다. 이것이 결정적인 문제다. 지배 세력은 이처럼 비가시적이므로(평소에 우리는 그 존재 자체를 의식하지 못한다) 막강한 힘을 갖는다. 하이데거는 이 보이지 않는 영향력을 "그들의 독재권"이라고 명명했다. 파피가 좋은 말을 가둬두는 것에 대한 고민을 토로했을 때 걱정했던 부분도 바로 그런 점이었다.

하이데거를 생각하며 셸비 스틸의 기고문을 읽어 내려갔다. 스틸은 먼저 소싯적에 깊은 감명을 받았던 영화를 소개한다. 그 영화는 1960년대 초반 파리를 배경으로 하는 〈파리 블루스〉이며, 주무대는 과거 재즈시대에 파리의 명소로 꼽혔던 센강 왼쪽 기슭의 연기 가득한 카페와 지하 나이트클럽 들이다. 주요 인물 4인방 가운데 시드니 포이티어가 연기한 에디는 깊은 내적 갈등을 겪는다. 당대 미국의 수많은 흑인 예술가와 지식인이 그랬듯이 에디도 음악적 재능을 살리고 본국에서 그를 괴롭히던 숨 막히는 인종차별의 늪에서 벗어나기 위해 파리로 도피했다.

그렇게 시작된 에디의 파리 생활은 마냥 행복하기만 하다. 그러다가 다이앤 캐럴이 연기한, 아름다운 흑인 교사 코니와 사랑에 빠진다. 파리에서 삶이 잘 풀리자 에디는 흑인 미국인에게는 국외 거주가 탁월한 선택임을 열렬히 신봉하게 되고, 샹젤리제 거리를 걸으며 절대 파리를 떠나고 싶지 않다고 생각한다. 에디에게 파리는 자유의 동의어, 미국은 지옥의 동의어다. 하지만 코니는 파리에 아예 눌러앉을 생각이 아니었다. 단지 휴가차 온 것일 뿐. 그러던 어느 날 코니가 본국에서 전개되고 있는 흑인민권운동 소식을 전한다. 에디와 코니의 사랑이 깊어지는 와중에 코니는 그들의 미래가 유럽에 있지 않고 흑인들이 투쟁하는 미국에 있다고 에디에게 확실히 밝힌다. 그리고 에디가 도피하려고 했던 이념을 에디의 앞에 내놓는다. 집단의 정체성이 개인의 자유보다 우선한다는 것.

에디는 그 이념을 거부한다. 스틸은 그런 에디의 반응을 비겁

하거나 옹졸한 것으로 평가한다면 지나친 단순화라고 말한다. 에디는 미국에서 흑인이 누리지 못하여 쟁취하려고 하는 자유를 이미 파리에서 획득했다. 그 자유는 에디가 자신을 어떤 인종 집단의 일원이 아니라 선택의 자유를 가진 개인으로 인식함으로써 얻은 결과물이다. 본국에서 흑인이 투쟁에 승리한다고 해도, 어차피 진정한 자유란 개인에게 선택권이 주어지는 것을 뜻하는데 왜 에디가 구태여 파리를 떠나 야만이 판치는 미국에 가야 하느냐고 스틸은 묻는다. 영화는 에디와 코니가 미국에서 만나자고 약속한 뒤 에디는 파리 생활을 정리하기 위해 남고, 코니만이 탄 기차가 역을 빠져나가는 열린 결말로 끝난다.

나는 이 대목을 읽으면서 전율을 느꼈다. 하이데거의 사상이 구체적인 현실에 접목되고 있었다. 이어서 스틸은 에디의 딜레마를 실제 역사에서 들춰낸다. 영화에서 해결되지 못한 에디의 딜레마는 제임스 볼드윈James Baldwin이라는 예술가의 삶에서 마침표를 찍는다. 볼드윈은 1940년대에 뉴욕 할렘의 쪽방촌을 떠나 파리와 스위스에서 가난할지언정 자유로운 영혼으로 살며 작가로 다시 태어난다. 유럽에 가서야 볼드윈은 니그로, 동성애자, 예술가, 미국인, 사랑받지 못한 아들이라는 자신의 정체성을 비로소 받아들일 수 있었다. 볼드윈은 유럽에서 대성공을 거뒀고, 그 자신도 인정했다시피 미국에서 도피한 것이 예술적 차원에서만이 아니라 실존적 차원에서도 성공에 크게 이바지했다.

그 뒤 1957년에 귀국한 볼드윈은 흑인민권운동에 가담함으로써 그저 피부가 검을 뿐인 개인에서, 다시 자신이 속한 집단에 심심한 책임감을 느끼는 흑인 미국인으로 돌아갔다. 이로써 예술가로서 볼드윈의 입지는 줄어들었다고 스틸은 평한다. 내가 알기로 여기에 대해서는 의견이 분분하다. 하지만 볼드윈이 귀국하고 나서 평생 동안 쓴 작품들이야말로 볼드윈이 속한 집단에서 그에게 기대하던 작품들이라는 것은 많은 사람이 동의하는 바다. 볼드윈은 자신의 재능과 능력을, 곧 자기 자신을 집단을 위해 바쳤고, 젊을 적 파리에서 발견과 실험의 시기를 보내며 누렸던 자유를 다시는 누리지 못했다.

스틸의 글을 곰곰이 생각하며 읽다 보니, 하이데거가 쓴 시적인 문장이 뇌리를 맴돌았다. "하룻밤 사이에 (…) 분투로 얻게 된 것도 모두 별것 아닌 것이 되고 (…) 모든 비밀도 힘을 잃는다." 개인은 진짜처럼 보여야 한다는 압박감을 강하게 느낄수록 존재의 다양한 가능성을 '평균화'하고 '균등화'하는 쪽으로 자신을 밀어붙인다. '그들'은 개인을 그 자신으로부터 분리한다. 하이데거와 스틸에 따르면 집단의 의지가 개인의 자유를 억압하는 것은 개인에게 그 자체로 심각한 실존적 위협이 된다. 이 위협은 절대로 흑인 공동체에만 국한되지 않는다. 그것은 모든 공동체와 가축 떼에 공히 존재하는 특징이다.

하이데거에게는 모든 '타자'가 균등화와 자아의 상실을 의미했지만 내게는 다른 '타자'보다 좋은 '타자'도 있었다. 제임스 볼드윈과 에디를 생각하고 내 부모님이 흑인민권운동에 헌신한 바를 생각하자, 또 마틴 루서 킹과 맬컴 엑스와 셀마*와 센트럴고등학교**의 흑백 사진이 떠오르자 강렬하게 머릿속으로 파고드는 생각이 있었다. 숭고한 뜻을 위해 자신을 바치는 것, 자신이 속한 집단이 생존을 건 불리한 싸움을 할 때 살신성인하는 것도 중요하다. 만일 아이들이 교회에 날아든 화염병에 다치고, 거리에서 소방 호스로 물줄기를 맞고, 셰퍼드와 곤봉으로 위협을 받아 뿔뿔이 흩어져야 하는 것이 그 집단의 현실이라면 그 집단에 진짜처럼 보이려고 노력하는 것도 중요하다. 그렇게 개인의 자유를 양보하는 것은 이해할 수 있다. 하지만 만일 자신이 전혀 무의미한 것을 위해 희생했다면 그것을 깨닫는 것 역시 중요하다. 자신이 무의미한 태도에, 무의미한 가치관에, 무의미한 폼 잡기에, BET에, 트릭 대디Trick Daddy에게, 퍼프 대디에게, 주니어 마피아Junior Mafia에게 이용당하고 지배당했다면 그것을 자각해야 한다.

　나와 친구들을 돌아보면 우리가 자라면서 동화됐던 '그들'은 존엄과 명예를 모르는 자들이었다는 생각이 들었다. 우리는 좋게 말하면 헛된 약속, 나쁘게 말하면 잔인한 거짓말에 속아서 부끄

---

* Selma. 1965년 흑인 행진의 출발점이 된 도시.
** Central High School. 본래 백인 학교였으나 1957년에 흑인 학생 아홉 명이 반대 세력의 훼방에도 불구하고 등교함으로써 흑인민권운동의 한 획을 그었다.

러운 줄도 그리고 잘못된 줄도 몰랐다.

그런 생각에 잠겨서 탁자 위에 펼쳐진 잡지를 멍하니 내려다보고 있었다. 잠시 뒤 조시가 저녁을 먹으러 갈 시간이라며 침묵을 깼다. 우리는 잡지들을 서가에 다시 갖다 놓고 늦가을의 쌀쌀한 바람이 부는 엠가로 나섰다.

그날 오후에 스틸의 글을 읽기 전까지만 해도 나에게 제임스 볼드윈은 어니스트 제임스 게인스Ernest James Gaines나 에드워드 폴 존스Edward Paul Jones 같은 수많은 작가가 그랬듯이 이름만 들어본 사람, 파피가 그 저작을 꼭 읽어보라고 했지만 그때껏 만남을 미루기만 했던 사람이었다. 하지만 잡지를 덮으면서는 내가 언젠가는 꼭 만나서 이해해야 할 사람이 되어 있었고, 그렇게 만나게 될 날에 대비해야겠다고 생각했다. 그리고 어떤 구체적인 계획은 없더라도 내가 돌아가야 할 곳은 프랑스라는 확신이 생겼다. 에디나 제임스와 똑같진 않을지언정 내게도 나를 괴롭히는 악마들이 있었다. 내가 나답게, 그리고 자유롭게 살려면 그 악마들을 떨쳐버려야만 했다.

투르에서 지난 여름을 보내면서 막연히 느꼈던 것을 그날 오후 반스앤드노블에서 구체화했다. 개인으로서 나를 발현하려면 반드시 내가 자라온 흑인문화를 장기간 이탈해서 나 자신이 속한 집단의 악영향으로부터 나 자신을 완전히 단절시켜야 한다는 결단이었다. 그 문화에 대한 책임감을 털어버리려면 그 문화와 '더 붙어 있는 것'을 중단해야 했다. 이미 간헐적으로 그러고 있긴 했지만 이대로 미국에 계속 붙어 있는다면 딱 잘라내는 것이 불가능했다.

그 시기에 지난 2년간의 모순과 혼란의 사막에서 오아시스와 같았던 베트리스와의 장거리 연애에도 금이 가기 시작했다. 멀리 떨어져 있으면 연정이 더 깊어지는 사람들도 있지만 반대로 남남이 되는 사람들도 있다. 슬프게도 우리는 후자에 해당했다. 아니, 내가 베트리스에게 남이 되고 있었다고 말하는 게 더 옳을 것이다. 정확히 언제부터 우리 관계가 틀어지기 시작했는지는 몰라도, 내가 너무 나 자신에게 매몰되고 미성숙해서 베트리스에게 받은 것만큼을 돌려주지 못했다는 사실만은 잘 안다. 우리는 만나기만 하면 전에 없이 싸웠고, 결국 그해 크리스마스를 맞아 집에 돌아왔을 때 내가 경솔하게 결별을 통보했다. 우리의 관계는 이미 파탄 나 있었지만 둘 다 그것을 받아들이지 못했다. 나는 죄책감으로 가슴이 벌집이 되고도 뱉은 말을 주워 담지 못했다. 모든 것이 내가 깨기만 하면 끝날 악몽 같았다. 깔끔히 헤어지지 못했기에 더 힘들었다. 전화를 붙잡고 괴로워하고, 서로 찾아가서 눈물을 흘린 적이 몇 번인지 셀 수도 없을 정도였다. 사진이 담긴 액자들을 쉬이 책상에서 치우지도 못했다. 하지만 이미 끝난 일이었다. 나는 베트리스로 인해 마음이 아팠음에도 더는 뉴욕에 얽매이지 않기로 했다. 오히려 이것이 절호의 기회라고 여기고 프랑스에서 일할 곳을 물색하기 시작했다. 부모님은 자신들의 기대와 달리 아들이 당분간 석사과정을 밟을 의향이 없다는 현실을 인정해야만 했다.

온화한 계절이 오고 코플리홀 앞의 잔디밭도 다시 거무스름하게 태운 몸을 화려한 담요 위에 누인 학생들로 가득 찼을 때, 학내 흑인 신문 『이번에는 불이다The Fire This Time』에 기고문을 냈다. 그런 글은 처음이었지만 편집진의 부탁을 받고 고심 끝에 최근 답답함을 느꼈던 일에 대해 솔직하게 써보기로 했다. 나는 몇 주 전에 체스 클럽에 들어가려고 했지만 아무리 찾아봐도 마땅한 곳이 없어서 브라이언, 테드와 함께 직접 클럽을 만들기로 했고, 조시도 얼마 뒤 합류했다. 우리는 약 일흔 명의 서명을 받고 체스 말, 체스보드, 시계를 기증받은 뒤 강의실 공간을 확보하고 매주 만나서 리그전을 치렀다. 이름하여 조지타운대학교 체스클럽. 그렇게 마음 맞는 학생들이 여럿 모여서 체스를, 파피와 나를 끈끈하게 이어주는 게임을 함께 즐길 수 있다니 흐뭇했다.

하지만 그런 만족감과 별개로 마음에 걸리는 사실이 하나 있었다. 몇 주가 지나도록 우리 클럽에 조금이라도 관심을 보인 학생 가운데서 흑인은 단 한 명뿐이었던 것이다(그나마도 아이티인이었던 것으로 기억한다). 모임이 있을 때마다 백인, 아시아인, 아랍인, 인도인, 무슬림, 이교도, 유대인 등 민족, 경제, 인종, 남녀를 막론하고 많은 학생이 관심을 보이는데 왜 유독 흑인 학생들만 그러지 않는지 궁금했다.

애초에 캠퍼스에 흑인 학생이 별로 없어서일까? 다른 학교들도 대부분 그렇듯이 조지타운에서도 흑인은 소수였지만, 그렇다고 백인과 흑인의 비율이 69 대 1은 아니었다. 그러니 흑인이 없어서라고는 볼 수 없었다. 체스가 '진짜'가 아니어서 '진짜' 흑인들이 거기에 매력을 느끼지 못하는 걸까? 그렇게 보기도 어려웠다. 내가 듀폰트서클에 죽치고 있어 봐서 아는데, 공원 탁자는 거의 체스를 두는 흑인 남자들의 차지였다. 그중 다수가 흑인 동네 출신으로 체스를 독학한 것처럼 보였고, 가끔 심심풀이로 그곳을 찾는 러시아인 고수에게 몇 달러를 내고 한 수 배우기도 했다. 또 동쪽으로는 뉴욕의 워싱턴스퀘어공원부터 서쪽으로는 왕년의 농구 스타 매직 존슨이 운영하는 캘리포니아주 잉글우드의 스타벅스 매장 밖에 놓인 콘크리트 탁자에 이르기까지 미국 곳곳에서 흑인 남자들이 야외에서 체스를 즐기는 광경을 목격했다. 도미노나 카드 게임만큼은 아니어도 체스 역시 흑인에게, 적어도 특정한 환경에서는 인기가 많은 종목이다. 조지타운에서도 체스를 두는 방법을 알고 있으며 한 번씩 체스를 두는 흑인 학생들이 있었다. 그들은 왜 우리 모임에 나오지 않는 걸까? 그 답은 틀림없이 다른 데 있었다.

그 기고문에다 체스 클럽을 운영하며 목도한 현상이, 내가 어릴 적부터 속해 있으면서 숱하게 관찰한 거대한 현상의 한 사례에 불과하다는 것을 밝히기로 했다. 그 현상이란 흑인 집단이 비흑인 집단에 둘러싸여 있으면 진정으로 흑인답다고 여겨지지 않는 모든 것에 대한 심각한 무지와 무관심이, 심하면 적대감까지 포착된다는 것이다. 물론 진정으로 흑인다운 것의 정의는 나날이 협소해지고 있다. 내 짧은 판단일지 몰라도 문제는 흑인 학생들이 단순히 체스를 흑인의 놀이로 취급하지 않는다거나 학생 조직과 동아리에 관심이 없다는 것보다 더 복잡했다. 전자도 후자도 사실이 아니었다. 흑인 학생들은 흑인학생회, 카리브해문화연구회, 흑인댄스단 같은 조직에는 대거 합류했다. 하지만 회의주의학회나 학내의 비흑인 신문, 또 체스 클럽 같은 곳에는 참여한다고 해도 그 수가 얼마 되지 않았다.

이것은 집단, 즉 하이데거가 말한 '그들'이 흑인의 것과 백인의 것을 구별 지으며, 흑인 학생 개개인은 그 경계선을 본능적으로 느끼고 순순히 그 안에 머문다는 증거였다. 그러니까 다른 환경에서는, 흑인이 대다수를 차지하는 환경에서는 흑인들이 공개된 장소에서 체스를 즐기는 것을 전혀 이상하게 여기지 않았다. 듀폰트서클의 공원에서만이 아니라 흑백 분리가 판치던 시절의 남부에서도 마찬가지였다. 이상이 내 주장의 골자였다. 이를 바탕으로 흑인 학우들에게 시종 똑같은 흑인 단체와 동아리 안에 틀어박혀서 분리를 자초하지 말고, 캠퍼스 내의 더 큰 공동체에 더 힘차게 합류할 것을 촉구했다. 그렇게 할 때 우리가 항상 불평해왔던 문제, 곧 우리의 소외가 비로소 해결될 수 있다고.

글을 다 쓰고 나서 여러 번 읽고 또 읽었다. 내 주장에 자신이 있었지만 어떤 반응이 나올지 신경 쓰이긴 했다. 내가 또다시 내게 금지된 말을 하고 있다는 생각이 들었다. 원고를 넘기기 전에 조시에게 한번 읽어보고 어떻게 생각하는지 의견을 말해달라고 했다.

"야, 이 칼럼 나가면 파문이 좀 생기겠는데!"

"그럼 좋지."

부디 조시의 말대로 되기를 바랐다. 필자 소개란에 개인 이메일 주소를 넣는 것을 허락할 만큼 논쟁의 불꽃이 튀기를 고대했다. 편집자는 좋은 글 잘 읽었다며 하마터면 동의할 뻔한 부분이 여기저기 있었다고 평했다. 편집자는 내 글을 토씨 하나 고치지 않고 싣기로 했고, 뒷일은 내 소관 밖이었다.

몇 주 후 내 글이 신문에 실렸고, 나는 당연히 예상되는 반발에 대비했다. 기다리고 또 기다렸다. 하지만 귀가 먹먹한 침묵뿐이었다. 편집자에게 어떻게 된 일인지 물었다.

"그게 사실…… 있잖아, 우리 신문을 읽는 흑인 학생이 별로 많지가 않아."

마침내 맞이한 졸업식 날, 조시의 가족과 우리 가족, 우리 이모와 이모부, 샘과 그의 어머니와 여동생 그리고 우리 부모님과 같이 온 베트리스까지 해서 다 함께 저녁을 먹었다. 길고 행복했던 그날 저녁의 일을 이제는 많이 잊어버렸지만, 그래도 느슨하게 연결된 두 개의 기억은 아직 남아 있다. 먼저 가장 생생히 기억나는 것은 파피가 일어나서 조시와 나를 위해 즉석 건배사를 했을 때 그 얼굴에 번지던 절제된 자부심이었다. 파피는 즉석에서 현란한 수사법을 동원해 처음에는 영어로, 이어서 라틴어로 우리에게 오늘을 충실히 살라고, 드넓은 세상으로 나가서 어른이 되고 자아를 실현하라고, 옹졸한 야심에 빠지지 않도록 항상 주의하며 "논 노비스 솔룸 나티 수무스(우리는 누구도 홀로 태어나지 않는다)"*라는 키케로의 가르침과 그 말에 깃든 공익에 대한 의무를 잊지 말라고 당부했다.

다른 기억 하나는 샴페인에 취해 흐릿한 눈으로 힐끗 본, 일렁이는 촛불 너머의 이모부였다. 건장하고 선량하고 독실한 남부 출신 백인인 이모부는 후식을 먹은 뒤 나를 한쪽 구석으로 데리고 갔다. 그러고는 남자 대 남자로 하는 말이라며, 만약에 내가 그날 우리 부모님과 함께 일부러 나를 만나러 온 아름다운 여인과 결혼하지 않는다면 바보가 따로 없을 것이라고 충고했다.

나도 이모부의 말이 옳다고, 내가 아무래도 바보인 것 같다고

---

* non nobis solum nati sumus.

3부__ 자유롭게

동의했지만 당장 베트리스와 결혼할 수는 없었다. 두 달 뒤면 프랑스 북부로 가서 1년 동안 중등학교에서 영어를 가르치기로 되어 있었다. 베트리스는 그런 나를 만류하지 않았고, 나는 그런 베트리스에게 그동안 내 여성관과 자아관을 재조정할 수 있도록 도와준 것에 대해 그랬듯이 진심으로 감사했다. 베트리스 역시 전환점을 지나고 있었다. 로스쿨에 진학하려던 계획을 취소하고 대신 요리학교에 입학하기로 한 것이다. 나는 용감하게 자기 길을 개척하는 베트리스가 자랑스러웠다. 이모부의 어깨 너머로 베트리스를 봤다. 베트리스가 내게 미소를 짓는 순간, 다 잘되고 있다는 생각이 들었다.

비록 예전처럼 가깝게 지내진 않아도 찰스 역시 무척 자랑스러웠다. 찰스는 경제학과를 수석으로 졸업하고 내가 유럽으로 떠날 즈음에 제이피모건체이스에 트레이더로 입사할 예정이었다. 나는 찰스와 성공을 바라보는 견해가 전혀 다르고 월가를 동경하던 마음도 이젠 없지만 찰스가 그 자리에 오르고자 어떤 난관을 넘어섰는지를, 그 자리를 쟁취하느라 어떤 사람들을 제압했는지를 잘 알고 있었다. 그것은 절대 시시한 업적이 아니었다.

그리고 4년 전에 졸업 무도회가 끝나고 저지쇼어에 갔던 날을 떠올리자 문득 그런 생각이 들었다. 그때 같이 있었던 아이들 중 일부는 감옥에 갔고, 일부는 마약 판매자이자 복용자가 됐으며, 대부분이 그저 뻔하고 평범한 삶에 빠져들었고, 몇몇은 아직 키울 준비가 되지 않은 아이를 낳았고, 적어도 한 명은 사망했다. 그 졸업생 집단에서 아직 미래가 창창하다고 할 수 있는 것은 찰스와 나뿐이었다. 그 사실이 형성하는 끈끈한 유대감은 절대로 쉬이 풀릴 수 없는 것이었다.

출국을 앞둔 어느 날 저녁, 샘이 나를 보러 왔다. 샘은 진작에 대학은 적성이 아니라고 판단해 손을 쓰는 일을 하고 있었다. 언젠가 샘이 말한 적 있었다.

"사람은 자기가 내리는 결정의 결과도 예상할 줄 알아야 해. 나는 이제 평생 육체노동을 하면서 요통 같은 걸 달고 사는 걸 기정사실로 받아들였어. 그게 문제가 되진 않아. 내가 선택했으니까. 그게 내가 여기 사는 다른 돌대가리들과 다른 점이지. 그 자식들은 아직도 저메인 듀프리Jermaine Dupri가 음반을 내자고 연락하거나 팻 라일리Pat Riley가 자기를 스카우트해갈 줄 알아요."

샘은 현실주의자였고, 나는 언제나 그 점이 존경스러웠다.

그날 저녁 우리는 그의 낡은 캐딜락 드빌을 타고 플레인필드의 케네디프라이드치킨에 갔다. 몇 년 전에 스테이시와 저녁을 때우러 간 뒤로 오랜만에 들른 곳이었는데, 이유는 떠오르지 않지만 그날이 별로 좋은 기억으로 남아 있지 않았다. 가게 안으로 들어가자 이제는 스테이시가 전혀 그립지 않다는 생각이 들었다. 음식을 사서 차로 돌아오는데 샘이 옛날 생각도 할 겸 잠깐 드라이브나 하자고 했다. 나도 찬성이었다. 샘은 어릴 때부터 살았던 그 일대 지리에 밝아서 온갖 지름길과 경치 좋은 코스를 잘 알기에 그가 운전대를 잡는다면 즐거운 시간이 될 것 같았다. 우리는 플레인필드를 종횡무진하며 유니섹스헤어크리에이션즈를 지나고, 몇 블록에 걸친 저소득층 임대주택을 지나고, 형이 구해주러 오기를 간절히 기다리던 스테이시의 이모 집 근처 공원도 지났다. 샘이 말했다.

"아, 말해준다는 게 깜빡했다. 전번에 슈퍼마켓에서 스테이시 봤어. 와, 애가 또 생겼더라!"

"아이고, 그러냐?"

내가 고개를 절레절레 저으며 대답했다.

"그래. 그런데도 살은 하나도 안 쪘어. 아직도 예쁘더라."

"스테이시답네."

우리는 스코치플레인스로 돌아와 프론트가를 타고 앤트완의 어머니 집을 지났다. 앤트의 차가 바깥에 주차돼 있었다.

"앤트는? 최근에 본 적 있어?"

"응. 그 깜둥이 새끼 콜스 백화점 계산대에서 일하는데 아직도 백인 여자만 보면 어떻게 해보려고 난리다."

우리는 같이 웃었다. 라숀의 가족이 사는 집을 지날 때는 둘 다 아무 말도 하지 않았다.

"그러면 래리는?"

래리의 집을 지나면서 물었다.

"지금도 부모님 집에 살아. 안쪽이 다 가죽으로 된 어큐라 TL 리스해서 19인치짜리 크롬 휠로 튜닝했어. 이젠 뭐 예전만 못해."

"농구 특기장학생 같은 거 안 됐나?"

"안 됐을걸."

"그럼 뭐 그냥 약 팔고 다니고 그러는 거야?"

"아마 그럴걸. 맥도날드에서 햄버거도 좀 뒤집는데 여하튼 버는 족족 다 리스비로 나간대."

집으로 돌아오는 길에 우리는 한참 침묵에 잠겼다. 샘이 우리 집 진입로에 차를 세우더니 나를 보며 말했다.

"그거 알아? 솔직히 나도 다른 애들처럼 형이 미친놈이라고 생각했어, 토머스."

"아, 그러냐?"

내가 웃으며 대답했다.

"뭘 웃어! 여름에 그 좋을 때 남들은 다 밖에서 졸라 노는데 집 안에 박혀서 공부만 했잖아. 좀 안쓰럽기도 하고 저걸 어떻게 버티나 싶었다니까."

"제대로 봤네. 나도 이걸 어떻게 버티나 싶었으니까."

"근데, 와, 그 고생을 한 보람이 있네. 난 형이 자랑스러워."

샘의 다정한 말에 고맙다고 화답했다. 언제 또 볼지 모르는 샘한테 사랑한다고 말했다. 어느덧 자정이 넘었는데 집으로 걸어가면서 보니 통창 안쪽에 파피의 독서등이 아직도 켜져 있었다. 문을 열고 들어가자 파피는 책상에서 밑줄을 그어가며 책을 읽고 있었다.

"아들아, 자크 바전Jacques Barzun은 자꾸만 읽게 되는구나. 참으로 훌륭한 사상가이니까 너도 꼭 읽어봐라."

파피가 흘긋 시선을 올리며 말했다. 저녁에 샤워한 후라 산뜻한 인상이었다. 나는 책상 앞에 의자를 가져다 놓고 앉아서 잠시 바전의 『새벽에서 황혼까지 1500-2000From Dawn to Decadence』에 대해 파피와 이야기를 나눴다.

"흠, 이제 떠날 날도 얼마 안 남았겠구나."

파피가 화제를 전환했다.

"네, 그렇네요."

나는 뭐라고 대답하면 좋을지 몰랐다. 파피는 나의 프랑스행을 원치 않았고 그런 심사를 굳이 숨기지 않았다. 파피는 내가 바로 대학원에 들어가서 인생이 훼방을 놓기 전에 학위를 더 취득하기를 원했다. 나는 파피의 뜻을 거스르고 있었다. 하지만 결국에는 파피도 그게 다 그동안 자신이 나를 스스로 생각하는 사람이 되도록 가르친 탓임을 인정할 수밖에 없었다. 그러니 프랑스행에 대한 논쟁은 끝난 지 오래였다.

"체스나 한판 두자."

파피가 주먹으로 책상을 탕 치며 웃는 얼굴로 말했다.

"네, 그래요, 자기."

일어나서 체스보드를 깔 수 있도록 책상을 정리하면서 아버지를 봤다. 이제 커다란 머리가 시원하게 벗어졌지만 가끔 그렇게 책상 앞에 앉아서 은근한 미소를 입가에 걸친 채 주먹을 말아 쥐고 있으면 파피의 어릴 적 사진 속 모습처럼 보이기도 한다. 그날 내 눈에 비친 파피는 꼭 그렇게 어린아이 같았다. 잠시 파피를 보고 있자니 이런저런 생각이 스쳤다. 나는 파피가 어느 지역 출신인지를, 책과 텔레비전을 통해 당신이 검은 피부로 살아내야 했던 시대의 미국이 어땠는지를 어렴풋이 알고 있었다. 그리고 지금 내 앞에 아이처럼 앉아 있는 이 사람, 사실은 아이로 살았던 적이 없고 자기 아버지가 누군지도 몰랐다는 생각이 들자 사뭇 겸허해지면서 가슴 벅차게 자랑스러웠다.

"나는 당신이 정말 자랑스러워요, 자기."

파피는 놀란 눈치였다. 내가 무슨 생각을 하는지 알 리가 없으니 내 말이 뜬금없게 들렸을 것이다.

"아, 그러면 네 손주들한테 꼭 내 얘기를 해줘라. 걔들 증조파피가 그렇게 못난 사람은 아니었다고 말이야."

파피가 농담으로 대답했다.

"그럼요, 당연히 말해줘야죠! 덕분에 제가 낮에는 독서광이 되고 밤에는 체스광이 됐다고 말해주려고요."

우리는 같이 웃었다. 나는 체스보드를 내려놓고 파피에게 무슨 색으로 두겠냐고 물었다. 답은 뻔했다.

"흑이다, 토머스 채터턴. 난 항상 흑이야."

후기

I

요 소이 요 이 미 시르쿤스탄시아(나는 나와 나의 상황이다)*. 호세 오르테가 이 가세트José Ortega y Gasset가 프랑코 치하 에스파냐에서 피신해 아르헨티나 망명 생활에 들어가기 전에 쓴 문장이다. 내가 이 기만적일 만큼 단순한 문장을 처음 만난 것은 프랑스에서 지내면서 일할 때였다. 대학을 갓 졸업한 내 상황은 뉴저지주에서 자라던 때와 아주 급격하게 달라지고 있었다. 당시 나는 그런 변화를 자각하고 내 정체성과 방향성을 진지하게 고민했다. 셸비 스틸의 『하퍼스』 기고문을 읽으면서 불현듯 상상하고 바랐

---

* Yo soy yo y mi circunstancia.

던 일이 내게도 일어나고 있었다. 나도 에디처럼 미국 흑인이 미국 밖에서 느낄 수 있는 경이로운 해방감을 피부로 느끼고 있었다. 또 우리가 대개 혼자서는 자신을 똑바로 볼 수 없으며 타인을 통할 때에야 비로소 자신이나 자신의 상황을 어렴풋이나마 깨닫거나 이해할 수 있다는 이치를 알아가고 있었다. 이 타인들은 지혜로운 작가와 (실존 인물이든 가상 인물이든) 매력적인 인물의 형태로 다가오기도 하고, 일상에서 만나고 어울리는 평범한 사람의 모습으로 다가오기도 한다. 운이 좋다면 이 두 갈래 깨달음의 원천이 한 줄기 진리의 강물로 합쳐져 내가 누구인지 혹은 지금껏 누구로 살아왔는지를 여실히 보게 된다. 내게는 이 강물의 합류가 프랑스에서 두 건의 주목할 만한 사건을 통해 일어났다.

첫 번째는 프랑스에 도착한 지 얼마 안 됐을 때의 일이다. 외국에 가면 흔히 그러듯이 그날 나는 생판 모르는 사람의 집에서 시간을 보내고 있었다. 집주인은 스테판이라는 문학도로, 나와 겹치는 친구가 몇 명 있었다. 그날은 저녁을 먹고 친구 한 명과 스테판의 집에 들렀다.

"뭐 마실래요?"

스테판이 시디플레이어로 음악을 틀면서 물었다.

"뭐 있는데요?"

"맥주, 레드 와인, 아르마냐크, 다 조금씩 있어요."

스피커에서 흘러나오는 루이 암스트롱의 트럼펫과 걸걸한 목소리에 우리는 뉴올리언스에 온 듯한 분위기에 젖었다.

"아르마냐크로 할게요."

스테판이 술병 하나와 술잔 몇 개를 들고 돌아왔다. 우리는 천천히 아르마냐크 브랜디를 마시며 재즈를 들었다. 그곳에 있는 모든 사람(그러고 보니 모두 프랑스계 백인이었다)이 루이 암스트롱을 속속들이 알고, 암스토롱의 노래 제목들을 알고, 그중에서 특별히 좋아하는 곡이 있었다.

"다들 어떻게 흑인음악을 그렇게 잘 아는 거죠?"

참 신기하다는 생각이 들어서 물었다.

"진심이에요? 이건 전 세계인이 다 아는 음악이잖아요. 사실상 클래식만 빼면 모든 음악이 흑인음악이니까!"

내 말이 미국인이 아니면 흑인음악에 정통할 수 없다는 뜻으로 들렸는지 스테판이 반문했다. 나는 브랜디로 잔을 채웠다. 마셔보니까 헤네시 브랜디와 굉장히 비슷하면서 헤네시보다 나았다.

불현듯 이상하다는 생각이 들었다. 내가 어릴 때부터 알고 지낸 흑인들이라면 "사실상 클래식만 빼면 모든 음악이 흑인음악이니까!" 같은 말은 하지 않을 것 같았다. 그들은 모두 하우스뮤직을 백인의 것으로 치부했고, 펑크뮤직의 개척자 조지 클린턴George Clinton과 팔리아먼트 펑카델릭Parliament Funkadelic의 구성원 다수가 플레인필드 출신인 것도 몰랐다. 세상을 이해하는 폭도 제한적이었다. 브랜디조차 헤네시가 아니면 마시지 않았다. 나는 스테판에게 내 말을 오해하지 말라며, 당신을 띄워준 것이라고, 그런 것을 전 세계인이 다 아는 것은 아니라고 말했다.

두 번째 합류는 프랑스를 떠나기 직전에 발생했다. 친구 샤디크와 샤디르가 조시와 함께 나를 만나러 와서 주말에 그들을 데리고 파리에 갔다. 쌍둥이 형제는 외국이 처음이라 내가 난생처음 미국 아닌 세상을 봤을 때처럼 경이로워했다. 넷이서 저녁까지 센강 일대를 돌며 생제르맹데프레*를 걷고, 루브르박물관을 밖에서 구경하고("저기가 그 왕들이 살던 데지?"), 정원에 앉아 쉬고, 서점과 옷가게와 페이스트리 가게를 들락거리고 나서 마무리로 생토노레 거리의 코스트호텔에서 포도주를 마시기로 했다.

우리는 안쪽 객실에 있는 탁자로 안내받았는데, 조시가 옆자리의 탁자에 브라질 출신의 유명한 포뮬러원 레이서가 앉아 있는 것 같다고 했다. 맞은편에서는 아랍인들의 성대한 축하 파티가 한창이었다. 가수 그레이스 존스^{Grace Jones}를 닮았지만 존스와 달리 긴 머리를 곧게 편, 조각상처럼 생긴 흑인 종업원이 보르도 와인 한 병과 안주용 올리브가 담긴 사각 접시 몇 개를 가져다줬다. 와인의 맛을 살리는 체리뇰라 올리브처럼 보사노바와 일렉트로닉 탱고 음악이 분위기를 살렸다. 쌍둥이는 종일 파리를 흡수하며 그 위용과 아름다움에 감탄사를 연발한 뒤라 지친 티가 역력

---

* Saint-Germain-des-Prés. 제2차 세계대전 후 지식인과 예술인이 이 일대 카페에 모여 활동한 것으로 유명하다.

했다. 우리는 의자에 몸을 파묻고 이제 막 뭔가를 배우기 시작한 젊은이의 확신을 담아서 사람이 세상을 경험하고 견문을 넓히는 것이 얼마나 중요한지에 대해 말했다. 그 점에 대해서는 모두 한마음이었다. 하지만 대화가 점점 더 깊어지고, 주위에 뭔가 있어 보이고 왠지 세상을 풍부하게 경험했을 것 같은 사람이 점점 더 늘어나고, 낯설고 이국적인 소리가 낯설고 생소한 맛과 점점 더 섞이자, 경탄에 젖어 있던 쌍둥이의 얼굴이 미묘하게 변하는가 싶더니 어느새 그 확신에 찬 표정이 사라졌다.

"이게 무슨 음악이야? 왜 나는 이런 걸 한 번도 못 들어봤지?"

샤디르가 물었다. 우리는 웃었지만 샤디르는 진지했다.

"이런 올리브는 처음 본다. 맛있어?"

이번에는 샤디크였다.

"형도 이런 데 오면 좀 불편하고 그럴 때 있어?"

샤디르가 다시 물었다. 질문이 꼬리에 꼬리를 물고 이어졌다.

"나는 이런 데가 세상에 있는 줄도 몰랐다."

샤디크가 술잔을 응시하며 말했다.

쌍둥이는 낯선 세상을 처음 접하고 나서 모든 게 경이로워 보이던 충격에서 벗어나, 자신들이 기존 준거점에서 완전히 벗어났음을 실감하자 슬슬 바닥이 무너지는 기분을 느끼고 있는 것이었다. 그들이 어떤 심정이었을지, 그 순간 무슨 일을 겪고 있는지 나도 잘 알았다. 그들은 파리에 와서 열등감을 느낀 나머지 '이것 좀 봐!' 하며 갑자기 프랑스인으로 살고 싶다고, 백인으로 살고 싶다고, 그게 왠지 더 좋을 것 같다고 생각하는 것이 아니었다. 전혀 아니었다. 내가 겪어본 바로는 흑인 중에서 백인이 되고 싶어 하는 사람은 별로 없다.

그 순간 그들이 느끼는 감정이 그런 것이 아님을 나는 잘 알았다. 오늘날의 젊은 흑인이 운 좋게도 외국을 여행하며 자신의 좁은 텃밭 너머의 세상을 보게 된다면, 필연적으로 그간 속아왔다는 생각이 들 수밖에 없다. 그동안 새빨간 거짓말에 된통 당한 것이라고. 그 거짓말은 로버트 루이스 존슨뿐만 아니라 BET라는 선전 도구, 혹은 힙합 가수 버스타 라임스Busta Rhymes와 래퍼 구찌 메인Gucci Mane 같은 고정관념의 대변인들이 공공연하게 살포해온 것이다. 하지만 거기서 끝이 아니다. 사기 행각은 살이 맞닿는 곳에서도 펼쳐진다. 평소에 알고 지냈던 사람에게, 믿었던 사람에게, 친구와 이웃에게, 손위 형제자매와 동급생에게, 사촌과 연인에게 감쪽같이 속아온 것이다. 그 거짓말은 오만의 탈을 쓴 무지에서 나오기도 하고(무지에 어떤 마력적인 힘이 있다고 한들 무지는 무지일 뿐이다) 순전한 악의에서 나오기도 한다. 후자가 더 나쁘긴 하지만 어차피 깨달음의 순간에 거짓말의 근원 따위는 중요하지 않다. 그 순간에 정말로 중요한 것은 바로 그 거짓말의 실체다. 그것은 너와 너희 족속이 자기답게 살 길은 아주 좁은 길이라고 말하는 헛소리일 뿐이다. 그리하여 이제껏 (그리고 얼마나 오랜 세월을) 속아왔다는 부인할 수 없는 사실을 비로소 자각하고 발가벗겨진 느낌이 든다.

쌍둥이는 와인에 취해서가 아니라 그날의 발견에 취해서 그런 각성의 순간을 맞이하고 있었다. 나는 그들의 얼굴, 그 탐색하고 숙고하는 얼굴에서 그 심경을 읽을 수 있었다. 나도 이미 그런 순간을 숱하게 겪었기에 한눈에 알아볼 수 있었다. 마침내 그들도 전에는 기미조차 느끼지 못했던 거짓말을 보게 된 것이다. 그것은 바로 이곳에 그들과 함께 있었고, 탁자에 묶여 있는 야광 헬륨 풍선처럼 더는 견고한 것이 아니어서, 손을 뻗으면 만질 수 있고 포크나 이쑤시개로 쿡 찔러서 터뜨릴 수 있었다. 당해보면 속이 뻐근한 사태다.

그런 깨달음은 코스트호텔에서만 찾아오는 것이 아니라 뤽상부르공원이나 튀일리공원에서도 찾아오고, 핏물이 배어 나오는 고기가 맛있다는 것을 알게 된 변변찮은 동네 식당에서도 찾아오고, 딘앤드델루카에서 처음 바게트를 접할 때도 찾아온다. 문득 그런 생각이 드는 것이다. 이거 괜찮은데? 여기서 '이거'는 치즈가 될 수도 있고 포도주, 빵, 신선한 시금치가 될 수도 있다. 혹은 다리를 꼰 자세, 품위 있는 대화, 르네상스 미술, 진지한 책이 되기도 한다. 또 랩 외의 음악, 호기심, 세계시민주의가 될 수도 있다. 한마디로 교육, 교양, 노출이라고 해도 좋겠다. 그것들은 과거에는 진짜가 아니라고, '깜둥이'에게는 전혀 어울리지 않는다고 생각한 것들이다. 그래서 이런 생각이 드는 것이다. 세상에 이런 게 있다고 누가 진작 말해줬으면 학교 다닐 때 더 열심히 살았을 텐데…… 또 생각하게 된다. 억울해! 그래서 속이 화끈거리고 답답해진다.

그러다 문득 더는 묵과할 수 없다는 생각이 들고 이런 상황을 정당화할 설명이 있지 않겠냐는, 책임을 전가할 시나리오가 존재하지 않겠냐는 생각이 들 때("나 같은 흑인에게는 애초에 이런 것이 허락되지 않은 거야. 원흉은 인종차별이었어!") 갑자기 피부가 새카만 말리나 수단 출신의 여자들이 우아하고 매력적인 자태를 뽐내고, 낯선 부족 방언만이 아니라 프랑스어와 영어까지 유창하게 구사하며 지나가는 것을 보게 된다. 이로써 문제는 피부도, 색깔도, 모발의 질감도 아니고 심지어 돈도 아니라는 것을(어릴 때부터 그럭저럭 잘살아왔으니까) 깨닫는다. 그래, 문제는 문화다. 문화 때문에 지독한 제약을 받고 호되게 속아온 것이다. 그리하여 끝내 깨닫게 된다. 그동안 자신이 스스로에게 거짓말을, 사상 최악의 거짓말을 해왔음을. 자신이 자기의 무지를 공동 설계한 공범이었음을. 그러면 바보가 아닌 이상 억장이 무너질 수밖에 없다.

나는 쌍둥이가 어떤 심경일지 알았다. 나는 그들에게서 나 자신을 봤고, 그들이 떠나고 나서 한참 뒤에 우리가 모두 어릴 적부터 처해 있었던 억압적인 상황을 다시금 돌아봤다.

II

그로부터 수년이 흐른 지금 여기 앉아서 다시 그 두 번의 저녁을, 이 책의 시발점이 됐던 그 사건들을 이야기하자니 가슴 가득 번지는 정서는 절망이 아닌 희망이다. 미국에서 지금처럼 젊은 흑인에게 가슴 벅찬 시대가 있었을까? 왠지 꽉꽉 막혀 있던 상황이 갑자기 탁 트인 것처럼 느껴진다. 그도 그럴 것이 별안간 미국 최고의 권력자가 백인이 아닌 흑인이 됐고, 전 세계에서 가장 주목하는 흑인이 깡패나 연예인이 아닌 섬세한 사상가가 됐다*. 아버지에게 이런 변화를 맞은 소회를 여러 번 물어봤다.

"아들아, 너는 다른 세상에 살고 있다. 이제 세상은 내가 살던 세상이 아니야. 그러니까 오히려 이렇게 물어야겠지. 너는 이런 변화가 어떻게 느껴지냐?"

하지만 더 긴급한 질문은 이런 변화가 후대 흑인들에게 어떻게 느껴질 것이냐 하는 것이다. 미국의 인종 서사에 일어난 이 반전이 여전히 물밑에서 흑인의 일상을 지배하는 법칙을 바꿀 만한 위력을 발휘할 수 있을까? 우리가 자기파괴의 본능을, 우리의 실패를 자아도취적으로 미화하던 습성을 마침내 폐기할 수 있을까? 매일 흑인 대통령에 노출됨으로써 그간 진짜처럼 보이던 온갖 거짓말의 실체가 만천하에 까발려질까?

---

* 이 책의 출간된 당시 미국 대통령은 버락 오바마였다.

힙합의 태동기였던 1970년대 이래로 개인으로서의 흑인은 점점 더 자유로워졌고, 이제 우리 앞에는 과거 어느 때보다도 풍요로운 가능성의 세계가 펼쳐져 있다. 하지만 정반대로 집단으로서 우리의 삶을 둘러싼 상황은 줄곧 나빠졌고, 오늘날 흑인의 정체성을 보는 시야는 그 어느 때보다도 빈곤해졌다. 흑인 대통령으로 대표되는 지금 우리의 가슴 벅찬 상황이 역사에 어떤 유의미한 가치를 더하려면, '시대정신(헤겔)'이라고 부르든 '그들(하이데거)'이라고 부르든 간에 지금 그것이 바뀌어야 한다. 돌이킬 수 없을 만큼 바뀌어야 한다.

그러나 흑인문화의 기조가 완전히 새롭게 변화해야 한다기보다는 예전의 기조를 복원해야 한다고 말하는 게 더 정확하다. 흑인 역사에서 관찰되는 가장 흥미로운 역설이자, 흑인으로서 느끼는 긍지의 듬직한 버팀목은 그 숱한 시련에도 불구하고 줄곧 정신적 빈곤과 패배주의 대신에 환희와 풍부한 감수성과 낙관이 담지되어왔다는 사실이다. 그런 기류가 약화한 것은 최근의 일이다. 그 최근이란, 대략 35년에 걸친 힙합의 시대 혹은 민권운동 이후의 시대라고 말할 수 있을 것이다. 즉, 미국의 흑인들은 1960년대에 흑인의 권리가 폭발적으로 신장한 이후에, 흑백 분리가 철폐된 이후에, 다인종특별전형이 도입된 이후에야 호전적 고립주의와 극단적 허무주의에 빠져든 것이다.

그처럼 자명한 사회적 진보에 그처럼 명백한 문화적 퇴보가 뒤

따른 이유가 무엇일까? 외부의 제약이 내대적으로 제거됐고, 지금도 꾸준히 제거되고 있는데도 왜 우리는 또 새로운 제약을 스스로 만드는 데 혈안이 되어 있을까? 결국 노예제의 잔재 때문인가? 짐크로법*의 유산인가? 아니면 일각에서 주장하듯이 인종 통합으로 말미암아 흑인 공동체가 와해됐기 때문인가? 백인 탈출이 문제인가? 아니면 마약? 혹은 에이즈? 미국의 사법제도 자체에 어떤 편견이 내재한 것인가? 이 같은 요인들이 모두 합쳐져 독기를 뿜는 것인가? 아니면 전혀 다른 요인이 존재하는 것인가? 사회학자도 아닌 주제에 내가 작금의 현실을 총체적으로 설명하는 어떤 이론을 확립한 척하고 싶진 않다. 나는 그저 내가 본 것만 알 수 있을 뿐이다. 어쩌면 많은 사람의 주장처럼 힙합 문화는 민권운동 이후 수십 년간 미국 대도시들에 살던 무수한 흑인이 감내해야 했던 극심한 소외의 논리적 귀결일지도 모른다. 단순히 남녀노소를 막론하고 흑인이라면 필시 느꼈을 환멸의 결과물일지 모른다. 정말 그럴지도 모른다. 하지만 설령 그렇다고 할지라도 지금 우리가 이런 식이라면 그 소외와 환멸이 더 지속되지 않겠는가? 지금 우리가 이런 식이라면 비관에서 탄생한 그 문화가 영영 대물림되지 않겠는가?

　대학 시절에 나는 헤겔이 주인이 아닌 노예를 우월한 의식으로

---

* Jim Crow laws. 공식적으로 흑백 분리를 명했던 법.

여겼을 수도 있다는 데 깜짝 놀랐다. 그런데 어쩌면, 의외일 수도 있겠지만 과거에는 실제로 많은 흑인들이 세상을 그런 눈으로 봤다. 미국 흑인의 역사를 관통하는 정신은 기쁨과 생기다(헤겔도 결국 생을 사랑하는 쪽은 노예라고 썼다). 흑인들은 그런 기상으로 부지런히 일하며 자신의 노동에 자부심을 느꼈고, 그런 기상으로 눈물을 웃음으로 닦으며 비참한 상황을 극복했다. 그런 기상으로 맹목적인 증오를 아름다운 음악으로 승화했고, 그런 기상으로 형편없는 고기를 먹음직한 요리로 탈바꿈했다. 그런 기상으로 들썩이는 고통을 고요한 힘으로 바꾸었다. 이를 흑인 작가 랠프 엘리슨Ralph Ellison은 극기라 명명했다. 엘리슨은 극기가 흑인문화에 내재해 있다고 봤고, 결국에는 극기가 그의 조국에 만연한 인종주의라는 질병의 치료제가 되리라고 믿었다. 엘리슨의 극기 개념은 물론 W. E. B. 듀보이스의 새로운 니그로 청년이라는 개념에 뿌리를 두고 있다.

우리 흑인이 (인류에) 이바지할 수 있는 것은 우리 인종 안에서 새로운 씨앗이 싹트고 있기 때문입니다. 그것은 기쁨에 대한 새로운 이해의 씨앗이요, 새로운 창작욕의 씨앗이며, 새로운 존재 의지의 씨앗입니다. (…) 오늘을 사는 청년, 새로운 니그로 청년은 이전과 다른 청년이라고 확신합니다. (…) 자신에 대한 새로운 인식, 전 인류를 위한 새로운 각오가 있기 때문입니다.

가슴 뭉클한 말로 이후에 올 것들을 예견하시 않는가? 마틴 루서 킹의 연설, 존 콜트레인의 재즈, 랠프 엘리슨의 소설, 1960년대의 비폭력 민권운동 같은 것을. 그러나 지금 50센트*의 시대에는 그 말이 얼마나 황당하고 순진하게 들리고, 얼마나 헛다리를 짚은 것처럼 들리는가? 위의 인용문은 1926년 시카고에서 듀보이스가 '니그로 예술의 기준The Criteria of Negro Art'이라는 제목으로 노예의 후손들에게 전한 연설의 일부분이다. 듀보이스도 철학의 열독자였던 만큼 헤겔의 사상이 그의 귓가에 울리고 있었을 것이다. 듀보이스는 또 이렇게 말했다.

> 만약에 여러분이 오늘 밤 갑자기 어엿한 미국 시민이 된다면, 만약에 여러분의 피부색이 혹은 이곳 시카고에 세워진 피부색의 장벽이 기적처럼 아무것도 아닌 것이 된다면, 또 여러분에게 부와 권세가 생긴다면, 그러면 무엇을 하시겠습니까? 당장 무엇을 추구하겠습니까? 제일 힘 좋은 자동차를 사서 쿡카운티를 신나게 달리겠습니까? 노스쇼어에서 제일 좋은 집을 사겠습니까? 로터리클럽이나 라이온스협회처럼 제일 고상한 모임에 가입하겠습니까? 제일 화려한 옷을 입고, 제일 비싼 저녁을 대접하고, 제일 긴 신문 기사의 주인공이 되겠습니까?

* 50 Cent. 2000년대 힙합계를 대표하는 래퍼로, 『빌보드』가 2009년에 선정한 '2000년대 최고의 아티스트' 중 6위에 올랐다.

설사 그런 것을 이상적인 상황으로 떠올린다고 해도 마음속으로는 그런 것들이 진심으로 원하는 것이 아니라는 사실을 알고 계실 겁니다. 여러분은 그것을 일반적인 백인 미국인보다 빨리 깨달을 수밖에 없습니다. 왜냐하면 이제껏 배척당했던 우리는 현란하고 번지르르한 것들에 대한 반감이 생겼을 뿐만 아니라 만약에 세상이 진정으로 아름다운 곳이라면 어떤 곳일지 그려 볼 수 있게 됐기 때문입니다. 만약에 우리에게 참된 영혼이 있다면, 만약에 우리에게 뜨인 눈과 날랜 손과 느끼는 마음이 있다면, 만약에 우리가 완벽한 행복에야 물론 이를 수 없겠지만 삶에 반드시 수반되는 고통인 근면한 노동을 하고 희생과 기다림을 감수한다면 인간이 자신을 알고, 자신을 창조하고, 자신을 발현하고, 인생을 즐기는 세상에서 살아갈 것입니다. 그런 세상이 바로 우리가 우리 자신을 위해, 또한 미국을 위해 만들고자 하는 세상일 겁니다.

듀보이스는 오늘날 다시 생각해볼 만한 몇몇 질문을 제기한다. 만일 흑인들에게 부와 권세가 생긴다면, 우리는 무엇을 원할 것인가? 과연 그것이 "제일 힘 좋은 자동차" 이상의 것일까? 과연 "이제껏 배척당했던" 우리가 "현란하고 번지르르한 것들에 대한 반감"을 표할까? 과연 우리가 새로운 세상, 인간이 자신을 발현하는 세상을 만들어 나가려고 할까?

19~20세기의 다른 명철한 사상가들이 같은 질문을 고민하면서도 설마 인간 정신의 진보라는 물길이 지나가는 겸손한 도관이었던 노예 의식이 돈, 갈보, 옷에 집착하는 현재의 옹졸하고 협소한 정신으로 진화할 줄은 상상도 못 했을 것이다. 설마 "필요한 모든 수단을 동원해By any means necessary" 존엄과 자유를 쟁취하자던 맬컴 엑스의 부르짖음이 불과 30년 만에 래퍼 카네이 웨스트Kanye West의 "필요한 모든 청바지를 사들여Buy any jeans necessary"라는 망언으로 전락할 줄은 상상도 못 했을 것이다. 힙합 시대에 들어서면서 미국 흑인의 삶에 극기와 기상이 심각하게 훼손됐음이 힙합 문화를 통해 여실히 증명되고 있다.

III

가장 위대한 행위는 사유라고 믿었던 니체는 "세계는 새로운 가치를 창조하는 자들을 중심으로 돌아간다"라고 썼다. 흑인 세계는 30년이 넘도록 힙합의 가치를 창조하는 자들을 중심으로 돌아가고 있고, 이것은 명백한 퇴보다. 우리 세대가 선대에 진 빚을 갚으려면 새로운 어휘를 찾고 다른 관점을 찾아야 한다. 우리가 잃어버린 극기와 기상을 되찾아야 한다. 흑인다움에 대한 인식을 뒤엎어야 한다. 무엇이 정신적 건강과 문화적 건강은 물론이고 신체적 건강에도 유익하거나 해로운지 생각해봐야 한다. 수 세기에 걸쳐 노예제와 인종차별의 어두운 숲에서 빠져나왔건만, 지금 우리 앞에 놓인 것은 불길한 갈림길이다. 여기서 어떤 길을 택하느냐에 우리의 생존이 달렸다고 해도 과언이 아니다. 만일 우리가 생각을 바꾸지 못한다면, 허세와 배짱 이상의 것을 추구하는 차세대 인격체를 양성하지 못한다면, 가치관에도 좋은 것이 있고 나쁜 것이 있음을 깨닫지 못한다면 우리의 점진적 파멸을 자초하게 될 뿐이다. 그것은 내 아버지 세대의 광신적인 KKK 단원조차도 설마 이룰 수 있으리라고 상상하지 못했던 일일 것이다.

"지금부터 몇 세기 후에 유일하게 생존한 니그로가 백인 미국인들의 소설과 수필 속에 그려진 니그로뿐이라고 해봅시다. 그러면 100년 후의 사람들이 흑인 미국인에 대해 어떤 말을 할 것 같습니까?"

듀보이스는 노예의 후손들에게 물었다. 1920년대에 후일을 생각하는 흑인들에게는 그 질문이 심각한 고민거리였지만, 지금은 그저 옛날이야기로만 들린다. 하지만 만약에 정말로 지금부터 100년 후에 유일하게 생존한 흑인 미국인이 지난 30년간 힙합 음악과 문화라는 캔버스에 생생히 그려진 그 우스꽝스러운 깡패라면 어떨지 생각해보자. 그 또한 참담하지 않은가? 아니, 이번에는 그 해괴한 존재를 우리 손으로 직접 그렸으니 더욱 참담하지 않겠는가?

IV

지난 9월 엠티브이비디오뮤직어워드MTV Video Music Awards 전날에 나는 뉴욕의 로어이스트사이드에 있었다. 그날 맨해튼은, 적어도 도심 쪽은 근래에 랩 산업이 대거 배출한 부유한 젊은 흑인들로 붐볐다. 매력적인 여성과 함께 리빙턴가를 걷는데 저 앞에 키가 훤칠하고 머리부터 발끝까지 온몸을 버그도프굿맨이나 바니스 같은 명품 백화점에서 볼 수 있는 브랜드로 치장한 삼십 대 흑인 남자가 보였다. 불룩한 루이비통 쇼핑백을 손에 다 쥐기도 어려울 만큼 잔뜩 든 그 남자는 우리가 지나가자 고개를 돌리고 톰 포드 안경 너머로 내 데이트 상대와 눈을 맞추며 말했다.

"나는 그냥 쇼핑백에 막 집어넣어, 나는 그냥 쇼핑백에 막 집어넣어!"

그것은 당시 최고의 인기를 누리며 어딜 가든지 들리던 패볼러스의 랩*에서 나오는 말이었다. 가격표를 보지도 않고 비싼 물건을 사들이는 행태에 바치는 시답잖은 찬가. 첫인상만 봤을 때 그 남자는 힙합이 만든 경계선과 사고방식에 구애받는 사람처럼 보이지 않았다. 그는 대학 시절의 플레이보이처럼 몸에 딱 붙는 유럽산 초고가 의류를 입고 있었는데, 그런 옷은 아주 고가인 서브제로 주방 가전만큼 진짜처럼 보이는 것이나 흑인 동네의 삶과는

---

* 패볼러스 스포트, 〈Throw It In The Bag〉 가사의 일부. "I just throw it in the bag."

거리가 멀었다. 그 남자에 대해 생각할수록 충격적이던 것은, 그의 비싸고 멋진 옷보다 더 인상적이던 것은 왠지 부유하고 견문도 넓고 가진 것도 많고 신용 점수도 높을 것 같은 그가 무슨 자기만의 세계에 갇혀 사는 3류 깡패도 아니면서 한심한 랩 가사를 아무 생각 없이 문자 그대로 받아들인 삶을 산다는 사실이었다.

그의 말을 듣고 대번에 그 노래를 떠올린 이유는 물론 나도 힙합을 듣기 때문이다. 힙합처럼 사회에 만연하고 미학적 마력이 있는 문화에 완전히 눈과 귀를 닫고 살 수는 없다. 그리고 애초에 그렇게 하는 것이 바람직한지도 모르겠다. 그 남자가 자기 주변에 버젓이 존재하는 문화를 의식하는 것을 탓하고 싶진 않다. 단지 조금 유감스러울 뿐. 바로 그런 정신적 빈곤, 피상적 사고, 도덕적 미성숙, 기계적 순응이야말로 현재 흑인의 삶에 뿌리내린 근본적인 문제이자 이 책이 다루고자 하는 진짜 주제다.

하지만 이 문제는 캘빈 버츠Calvin Butts 목사가 노력했던 것처럼 스눕독 앨범을 모조리 파기한다거나 볼티모어에서 검토했던 것처럼 거북한 힙합 패션을 금지한다고 해서 해결될 수준이 아니다. 그보다 더 좋은 방법은, 훨씬 어려운 일이긴 하지만 우리가 주변 세상을 해석하고 항해하는 법을 똑똑히 배우는 것, 그리고 우리가 신는 신발이나 우리가 듣는 노래가 곧 우리 자신이라는 착각에서 벗어나는 것이 아닐까.

감사의 글

어떤 책도 작가 혼자의 것이라 할 수 없다. 책이란 많은 이의 관심과 수고가 깃든 결과물이기 때문이다. 그렇다고 해서 이제부터 거명할 사람들이 모두 이 책에서 제시한 견해에 동의한다는 말은 아니다. 하지만 그들이 아니었다면 이 책은 물론이고 나라는 사람도 훨씬 형편없는 존재가 됐을 것이다.

먼저 누구보다 열심히 인생을 살며 내게 자랑스러운 본보기가 되어준 부모님에게 깊은 감사의 말씀을 전하고 싶다. 두 분의 영향을 받으며 나는 항상 더 나은 사람이 되려고 노력한다.

트루먼 커포티는 "우리는 우리에게 자신감을 준 모든 사람에게 큰 빚을 지고 있다"라고 썼다. 그런 의미에서 나는 스승이요 멘토이며 친구인 케이티 로이프에게 이루 다 말하지도, 갚지도 못

할 빚을 지고 있다. 그저 수업 과제에 불과했던 글이 신문 칼럼으로 발전하고 급기야는 출간 기획서로까지 이어지던, 그 언제든지 허물어질 수 있었던 집필의 초기 단계에서 내 목표가 절대 달성할 수 없는 것이 아니라는 자신감을 심어준 사람이 바로 케이티였다. 케이티는 명민한 문필가요 든든한 조력자로서 내게 드넓은 아량을 베풀었다. 케이티의 혜안과 지도, 위로와 격려가 없었다면 이 책은 결코 세상에 나오지 못했을 것이다.

내 에이전트 엘리스 체니에게 감사한다. 엘리스는 초보 작가인 내게 기회를 줬고, 아직 어설펐던 내 기획서를 출판사에 전달하기를 거부했으며, 마침내 기획서다운 기획서를 완성했을 때는 한파 속에서 비를 맞으며 나와 함께 뉴욕 곳곳의 출판사를 돌았다. 다른 그 누가 내 에이전트였다고 해도 엘리스를 능가하진 못했을 것이다. 체니 출판에이전시의 니콜 스틴과 해나 엘넌에게도 감사한 마음을 전한다.

토니 모리슨은 편집자는 "성직자나 정신과 의사와 같아서 잘못 만나면 잃는 게 더 많지만 좋은 인연을 찾는 수고는 해볼 만하다"라고 말했다. 나는 다행스럽게도 좋은 편집자를 만났다. 에이먼 돌런은 정중하고 융통성 있는 사람이지만 또 한편으로는 잔소리가 심한 재단사 같아서 끊임없이 나를 재촉하고 내 글을 가위질했다. 그 덕분에 군더더기가 많고 두서없던 워드 문서가 어엿한 원고로 발전했다. 에이먼 외에도 이 책을 위해 수고한 니콜 휴스를 비롯한 펭귄출판사 직원들에게 감사한다.

클래런스 형에게 신세를 많이 졌다. 형은 내 첫 노트북을 사줬고 혼자서 조용히 글을 쓸 공간이 절실할 때 기꺼이 문을 열어줬다. 나는 형이 자랑스럽다. 글 쓰는 공간 이야기가 나온 김에 비록 부모님은 달라도 내게 형제와 같은 칼로스 라킨, 조슈아 야파, 샤앵 발레에게도 고맙다고 인사하고 싶다. 그들은 이 책을 쓰는 동안 런던, 보스턴, 브루클린, 파리에서 말벗이 되어주고, 잘 곳을 제공해주고, 내 배를 채워줬다. 그들의 기탄없는 의견과 비평, 격려가 큰 도움이 됐다. 조시는 그의 귀와 눈과 아파트를 수시로 이용하게 해줬고, 샤앵은 파리에서 글을 쓰며 살고 싶다는 내 꿈을 실현하게 해줬으며, 칼로스는 무엇보다도 어느 날 밤 트라이베카의 바에서 속을 터놓고 함께 눈물을 흘린 추억을 남겨줬다. 형제들의 건승을 빈다.

이 책은 버스시 아이드가 물심양면으로 지원해주지 않았더라면 금세 좌초했을 것이다. 버스시의 모든 도움에 감사한다.

내게 제2의 가족인 데이비드 하월, 캐서린 하월, 캐런 무어의 애정과 성원에 깊이 감사한다. 항상 나를 형제로 믿고 따르는 챠론 시버스와 챠미르 시버스 형제에게도 고맙다.

초기부터 나를 격려해주고 유익한 의견을 내준 노아 이커와 항상 나를 따뜻하게 반겨주는 뉴욕의 애슐리 렉과 존 폴 렉, 로스앤젤레스의 루셀 가족에게 감사한 마음을 전하고 싶다.

감사의 글

뉴욕대학교 문화보도비평대학원의 교강사 여러분에게도 감사한다. 특히 나를 장학생으로 맞아 대학원에 진학할 수 있게 해준 고㊟ 엘런 윌리스 대학원장과 수지 린필드 대학원장에게 그리고 아무 대가도 바라지 않고 오랜 시간 깊은 대화로 내게 긍정적인 자극을 준 상주연구작가 폴 버먼에게 사의를 표한다. 지적으로 자극이 되고 활기찬 분위기 속에서 비로소 문장을 고민하고 글을 쓰는 즐거움을 알게 해준 동기들에게도 고맙다.

끝으로 조지타운대학교에서 중요한 전환점마다 생각하는 법을 가르쳐주고 나도 생각할 수 있다는 것을 깨닫게 해준 마샤 모리스, 패트릭 로드, 빌프리트 페르 에이커, 이 세 분의 교수님에게 심심한 감사의 말씀을 전한다.

옮긴이 **김고명**

성균관대학교 영문학과를 졸업하고 성균관대학교 번역대학원에서 공부했다. 현재 바른 번역 소속으로 활동하고 있으며, 원문의 뜻과 멋을 살리면서도 한국어다운 문장을 구사하는 번역을 추구한다. 『좋아하는 일을 끝까지 해보고 싶습니다』를 직접 쓰고 『직장이 없는 시대가 온다』, 『사람은 무엇으로 성장하는가』, 『초집중』, 『IT 좀 아는 사람』 등 40여 종의 책을 번역했다.

배움의 기쁨

초판 1쇄 인쇄 2022년 2월 8일
1쇄 발행 2022년 2월 16일

지은이 토머스 채터턴 윌리엄스
옮긴이 김고명
펴낸이 김선식

경영총괄 김은영
책임편집 이승환   **디자인** 심아경   **책임마케터** 오서영
콘텐츠사업3팀장 이승환   **콘텐츠사업3팀** 심아경, 김은하, 김한솔, 김정택
마케팅본부장 권장규   **마케팅1팀** 최혜령, 오서영
미디어홍보본부장 정명찬   **홍보팀** 안지혜, 김민정, 이소영, 김은지, 박재연, 오수미
뉴미디어팀 허지호, 박지수, 임유나, 송희진, 홍수경
저작권팀 한승빈, 김재원   **편집관리팀** 조세현, 백설희
경영관리본부 하미선, 윤이경, 김재경, 오지영, 박상민, 김소영, 이소희, 최완규, 이지우, 이우철, 김혜진

펴낸곳 다산북스   **출판등록** 2005년 12월 23일 제313-2005-00277호
주소 경기도 파주시 회동길 490   **전화** 02-704-1724   **팩스** 02-703-2219
이메일 dasanbooks@dasanbooks.com   **홈페이지** dasan.group   **블로그** blog.naver.com/dasan_books
종이 IPP   **인쇄** 민언프린텍   **코팅·후가공** 제이오엘엔피   **제본** 국일문화사

ISBN 979-11-306-8001-9 (03840)

다산북스(DASANBOOKS)는 독자 여러분의 책에 관한 아이디어와 원고 투고를 기쁜 마음으로 기다리고 있습니다. 책 출간을 원하는 분은 다산북스 홈페이지 '투고원고'란으로 간단한 개요와 취지, 연락처 등을 보내주세요. 머뭇거리지 말고 문을 두드리세요.